Story by Fuse, Illustration by Mitz Vah
伏瀨 插畫／みっつばー

關於我轉生變成史萊姆這檔事 9

Regarding Reincarnated to Slime

鋼琴的樂音平靜悠揚。
加上激烈如火的小提琴旋律。
這時曲子性質突然搖身一變。
與其說是二重奏，更像在對決。
——不過，非常動聽。
如實體現紫苑暴脾氣的旋律，
被與朱菜的氣質如出一轍的
鋼琴樂音溫柔地包覆著。
既溫柔又激烈，
襯托著彼此。
配合得恰到好處。
啊啊，真是太棒了。
彷彿連靈魂都為之憾動，
沉浸在豐富多彩的音濤中。
真有兩下子。
臨時抱佛腳不可能達到這種境界。
從小練習才能有這等造詣。

待在那裡的人是魯米納斯。
看阿爾諾等人如此緊張，
我就猜到有可能是她，
看樣子果然沒錯。
她翹腳坐在椅子上，身上穿著女僕裝。

關於我轉生變成史萊姆這檔事 9

Regarding Reincarnated to Slime

Kadokawa Fantastic Novels

目錄 一 魔都開國篇

序章

閃光的勇者

Regarding Reincarnated to Slime

他——本城正幸（Honjyo Masayuki）是「勇者」。

並非正幸自稱勇者，只是他遇見的人們不知為何擅自如此稱呼他。

來到這個莫名其妙的世界還未滿一年，然而正幸的大名已響徹西方諸國，變成無人不知無人不曉的名人。

怎麼會這樣？

他打心底感到納悶。

事情怎麼會變成這樣？

若要解釋，得回溯到一年前。

………………

…………

……

正幸放學回家時跟幾名友人一起走在路上。

這時他撞見一名有著藍色秀髮的美麗女性，是連模特兒跟藝人都相形失色的北歐美女。

那奇異的髮色遠看依舊十分醒目。正幸長這麼大第一次看到那麼漂亮的人，那般美人會引起眾人注目自是理所當然。

「喂，快看。她好漂亮——」

所以正幸也以男高中生會有的直率反應，朝走在身旁的友人開口。

可是——毫無反應。

正幸在心裡「咦」了一聲，轉頭看去——眼前是一片陌生的街道。

「——啊？」

他不禁腦袋一片空白，愣在原地。

（老、老師——！我不懂這是什麼狀況！）

平常他不把班導當一回事，這時卻在心裡提出疑問，但問題當然沒有解決……正幸當下不知該何去何從。

正幸坐在鎮上的廣場噴水池畔發呆。

隨著時間一分一秒過去，他稍微冷靜下來。畢竟繼續這樣下去也不是辦法，他決定認真思考，想想事情怎麼會變成這樣。

仔細想想，那個美女很可疑。

長得那麼美，卻沒人注意到她。雖然沒有什麼依據，但是正幸的直覺如此告訴他。

可是，那個美女不在這裡。

轉頭張望也看不到她的蹤影，到處都找不著。

（像這種時候，身為始作俑者的美女應該也要一起來才對啊。話說回來，咦？真的假的？這不是整人遊戲，真的是跑到異世界了那類型的？）

然後身旁還會剛好有個知情人士這種好事。

可惜正幸似乎沒這麼走運。

太陽就快下山了。

中午在學校餐廳吃過飯後，他什麼都沒吃。想也知道肚子很餓。

等一下啊——正幸認真地思考著。

這裡是一座城鎮。不是出現在森林或是魔物面前算他運氣好，但事情的發展還是太強人所難了。

（通常這種時候都會有個國王之類的人在等我，對我說明來龍去脈，或是幫忙張羅一下吧？）

他想到這些像是朋友們熱烈討論的網路小說會有的發展，並在心裡抱怨。

但現實是殘酷的。

在這唉聲嘆氣也不是辦法，所以正幸再次審視現在的自己。

他叫本城正幸（Honjyo Masayuki）。

目前十六歲。

今年剛上高中。是成績名列前茅的升學學校。

雖然是題外話，正幸上高中後想改變形象。除了稍微改造了制服之外，還試著將頭髮染成金色。

他的外貌俊美。似乎混到俄羅斯血統，母親也是名美人。他本人猜八成是受其影響。

雖然也沒什麼大不了的，但染成金髮讓他格外醒目。在學校受歡迎的程度可說是數一數二，儘管並非特別有實力，大家卻對他另眼看待。

此外，正幸還有不為人知的興趣——就是愛看漫畫跟動畫。

在學校完全沒露出馬腳，但他其實是個重度隱性宅男。

所以現在就算面臨這種莫名奇妙的窘境，他也不慌不忙……

正幸專心想著這些，一面確認制服口袋跟書包裡的內容物。

口袋裡有一個錢包。

裡頭有最重要的諭吉大師一位（萬圓鈔一張），野口先生三位（千圓鈔三張），還有一些零錢。

至於課本——都放在學校的桌子跟櫃子裡。所以說起書包裡的內容物，只有他剛買的一本週刊、智慧型手機和口香糖。也就是說，他為了通勤時來去自如而把書包清空，此時反倒誤事。

（是說，早知道事情會變成這樣，我應該多準備一下……）

將手邊物品都清點完後，正幸在內心如此哀嘆。

房間一角備有防災避難包，所有的必需品都放在裡頭。若是現在有避難包在身邊，至少能撐個三天吧。

起碼來把瑞士刀，或許還能讓他安心一點。雖然也不知道光靠一把刀能幹嘛。

總而言之，他手邊沒有派得上用場的東西。

硬要說的話，大概就只有口香糖吧。

他拿起口香糖放入口中。

至少能緩解飢餓感。

這下派得上用場的東西就沒了。這事實令人悲哀。

雖然正幸茫然地度過了好幾個小時，但他發現到一件事。那就是他完全聽不懂路人在講什麼。這表示異世界的語言跟原生世界不一樣，要討東西吃又是件艱難任務。

（這遊戲難度也太高了吧……不過這樣下去也不是辦法。最慘的狀況就是拿書包跟手機去跟人交涉，看能不能換到食物——）

下定決心後，正幸從噴水池前方站起。

在這個異世界裡，這個國家的法律跟治安狀況尚不明朗，然而去找公家機關尋求庇護應該是最妥善的辦法，以上是正幸得出的結論。

在那之前，首先要想辦法求生——也就是說目標在於設法弄到食物。

不能跟人溝通真是糟透了。

而且這樣下去，他勢必會餓死。

水還能想辦法弄到，食物就沒這麼好張羅吧。雖然不怎麼願意，但他還是能去找找何處有剩飯可撈。

這種時候就該找有食材大量進出的地方，例如餐廳或蔬果店，總之正幸決定去找這類會與食物沾上邊的店。

尊嚴已在這幾小時內捨棄。

正幸是能屈能伸的男人。

步行數分後。

正幸順利來到鎮上的餐廳前。

來這裡不為別的，只因他受到美食香氣的引誘。

（接下來要先跟對方交涉。讓我打工……應該不行吧。因為我不懂他們的語言……）

語言的隔閡太高了。

正幸常看以異世界為題材的作品，不曉得為什麼，那些主角往往都能跟異世界人溝通。如今回想起來，光這樣就算非常走運了。

（我不指望能強到像開外掛，但至少在語言上給點優惠吧——）

就算他如此抱怨，也沒人會回答他。

死心的正幸準備打開店門。

這時門被人從內側用力推開，一陣嘈雜聲從店內傳出。

「！」

他嚇到後退一步，有股柔軟的觸感竄至胸前。來人是名嬌小可愛的女性，可是表情有些膽怯。

（咦？我該不會遇上麻煩事了……？）

不會吧。正幸雖這麼想，他的預感卻不幸成真。

「○×△……！」

趴在胸前的女子說了一串話，不曉得是什麼意思。

然而正幸明明聽不懂卻露出曖昧的笑容，只知道點頭。

看正幸露出這樣的表情，女子馬上恢復冷靜。接著雙頰莫名泛紅，陶醉地望著正幸。

若事情到這結束就好了，當然，天底下沒那麼好的事。

有個凶神惡煞的彪形大漢追出來，目標是跟正幸求救的女子。

（啊，我搞不好會死……）

正幸會直覺性地這麼想也情有可原。

他的身高好歹超過一百七十公分，那個壯漢卻比他高一顆頭。滿臉通紅，像是喝醉酒，腰間還配著長劍。

在一般條件下跟對方打架就沒勝算了，更何況他還帶著武器。就算沒出差錯，被對方殺掉的可能性還是很高。

正幸原本想逃跑，那名女子卻巴著他的胸口不放。

（完了。看來這下完蛋了……）

他帶著笑容僵住。

雙腳不停發抖，光是沒因恐懼失禁，正幸就想誇獎自己了。

然而就在這個時候，有道不可思議的聲音在他耳中響起。

《已確認做出具英雄風範的「英勇行為」。獨有技「英雄霸道（天選之人）」解禁。要發動嗎？　YES／NO》

咦，好啊？——正幸帶著滿腦子疑問應允。這成了他的命運轉捩點。

《確認完畢。受「英雄霸道（天選之人）」的效果影響，學習語言……成功。此外，「英雄霸氣」與「英雄補正」已隨時發動。》

一些陌生字眼在正幸腦內陸續響起。

（——什麼？到底發生什麼事了……）

正幸整個人狀況外、一頭霧水，但現在似乎沒那個閒工夫。

「喂喂喂，小哥你搞什麼鬼。該不會是想妨礙本大爺吧？」

他突然可以聽懂壯漢說的話。那是剛才覺醒的獨有技「英雄霸道（天選之人）」的效果，然而正幸此時並沒有為此歡慶的餘力。

該如何度過這場難關才是重點。稍微走錯一步，他的人生可能就會當場劃下休止符。

不，小的完全沒那個打算——正幸打算當場下跪求饒。可是還來不及實行，抓住正幸的女子就出聲了。

「沒錯！這個人說他會救我！」

「——哦？」

壯漢的太陽穴爆出青筋。可以看到他肌肉膨脹，全身充滿力量。

（啊，這下用不著他使劍。被扁就完蛋了……）

因為怕得要死反倒能冷靜判斷。話雖如此，正幸並沒有想到能突破難關的好法子……

「有趣。那你就打倒本大爺，保護那個女人讓我看看吧！」

壯漢粗聲大吼。

有人開始起鬨，是不知不覺間圍在四周的行人與店裡的客人。

「喂喂喂，那小子竟然跟『狂狼』迅雷對幹！」

「是不是該去阻止他們？他可能會被宰掉喔。」

「迅雷那傢伙好像沒通過B級測試，現在正在氣頭上。卡夏也知情才拒絕負責他那桌吧。」

「哎呀，原來是這樣。中意的姑娘不給他面子，所以他更火是嗎？這下可沒人阻止得了了……」

「欸，現在哪有閒工夫聊天。要是冒險者在鎮上殺掉老百姓，會釀成大問題的。快派人通知公會！」

「已經去啦。而且既然你這麼說，那你去阻止啊。」

「說什麼蠢話！迅雷雖然只名列C⁺，但他的實力超越B級啊！只是因素行不良考試才被人扣分，論實力可是一等一的強。我打不過啦──！」

在聊這些的人大概跟壯漢迅雷同行吧。

聽到他們聊天的內容，正幸心裡同時燃起希望與絕望。

他們好像派人去通知什麼公會了，只要爭取時間應該能等到救兵。不過不知道救兵趕來要花多少時間，周遭那些人似乎也不願出手相救。必須自己想辦法，但那對正幸而言等同宣判死刑。

「卡夏那傢伙也真是的，竟然把毫不相干的小夥子拖下水……」

在周圍旁觀的某人喃喃自語道。

（就是說啊！為什麼找我？）

正幸雖然這麼想，但他還記得是自己聽不懂卻朝對方點頭。所以以結果來說，會變成這樣也是自作自受。

「你做好覺悟了吧？」

怎麼可能。

是沒半點覺悟，但對方似乎也等不下去。

所以正幸都想好了，至少在最後一刻表現得帥氣點。

他上高中雖說改變造型，但並非去當小混混。只是稍微染個頭髮罷了，連怎麼打架都不知道。

劍道雖有學些皮毛，但對目前手無寸鐵的正幸來說完全沒有幫助。

儘管如此，唯獨耍嘴皮是他的強項。

「愈弱的狗愈愛叫。你才是，做好心理準備了?竟敢找我麻煩？」

反正他已經看開了，被人打一拳保證上西天，所以正幸毫不猶豫地虛張聲勢。若能因此爭取時間再好不過，爭取不了的話，走運點頂多被打成重傷。運氣不好就死翹翹。

從剛才開始他好像就怕到麻痺了，腳也不抖了。

「……膽子挺大的嘛。好，那我就不客氣了。」

迅雷帶著凶猛的笑容瞪視正幸。

被他用如此凶殘的眼神狠瞪，正幸立刻後悔莫及。

（還是趁現在逃走吧——對喔，背後還有一個叫卡夏的女生……）

「可以麻煩妳暫時離開一下嗎？」

「是！那個人老是用色色的眼神看我。這位大哥，你要好好教訓他！」

正幸打算逃跑才叫卡夏離遠點。

卡夏大概以為這樣會妨礙正幸戰鬥吧。她乖乖放開正幸，退到圍觀的人群裡。

（……啊，不管怎麼做，都被人群給圍住了。這下完了——）

剛才真是做了錯誤的決定，正幸這麼想。迅雷之所以沒出手是因為有卡夏在。正幸怕她擋路不方便逃走才趕人，然而這麼做反倒害他死得更快。

「嘿嘿！」

迅雷臉上的笑意加深。

事到如今，得使出最後手段。

只好用他咬的口香糖當障眼法，再趁機逃跑。

《已確認發動具英雄風範的「迎敵勇氣」。獨有技「英雄霸道（天選之人）」之效能「英雄魅力」與「英雄行動」解禁。自此，個體名「本城正幸」的獨有技「英雄霸道（天選之人）」成功全面解放。》

不，我剛才想逃走耶——正幸的心聲被漠視。

話說從剛才開始就一直聽到的這個聲音是什麼啊？

正幸有點疑惑，但就算聽到「全面解放」也不知道是什麼意思，所以他放棄深究。獨有技聽起來好像很強，但如此輕鬆獲得的技能應該沒什麼大不了的，所以他也沒興趣。

說真的，現在沒空管那個。

正幸根本不打算對付迅雷。而且他的計策很卑鄙，想吐口香糖嚇唬對方，真不曉得對方怎麼會把這解釋成英雄行徑。

然而這些都成了過往雲煙，事情有了新的進展。

「——唔，好、好強大的壓迫感……你是何方神聖……！」

剛才還信心十足的迅雷開始在正幸面前冷汗直流。

正幸下意識嚼起口香糖。

他想藉這個行為讓自己冷靜下來，卻對迅雷造成更大的威脅。

「唔，竟敢使用奇怪的術法！你是什麼人都無所謂——！看我宰了你——！」

迅雷吼完就激動地攻擊正幸。

至於正幸，他完全處在狀況外。

「？」

搞不清楚狀況的他呆站在原地。

迅雷向前一步，打算海扁正幸。

正幸則呆呆地瞥了迅雷一眼，這時那巨大的拳頭已逼至眼前。

（糟糕，完蛋了——！）

他閉上眼並低下頭，試圖迴避拳頭。心想「反正也來不及了」，想盡量減輕疼痛。

然而正幸想像的最壞情況並未發生。

痛楚瀰漫開來，但僅限額頭的一小部分。

他詫異又惶恐地睜眼。眼前是不知道為什麼已經翻白眼仰躺在地的迅雷。

「咦？」

正幸完全不知道發生了什麼事，口裡發出困惑的輕喃。

不料四周響起盛大的歡呼聲，將他的聲音蓋過。接著——

「好、好強！那個人連手都沒動就打倒狂狼迅雷了！」

「真是不敢相信。你有看到他剛才的動作嗎？」

「有……他在千鈞一髮之際避開拳頭，鑽進迅雷懷裡給了他一個頭鎚。是高手啊。」

「那個小鬼到底是什麼人——？」

那些看熱鬧的傢伙開始此起彼落地說著。

其實這是正幸獲得的獨有技「英雄霸道（天選之人）」發動所導致的。

英雄霸氣：矮人王蓋札也擁有的技能，只有英雄才能釋放的霸氣。比自己弱的對手光是沐浴在這股霸氣之下便會被那股氣勢給鎮壓住，動彈不得，還會對技能持有者言聽計從，是種特殊的氣場。

英雄補正：會變得超級幸運，連一般攻擊都會變成致命的一擊。這些效果在隊友身上也會發揮作用。此外，旁觀者會擅自將技能擁有者（天選之人）的言行舉止做正面解釋，發揮驚人效果。

英雄魅力：看英雄大顯身手的人會受到鼓舞。恐懼感變淡並萌生勇氣。最後會對英雄產生信心，希望與他一同奮鬥。還有另一個效果是敗給英雄的人會歸降成為他的同伴。條件是對方還活著。這個效果對具有個人意志的魔物也適用。

英雄行動：該行動是成為英雄的第一步。會成為同伴效法的典範，最終獲得眾人讚揚。並且，不僅如此……

——以上就是獨有技「英雄霸道（天選之人）」的能力。

其實這項技能在數種獨有技裡實屬罕見。

與以前勇者使用的「絕對切斷」和「無限牢獄」並駕齊驅，雖是獨有技卻直逼究極技能，具有極其優越的性能。

迅雷在鎮上算實力了得，卻不是正幸那身技能的對手。

只可惜正幸對此事一無所知。順利讓如此駭人的能力完全解放，正幸卻毫無自覺。

但這不是什麼大問題。

畢竟「英雄霸道（天選之人）」是被動技能。

由正幸想變成英雄的願望衍生而出的「英雄霸道（天選之人）」，已經止不住了。

無關他的個人意願，以凶猛之勢將正幸推上英雄寶座……

「原來他是金髮勇者……」

「噢、噢噢，我有聽過——」

「是在許久之前相當活躍的勇者大人吧？聽說他不知去向——」

「難道他復活了……？」

周圍的嘈雜聲逐漸擴大。

「勇者？」

「他是勇者？」

「怎麼可能——」

「不，他那麼厲害。是如假包換的勇者！」

也不知是誰起的頭，大家開始說正幸是勇者。

（不，我的頭髮只是用染的……）

當正幸察覺，一切已經為時已晚。周遭觀眾紛紛對他投以熱切的眼神，雙眼閃閃發亮，彷彿憧憬的人就在他們眼前。

「啊？那個，你們認錯人了——」

正幸慌慌張張地否認，這時腳邊竄起的轟然巨響將那句話蓋過。

「你們這些人，都給我退下！竟敢跟三兩下打倒我的勇者大人攀交情！」

沒錯，剛才正幸靠走運打倒的迅雷已經站了起來，正朝聚集在四周的圍觀群眾大吼。

接著迅雷轉而面對正幸，畢恭畢敬地鞠躬。

「剛才得罪了。沒想到您是勇者大人……」

「不，就跟你說認錯──」

「在下名喚迅雷。附近這一帶的人都叫我『狂狼』，是小有名氣的冒險者。我太自以為是了，不好意思。親身體驗勇者大人的華麗戰技後，我深知自己還有待磨練。雖然我尚未成氣候，但還懇請您收我當部下。」

迅雷說完又朝正幸行了更深的禮。

正幸除了困惑還是困惑。這樣一名壯漢要他收自己當部下，他也不知該怎麼辦才好。

「不，就跟你說了。我不是勇者──」

「噢噢，您想隱瞞勇者身分是嗎？那該如何稱呼您？方便的話，還望您能告知大名。」

將正幸大力否認的話當耳邊風，迅雷帶著燦笑連番提問。

正幸實在拗不過他。

被迅雷吼完變安分的圍觀民眾也緊張地觀望動向，害正幸不禁心想「隨便啦，怎樣都好」。

「我的名字叫正幸。叫我正幸就可以了。我才剛到這個城鎮──」

既然這個叫迅雷的男人都說成這樣了，正幸猜他起碼會請自己吃頓飯。那就裝傻跟他們打聽各種事情，也不失為一種好辦法。

可是事情進展比想像中更加順利。

「我都明白。」

迅雷一臉了然地頷首。

然後他將臉湊到正幸耳邊，朝他問道：「勇者大人，您才剛復活吧？」

這讓正幸在心裡「啊？」了一聲，但他轉念一想，或許可以利用迅雷會錯意這件事。因為對方看起來就一副「不管正幸說什麼都照單全收」的樣子。

此外——

（若是不假裝他輸給勇者，這個人會尊嚴掃地吧。還是順著他的話比較好。）

正幸也認同了這件事。

所以正幸就沒對他們喊自己「勇者」的事多加否認。

這成了令人痛恨的失誤。

因為……

以此為契機，「勇者」——閃光正幸的傳說就此展開。

後來正幸受趕至現場的自由公會職員保護，被護送到英格拉西亞王國的王都。

他在那遇見神樂坂優樹。

「你也吃了不少苦頭呢。」

聽他這麼說，正幸不禁有種想哭的衝動。

不過正幸深入了解後，才知道名叫優樹的少年來到這個世界將近十年。身體似乎停止成長，外觀看起來就像個少年。按他的實際年齡推算，應該從國中時期就來到這裡了。

（他吃的苦頭比我更多啊……）

想到這邊，正幸就覺得現在不該哭哭啼啼，讓他有力氣繼續努力下去。

跟優樹談過之後，正幸決定去當冒險者。幸好迅雷願意當他的隊友，優樹也允諾正幸會多關照他。

正幸也認為自己不該一直仰賴優樹，所以想當冒險者自立。

「雖然不曉得原因是什麼，但我能聽懂他們的話，跟優樹先生相比算是比較幸運的吧。」

「就是說啊！也不想想我當初有多辛苦……不過，幸虧我有師父照顧，所以沒吃太多苦頭。這個世界有魔法，只不過是要跟人交談其實意外簡單。」

要學讀寫似乎困難重重，但優樹向正幸解釋，只學對話可以靠魔法解決。接著優樹將手邊資料看過一遍，替他介紹可以當隊友的人才。

「對了，這位邦尼也是靠魔法學習語言的喔。」

看來名叫邦尼的青年也是靠魔法才能跟人對談。

他是英格拉西亞學院的畢業生，受優樹保護的「異界訪客」。聽說生於美國的他只會說英文，跟優樹溝通起來也是雞同鴨講。這時魔法就派上用場了，而邦尼從此迷上魔法，希望到學院上課。

他才剛當上冒險者，正在找隊友。這時正幸等人適時出現，他們便一起活動。

就這樣變成了三人小組。

正幸等人以壓倒性的速度成長，約莫半年團隊已被人封上「閃光」的名號。

迅雷雖是C+，但他的實力跟B級不相上下。再加上有邦尼的魔法幫襯，讓他們能安定地狩獵。

正幸只是對劍道略有涉獵的外行人，卻身懷超稀有的「英雄霸道（天選之人）」。這項技能對隊友也有效，所以隊友的攻擊全變成致命一擊。

在這項技能的影響下，隊友們發揮出超越原本實力的力量。迅雷甚至展現出A級之上的強悍。再加上他們受到不容易被敵人擊中的加持，可謂所向無敵。

於是乎「英雄霸道（天選之人）」便發揮到極致。

真是太驚人了。

就算是隊友做的事，最後也會歸功於正幸。

隊伍「閃光」的評價也全都回饋到正幸一人身上。結果到頭來連閃光正幸這個稱號都變得廣為人知。

他們正好在此時參加於英格拉西亞王都舉辦的武鬥大會，正幸的稱號因此更加聲名大噪。

原本是想拿冠軍獎金買裝備，不料他們贏得輕鬆愉快。

因為正幸只是拔個劍，對方就說「我輸了」，表示甘拜下風。

觀眾見狀都以為是正幸出手迅雷不及掩耳。

事實上，他什麼都沒做。

然而觀眾不曉得，便因「閃光」這個名號高估正幸。

那全都是獨有技「英雄霸道（天選之人）」的傑作。

到這個時候正幸也有自覺了，但他不打算住手。

應該說，他不知道該怎麼阻止才好。

要對抗這項技能，對方至少得具備獨有技。既然正幸無法靠自身意志將其停下，傳言就免不了擴散。

這讓正幸很頭大，但他並沒有因此受害，所以他放棄抵抗，假裝順應民眾的期待、敷衍了事，決心扮演「勇者」。

就在那個時候，第四名夥伴加入。

是名叫「裘」的少女。

她是非常高階的「精靈魔法」能手，聽說正幸的傳聞特來拜會。

一開始裘還罵他是假扮「勇者」的小人。可是不知不覺間，裘開始信奉正幸。

裘雖然脾氣古怪卻擅長回復魔法，成了隊上的核心人物，十分活躍。

就這樣，正幸與他的夥伴勢如破竹地進擊。

在冒險者分級裡已達到Ａ級，在武鬥大會上所向披靡。

以英格拉西亞王國為據點活動，不到一年就加入英雄的行列。

…………………

…………

……

在這種情況下，波濤洶湧的一年即將過去。

雖然正幸自己也很傻眼，但他現在已經習慣被人稱為勇者了。人類果然是適應力很強的生物，正幸事不關己地想著。

對於受萬人讚揚的自己日日都感到疑惑。

這樣的正幸即將碰上天大轉機——

第一章

開國祭前夜

Regarding Reincarnated to Slime

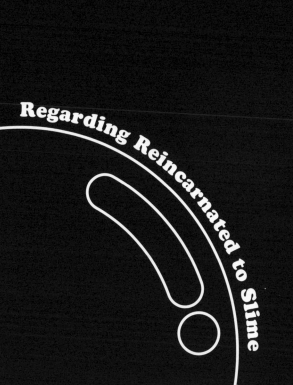

這次正幸等人是因優樹的委託而採取行動。

他發現英格拉西亞王國周邊的某小國「巴勒奇亞王國」在進行奴隸買賣，市場相當龐大。據說走運逃脫的奴隸向他求救，所以必須盡快派人調查。

只不過，對手雖不怎麼樣，卻可能牽扯到整個國家。推測危險程度在B⁺之上，對專責粗活的冒險者來說，這項工作的負擔太重了。

「我個人很想拒絕，但又不方便違背金主的意思。而你們聲名遠播，就想請你們當誘餌。」

以上就是優樹拜託正幸的事。

光派調查員難以完成任務，才希望正幸等人陪同前往。除此之外，當調查員尋找販賣奴隸的證據時，優樹小隊就負責當誘餌，讓巴勒奇亞王國將注意力放在他們身上。

這就是正幸從優樹那接下的任務。

他們已經升上A級，連巴勒奇亞王國也不敢小看。調查工作由同行者執行，算是滿清閒的任務。

正幸也沒什麼意見。

「正幸先生，我們就伸出援手吧。就算跟對方開戰，區區一個小國，光靠我們也能獲勝！」

迅雷說出充滿正義感的話。自從敗給正幸後他就變得很紳士，讓人無法將他跟從前的迅雷聯想在一起。

「也對。現在都什麼時代了，怎麼能蓄奴。只要有正幸的力量，一定三兩下就讓對方痛改前非。」

身為「異界訪客」的邦尼似乎具備某種獨有技，所以對「英雄霸道（天選之人）」的影響力具有抗性，即使如此他似乎還是很尊敬正幸。

正幸猜不透是為什麼。不僅如此，他還會向邦尼大吐苦水，說出心裡的真實想法。不過邦尼還是很信賴正幸，會給正幸各種建議。

邦尼會用客觀的角度看他，所以正幸都會以他的話為參考。

這次邦尼一番話也可以說是關鍵。

「嗯。既然正幸大人如此判斷，我便照辦。」

裘只做出這種片面發言。

她似乎盲目地追隨正幸，很少持反對意見。

如此這般，正幸等人接下這項委託，就此來到巴勒奇亞王國。

他們來到當地的迎賓館。

那裡辦了一場舞會，不只巴勒奇亞王國，連周邊各國的貴族都共襄盛舉。

正幸獲邀參加舞會，卻碰到進退兩難的窘境，讓他很想逃避現實。

他竟然撞見奴隸買賣的現場。

（拜託別又來了，這是調查員的工作吧？）

怎麼又來了，正幸有種想哭的衝動。

他去找廁所，回來的路上偶然通過某間房，聽到裡頭傳出細小的談話聲。

正幸沒有刻意朝內觀望，只是不經意看到。然後出來迎接他、帶他入國的貴族布萊帕伯爵就在裡頭，目光跟他對個正著。

「……」

「……」

事情就發生在剎那間——

「請問，你在這裡——」

「真是傷腦筋。既然您都聽到了，那就不能怪我。為了避免受人打擾，我還特地在屋外安排強悍的士兵把守，沒想到竟被打倒。該說不愧是勇者大人嗎？」

布萊帕伯爵笑著說道。

（不不不，你哪有安排那種人啊？）

「等等——！」

正要發牢騷的正幸被人打斷。

「真是的，勇者大人似乎失去了理智——可不能就這麼坐視不管。來人啊！快將他拿下！」

不料原本在跟布萊帕伯爵對話的人竟有所行動，拔出立放在一旁的劍斬殺伯爵。

接著將那把劍丟掉並大聲喧譁，企圖嫁禍給正幸。

後續發展又是老樣子。

士兵們三三兩兩地現身，跟正幸在一起的迅雷放眼瞪視他們。

「噢噢，陸續現身啦。就憑你們這些三腳貓，用不著勞煩正幸先生。本大爺就能輕易擺平。」

迅雷扯動那張凶惡面容一笑，接著便展開行動。因為有正幸的技能加持，他已經來到超人境界。

「嘖，這個怪物。不對，馴養他的勇者才是大敵，礙我的好事。」

斬殺布萊帕伯爵的男人——哥賽爾侯爵恨恨地瞪著正幸。

「勝負已定了吧？你就死心向我投降——」

原先應該是在隔壁房間待命的士兵全都被迅雷打倒。看來勝負已見分曉，正幸這麼認為，並做出提議。

不過他想得太美好了。

「咯咯咯，大家都說勇者大人心地善良。但事情變成這樣，看見這種慘狀，任誰都會站在我這邊！」

聽對方這麼說，正幸才想起布萊帕伯爵已倒地不起。

一些人聽到騷動聲趕來，那些腳步聲傳入耳裡。

「嘖，大事不妙，正幸先生……」

這裡是巴勒奇亞王國。

就算勇者名聲響亮，正幸充其量只是客人。拿該國重臣哥賽爾侯爵跟正幸相比，哥賽爾侯爵的可信度更高。

哥賽爾侯爵基於這點才顯得游刃有餘，這也是迅雷焦急的原因。

然而正幸處變不驚。在心裡抱怨歸抱怨，他仍憑直覺察覺到這是老戲碼。

獨有技「英雄霸道（天選之人）」會調整狀況並讓正幸當上英雄，順到令人驚駭的地步。

這次也不例外。

一些人聽到騷動聲跑來看熱鬧。除了巴勒奇亞王國的貴族，還有來自其他國家的客人。

哥賽爾侯爵見狀志得意滿，但他立刻換上驚愕的表情。

「——唔，嗯——我、我怎麼……」

布萊帕伯爵清醒的同時一面發出呻吟。

「正幸大人，這個男人是重要的證人吧？我看他還活著，就治好他了。」

不知道什麼時候來的，裘用魔法治好布萊帕伯爵。然後看著正幸，希望他誇獎自己。

「噢，這位大叔。幸好正幸先生很講情面呢。如果你在這老實作證，只會治你買賣奴隸的罪。不過，若想隱瞞──那個男人會再次抹殺你喔。好了，你打算怎麼辦？」

聽迅雷帶著凶殘的笑容說完，布萊帕伯爵這下明白事態輕重了。

想必他快速盤算一番後發現這事由不得他，放棄掙扎了吧。只見布萊帕伯爵沮喪地垂頭，當場自首。

「怎麼了，這是在吵什麼？」

巴勒奇亞國王適時登場。

原本吵吵鬧鬧的眾多貴族成員也安靜下來，事情迅速了結。

完全如同正幸所料。

之後也是老樣子，事態急速轉變。

憲兵隊被派來此地，闖進布萊帕伯爵跟哥賽爾侯爵的住處，掌握買賣奴隸的證據。

他們因此得知令人震驚的事實，原來哥賽爾侯爵是犯罪組織的幹部之一。不僅如此，還查出犯罪組織的根據地就在這裡。

巴勒奇亞國王認為事態嚴重。

對西方諸國具影響力的犯罪集團「奴隸商會」隱藏在巴勒奇亞這個小國。巴勒奇亞國王無論如何都不許這種事情發生。

奴隸商會的商品不單只有奴隸。

舉凡武器、防具或可疑的魔藥，甚至是毒品、魔物，上自魔法道具下至魔寶道具，應有盡有。

當然，小國無力對付他們，所以巴勒奇亞國王決定將自由公會牽扯進來。

可想而知，他要找的就是正幸的「閃光」小組。

習慣還真是恐怖的東西，正幸早就料到事情會變成這樣。

（啊，果然變成這樣……）

他暗自想著，並接受巴勒奇亞國王的請求。

之後——

因為正幸他們這個A級小隊加入作戰行列，所以有一大批冒險者也跑來加入奴隸商會掃蕩作戰。

加上巴勒奇亞國軍，總人數超過兩千。

當他們全都受到「英雄霸道（天選之人）」影響，發揮的力量自然超乎想像。

奴隸商會的據點也有數百名人在此待命。其中不乏許多等同於A級的猛將，被抓進商會的魔物亦是一大威脅。

其戰鬥力可與一國相比擬。

然而犯罪集團「奴隸商會」卻被打著正幸名號出征的討伐部隊殺了個體無完膚、片甲不留。

事實上，正幸根本沒有出場的機會。不，其實他只要人在場就能幫上忙，但正幸本人毫無自覺。

就這樣，有正幸等人同行的掃蕩戰漂亮落幕。惡名昭彰的奴隸商會就此宣告瓦解。

這次也一樣，就算正幸什麼都沒做，情況依然朝好的方向發展。

結果不僅是英格拉西亞王國，正幸的「勇者」大名傳遍了西方諸國的每個角落。

就跟平常一樣，事情順利落幕。

若事情到這結束固然是件好事，但這次還留下了另一個問題。

受他們保護的奴隸裡，有些魔物參雜其中。

也有凶暴的魔獸。那些魔物已就地宰殺，但這對某些魔物並不適用。

他們是長耳族。

問題在於要怎麼處置這些長耳族人。

他們希望回朱拉大森林，但不能直接放走那些長耳族。

如此判斷是基於現在的世界情勢。

朱拉大森林剛變成魔王利姆路的統轄地。要是長耳族向魔王利姆路告狀，說他們被人類抓去當奴隸，不曉得魔王利姆路會怎麼做。

為了彰顯權勢，他搞不好會出面報復。

西方諸國都知道法爾姆斯王國的下場有多慘。

連大國法爾姆斯都能滅掉，小國巴勒奇亞根本無從抵抗。

「正、正幸大人。請您、請您一定要幫幫我們！」

一身威嚴的王，來到掩人耳目的別室對正幸哭訴。

被他這麼一求，正幸不忍心拒絕，決定接受王的請託。

（只是把那些長耳族人帶去魔國聯邦，應該沒問題吧？）

他不以為意。

這成了錯誤的開端。

勇者正幸要前往魔國聯邦——人們聽說此事，都以為他終於下定決心要去討伐魔王。

傳聞瞬間擴散。

然而正幸沒把這當一回事。

這次也會像平常一樣順利，他習以為常的腦子如此盤算。

獨有技「英雄霸道（天選之人）」的威能，確實能發揮可怕的效果。

這是毋庸置疑的事實，不過——

一山還有一山高。

那也是不容否認的事實。

而正幸因為過於自大忘了這點……

『事情就是這樣，到那裡再聯絡吧。』

話說到這兒，正幸切斷跟優樹的魔法通訊。

他向對方回報事情的結果，並討論今後動向。英格拉西亞王國由多重「結界」守護，要做「魔法通訊」也得透過特定波長的暗碼通訊聯繫，不能隨意使用，所以他們要訂特定日期實行。

結束通訊後，正幸發出無奈的嘆息。

「優樹先生太杞人憂天了。」

「沒錯。只要正幸先生拿出真本事，魔王哪是對手。」

「說得對。我們應該要制裁他。」

以上是正幸跟夥伴的對話。

在這之中，只有邦尼夠冷靜。

「可是，正幸。聽說連『那個』聖人日向都跟魔王利姆路打成平手。還是小心為妙。」

聽他這麼說，正幸也曖昧地點點頭。

接著他開始思考。

至今為止的進展都很順利，但仔細想想，自己什麼也沒做。

正幸不認識日向也沒見過她，不過，他尊敬的優樹很讚賞日向。連這樣的人都無法打倒，魔王利姆路的危險程度極有可能超乎正幸想像。

想到這兒，正幸決定行事上要再謹慎些。

「也對，有道理。魔王利姆路似乎想跟人類友好相處，我們最好不要一去就找他麻煩。」

「哼哼！這下魔王那傢伙撿回一條小命。」

「魔王很邪惡，這點毋庸置疑！」

「總之，必須先看魔王今後如何行動，我們再做判斷。不管怎麼說，聖人日向都跟魔王和解了，如今只剩正幸稱得上『勇者』。行動上應該再慎重點。」

正幸也認同這番說詞。

「嗯，就是這樣。雖說借助大家的力量，連魔王都能戰勝，但我們現在還是慎重行事吧！」

說到這裡，正幸對於跟魔王利姆路對戰一事持保留態度。

先看看情況再說。

迅雷、邦尼和裘。

這三個夥伴看在正幸眼裡簡直是怪物。他本人沒什麼本事，卻無法想像這三人會輸。

（若是真的打起來應該會贏，但我又不恨那個叫利姆路的魔王……用不著刻意找碴吧。）

正幸輕鬆地想著。

就這樣，正幸一行人意氣風發地啟程，朝魔國聯邦邁進。

●

即使謁見典禮結束，我的預定行程還是排得很滿。

這次要應付賓客們。

目前各國的代表使節團陸續來到我國。

聽說較早抵達的人早在一星期前就住下了。

不只是收到本國請帖的人，有些商人耳聞風聲也跑來這裡，鎮上熱鬧非凡。

曾經來過的人似乎還沾沾自喜，向初次來訪的人介紹本鎮。

各國重鎮和王族也對新奇的異國風情感到興致盎然。

看來都如我方所料，將本地改造成觀光勝地的計畫似乎進展順利。

話雖如此，本鎮估算起來最多只能招待三千名貴族賓客。換成一般老百姓，住宿設施可供約莫一萬人使用，但可供上流人士使用的住宿設施卻不多。

招待規格跟餐點都和一般階級截然不同。我們假設王公貴族會來使用，在安全層面也下了功夫。為他們保留了很大的居住空間。

由於這次要招待王公貴族，所以不管帶多少錢來消費，該處都拒收一般客人。聽說富商之流也來到了本鎮，我還擔心他們會心生不滿，認為我們禮數不夠周到。

不過我好像想太多了。

這方面有賴摩邁爾安排。他做得天衣無縫，連富商的住處都打點得當。

「不愧是摩邁爾老弟。」

「呵呵呵，利姆路大人。這點小事不足掛齒。以利格魯德先生為首，這座城鎮的居民平常就很認真做事，都是託他們的福！」

摩邁爾真是可靠的男人。

利格魯德和利格魯，還有在他們底下做事的人，大家那麼賣力，自然值得讚許。

可是招待客人、讓他們不至於怨聲載道，唯獨摩邁爾有這等手腕吧。

大家的努力加上摩邁爾的高明手腕。

可以說是兩者相輔相成，才造就美好的開端。

「就照這樣繼續維持下去！」

「包在我身上！」

剩下的事就交給摩邁爾處理，我將注意力都擺在如何應付重要來賓上。

*

地點來到會議室。

朱菜跟紫苑為了準備忙進忙出。要備妥多人的餐點，一定要事先做準備。
戈畢爾跟黑兵衛也忙著為他們的展品做最終確認。
這次的對手不是魔物，用不著下馬威，所以也不須動員全體幹部出面迎客。
雙方又沒有臣屬關係，相較於近日的謁見典禮，陣仗沒那麼大。
當然，我要用人型姿態相迎。
目的在於藉由穿著打扮彰顯我的財力與權勢。
說真的，好麻煩。
維持史萊姆狀態還比較輕鬆愉快，我喜歡那樣，但最後還是放棄了，這也是沒辦法的事。

我跟來自西方諸國的王公貴族互相禮貌性地打招呼。
布爾蒙王也在這時來訪。
這個大叔還是老樣子，看起來很親民。感覺好像童話故事插圖裡的人。
看上去還很年輕的美麗王妃就待在國王身邊。雖然不曉得實際年齡，但她跟這個國王結婚好像已經超過二十年了。
乍看之下覺得這對伴侶很突兀，然而他們其實鶼鰈情深，頗受布爾蒙國民愛戴。
「現在才跟您道謝，不好意思。你們拉攏法爾姆斯貴族米歐拉侯爵與海爾曼伯爵，還煽動評議會與西方聖教會，對我國助益有加。」
因他首肯，費茲才能自由行動。
我的作戰計畫之所以成功，全因此人信守約定。

多虧他們放出對我方有利的消息，世人對我的評價才不至於太差，也讓願意造訪我國的商人增加。由此可見布爾蒙王國帶來多麼大的影響。

聽我表達心中的感激，布爾蒙王笑著揮揮手。

「別客氣、別客氣，利姆路大人。您多禮了。我只是遵守跟貴國的協定罷了。還有，您應該從費茲那聽說了吧？我將一切賭在您身上，將我國命運交到貴國手中。我們也是別有用心，您的感謝承受不起啊。」

臉上掛著和善的笑容，這男人卻大意不得──他就是布爾蒙王。

布爾蒙王聲稱他幫我們是別有用心，並笑著說為此不須言謝。

「話雖如此，您願意相信我們，那分心意依舊令人開心。」

表達心中謝意可是很重要的。

我沒有硬要纏著他一直講的意思，但還是跟他說聲謝謝。

布爾蒙王見狀便說「讓我都不禁懷疑您是不是魔王了」，接著面露苦笑。

之後他臉上神情一轉，直視著我的眼睛開口：

「這次我國的卡札克似乎給您添麻煩了。幸虧利姆路大人的子民得救。」

在說卡札克子爵的事吧。

這些麻煩主要添在摩邁爾那兒，而「奴隸商會」於朱拉大森林暗中上下其手的事應該發生在我當魔王之前。

話雖如此，布爾蒙王國還是難辭其咎吧。講是這樣講，那些罪都算在卡札克子爵頭上。

但他只是被人玩弄的小角色罷了。

儘管為人糟糕透頂，但他本人實際上也沒做什麼。

然而犯罪就是犯罪。

而且卡札克好像還說了「不管我怎麼對待下賤的魔物，身為貴族的我都不會遭受制裁！」這種傲慢的話。

無罪赦免未免太便宜他了吧。

「既然問題順利解決，我也不打算追究。」

「多謝。」

「對了，你們要怎麼處置卡札克子爵？」

既然他是布爾蒙的貴族，就不能依我國規章制裁。雖然是這樣，他無須受罰仍令我難以接受。

我不想大做文章，但這要看布爾蒙王如何決定。布爾蒙王似乎非常清楚這點，用毫不留情的語氣應答：

「卡札克已經不是子爵了。那個男人竟敢協助國際犯罪組織，表示他忘記身為貴族的義務。怎麼能讓這種人在我國布爾蒙位列貴族。我不僅剝奪他的身分和財產，還將他趕出我國。讓卡札克子爵家在這世上身敗名裂，為這件事做個了結。」

看來沒問題了。

雖然覺得刑罰過重，但買賣奴隸在國際間視為犯罪行為。若是不小心罰得太輕，大家會看不起布爾蒙王國。

一想到這裡，便不覺得那是重判，或許這樣判還算有幾分情面。

卡札克只當過貴族，大概難以適應其他的生活方式吧。身無分文又沒地位，還被逐出熟悉的祖國，往後要活下去想必困難至極。

但即使如此，只要人還活著，就有機會發現全新的自我。

以罪刑來看算處置得當，我也沒異議。

「好。我打算接受這個判決。」

「聽您這麼說，我就放心了。那麼就如先前那般，兩國的協議繼續生效，這樣可好？」

「彼此彼此，我們可是求之不得。今後也請你們多多指教。」

我與布爾蒙王大力握手。

就這樣，這件事塵埃落定。

接下來要進入正題。

布爾蒙王換上和顏悅色的表情，一副要直接拆招的模樣，單刀直入地問了：

「對了，利姆路大人。費茲都跟我說了，聽說利姆路大人規劃了壯大的計畫？」

看樣子他想進一步了解我跟費茲提過的未來展望。

「關於這件事，受牽扯的不只我國與貴國。我個人希望找來各相關國的代表，展開正式會談。由我們出面，對諸國詳細解說……」

「呵呵呵，您這話說得真拘謹啊。費茲有跟我稍事說明過，聽起來這事可能會左右我國的立場。不能全交給那幫文官處理。」

「既然這樣，我就稍微——」

預計之後才會舉行正式會談。

所以現在我只是簡略地向他說明我想讓布爾蒙王國成為物流集散地的計畫。

沒想到……

「——原來如此。這真是不得了啊。」

「陛下，您無論如何都要排除萬難，讓這件事成真。」

明明只是做個約略說明，布爾蒙王卻眼神大變。他本性畢露，眼裡燃著野心。

而至今鮮少發言的王妃也跟國王一樣，對我的計畫難掩興奮之情。看來這個人腦筋也動得很快。只是聽我說幾句，看上去卻已精確判讀今後會萌生多大的利益。

看來要提防的不光是布爾蒙王。

一個是具備當機立斷能力的賭徒國王，另一個是冷靜沉著工於心計的王妃。在他們倆通力合作下，布爾蒙王國雖是一介小國，卻能維持其影響力。

「但那些都是三天後開辦的開國祭順利落幕後的事了。」

「呵呵呵，我想您無須多慮。還沒開始就有這等盛況。前來此地的各國貴族在人數上似乎相當可觀。」

「說得是。但現在就如利姆路陛下所說，我們用不著驚慌。要執行這項計畫，確實須與各國達成共識。而我們要先為那一刻做準備，讓國人有共識才行。」

「嗯，愛妃所言甚是。利姆路大人，聽您透露這些好消息著實令人開心。那我們就先失陪了。」

「預祝坦派斯特開國祭成功。」

兩人說完接著起身。

看來他們不打算端貴族架子耍嘴皮將談話時間拉長，進而浪費我的時間。既然已經問過他們想知道的事，再來就沒事找我了吧。

這些人辦事簡單明瞭，很討人喜歡。

「那麼，請兩位務必在我國好好享受一番。」

「定當如此。」

「正是，令人好生期待呢。」

說完後兩人就此離去。

＊

與布爾蒙夫婦相會後，時間來到隔日。

矮人王蓋札來串門子。

「我來啦，利姆路。這次是搭睽違已久的馬車遠征，把我累個半死。」

蓋札王說完就朝我對面的位子一坐。

還是老樣子，態度堂而皇之。

還一臉理所當然的樣子，朝擺在桌上的茶點出手。

「喂，可別連我的份都拿走喔。」

現在才阻止好像有點太遲了。

我本來想留著晚點享用的最後一個甜甜圈也在眨眼間落進蓋札嘴裡。

明明是酒鬼，沒想到連甜食也愛……蓋札這個男人可真不能小看。

「真愛計較。連這點小事都掛在嘴邊，這樣可沒辦法成大器喔。」

哪裡不夠大器，搶人家的甜甜圈還在那說嘴。

看蓋札自顧自地亂講，我賞他白眼。然而他不為所動，與我正面對視。

「都怪長老們太拚，馬車的數量多得誇張。都是你害的，利姆路！」

蓋札如是說。

若是騎天馬移動，從德瓦崗到這只要一天。但這次是正式來訪，不能只帶天翔騎士團過來。可不能帶些護衛就算了。

必須對參加祭典的各國貴族展現大國德瓦崗之王的威嚴。因此須準備好幾套替換衣物及其他物品，還得帶負責管理這些東西的人、替王更衣的侍女等等，陣仗似乎不小。

「要以王的身分行動，必須做好相應的準備。幸好街道都鋪好了，這方面倒還好，但這幾天旅行下來還是很辛苦。」

所以蓋札才老是帶一小批人偷跑出來。

話說回來蒼影有跟我報告，聽說往布爾蒙的街道塞到不行，甚至得出動交通管理員，街道上的旅店也住到客滿。

這消息慘到令人哀號卻又讓人欣喜，我也重新體認到這裡還欠缺規模更大的運輸手段。

在現今的日本，車子很少壞掉。就算壞掉，道路救援也會火速抵達。然而在這個世界裡，馬車壞掉就麻煩了。就算是為了避免後方塞車將它移開，搬起來也很吃力。

管理馬的身體狀況也很重要，並非想怎樣就能怎樣。

考量這點才將道路預先拓寬，但問題還是發生了，就把那些案例當成今後的課題，派人蒐集相關資訊吧。

聽完蓋札剛才那番話，我總算知道貴族移動起來有多麻煩。至於塞車的原因，疑似是表態參加的王公貴族比預料中更多才引發的。所以往後最好還是在各方面多費點心思。

要是能早點開發列車，讓大家移動起來更便利就好了……

總之，那些先擺一邊。

「沒想到你會來呢。我還以為來訪的會是使者耶。」

我真的沒料到蓋札會親自登門。這話背後也帶著希望他別找人亂發脾氣的意思，我老實地這麼說。

可是蓋札不吃這套。

「哼，那怎麼行！你好像又在盤算什麼，我要親眼見識再做判斷，這樣才放心！而且……我有件事想問你。」

「什麼事？」

「聽說你跟坂口日向交戰……打成平手是幌子吧？」

我就猜這事可能會穿幫，看來我跟日向對戰的事，蓋札果然也聽說了。而且他完全不信官方說法，認定贏的人是我。

「算是吧。雖然感覺像是贏了比賽，實質上卻輸了。不過打贏了就是打贏了。」

我先聲明這是祕密，才告知蓋札我和日向對戰的始末。

「真是難以置信。那個女人……老實說，她比我還強耶。只論劍技那還另當別論，但綜合評比在我之上。結果贏的人是你？」

八成受我感化，蓋札也道出真心話。

身為英雄王的他不能跟日向一較高下，所以才派密探蒐集情報，分析日向有多強，結論是他自認居於下風。

而我戰勝了日向，蓋札似乎打心底感到震驚。

「一方面也是我運氣好啦。事實上，日向比我打倒的魔王克雷曼還強上數倍。我之所以會贏，多半是拜技能所賜。」

說真的，若是沒智慧之王拉斐爾大師早就輸了。

雖說它是其中一項技能，卻負責管理我身上所有的技能。

假如智慧之王拉斐爾大師沒把我不知道的技能用得爐火純青，一定贏不了日向。

「呵，運氣也是一種實力。很高興看到師弟變強，但就這樣輕易認輸有點不是滋味啊。」

「就算你這麼說……若是靠我原本的實力，連白老都贏不了喔。」

「你的想法還是那麼奇怪。實力也好，偽裝也罷，技能也是你實力的一部分吧？」

蓋札王錯愕地說著，但我確實這麼想。

甚至還覺得，少了智慧之王拉斐爾大師，我大概跟哥布達差不多。

但這件事打死我都不會跟別人提起。

「算了。話說回來，你這次又有什麼打算？」

一改先前錯愕的模樣，蓋札認真地問道。

看來這才是他想知道的。不過，就算他想探究我的想法……

「你在說哪件事？」

蓋札這話是什麼意思，我完全聽不出來。

「你還問！西方聖教會希望跟我國德瓦崗開闢正式窗口，以便日後交流，派了人來刺探喔！至今西方聖教會都把我們當成與魔物雷同的種族，怎麼會顛覆他們的教義？突然出現這種變化，肯定是你在背後動手腳吧！」

啊！

經蓋札怒斥，我這才想起跟日向等人談過的事。

這麼說來我確實給過建議，說最好把蓋札王一起拖下水。

矮人王國是歷時千年的中立國，非常值得信賴，就算是西方聖教會的狂熱信徒，也不會真的把矮人當魔物看待吧。

就算有，那也是極少數罷了。

我基於上述想法才向日向等人提議，卻忘了先取得蓋札王的同意。應該說，我認為沒那個必要。

沒想到蓋札氣成這樣。

我想日向等人應該不至於說出這是我提議的，我就隻字不提裝傻蒙混過去吧。

「討、討厭啦，你在說什麼，我完全摸不著頭緒啊。這、這個嘛，跟日向實際對戰後，我想雙方大概培養出一些友誼了。再加上我們和解，所以就達成共識，今後將友好相處啦。因為這樣，除了我們，他們大概還想跟蓋札你們這邊正式締結友好關係吧？」

「——哦？」

蓋札狐疑地望著我。

這時候我就打從心底慶幸自己是史萊姆。

我覺得自己在冒冷汗，但事實上我根本不會流汗。

《警告。個體名「蓋札．德瓦崗」正以「讀心術」透析淺層心理。因其不具敵意與惡意便置之不理，要阻擋嗎？　YES／NO》

YES！當然是YES啊！

是說這麼重要的事一開始就要講啊，智慧之王大人——！

原來是這樣，至今為止有許多令人感到不可思議的事，都是因為蓋札可以讀心。難怪我一開始見到他時會有種好像被他給看透了的異樣感。

無論是搶先說出我心中所想的話，還是比試時可以看出我的下一步，知道他可以讀心後，這些事也都可以理解了。

看來是大賢者進化成智慧之王，才能夠注意到「讀心術」的發動。

幸好那招不是常駐技能，可是剛才那瞬間不曉得他讀心讀到什麼地步……

我偷看蓋札。

只見他嘴邊揚起一抹賊笑，額際浮現青筋。

「呵、呵呵，竟然看出我有『讀心術』。這點值得讚許。不過，既然遭到阻擋，就表示你在動歪腦筋吧？」

「不、不不不，才沒有這回事喔！」

「蠢材！我已經窺見你的想法，知道你要把我拖下水了啦！」

壞事真的做不得。

我被蓋札臭罵一頓，逼不得已才將之前跟日向等人的對話全盤托出。

之後——

「原來如此。主張人類至上的是『七曜大師』啊……」

「對。所以日向他們似乎打算藉這次機會肅清被『七曜』荼毒的人。領頭羊被滅，日向就能徹底掌握實權。」

我巧妙隱瞞魯米納斯的真實身分，向蓋札解說西方聖教會與神聖法皇國魯貝利歐斯的內情。

蓋札點點頭，沉思了一陣子。

「——我想也是。那麼拒絕這項提議就太愚昧了。」

他得出結論，就是接受日向等人——西方聖教會的提案。

「我就知道你會這麼說。」

「少來，之前還擅自做主……算了。難得來參加祭典，別說這些掃興話。你有幫我準備最棒的席次吧？就讓我好好享受一下。」

把我罵到臭頭，現在又說不談掃興的事。

只是因為你罵夠了吧——想歸想，我可沒笨到講出來。

我們已經接獲消息，知道日向他們也會來參加坦派斯特開國祭，就等雙方碰面再詳談吧。

畢竟蓋札似乎還要跟那些隨從商量。

我答應會在祭典之後安排會晤，便目送蓋札離去。

＊

迪亞布羅歸來，時間來到三日後的早晨。

尤姆等人在那時出現。

他來得正是時候。

今晚是前夜祭，從明天開始就會舉辦令人期待的開國祭。

我們像平常那樣來到會議室。

尤姆跟他的幾名隨從在我面前排開。

「少爺，好久不見！按約定，我也當上王了。」

他只是身上的衣服變華麗了，內在似乎沒有改變。依然是那副厚臉皮的樣子，朝我咧嘴一笑。

我也用笑容回應：

「正所謂人要衣裝呢，尤姆老弟。之後還要繼續麻煩你。」

「哼！那句話該由我說才對。是少爺把我這種男人拱上王座，你可要照顧我到最後一刻喔！我們已經隨你的野心起舞了。可不能半途而廢啊。」

尤姆笑著說道。

他履行跟我的約定，漂亮地坐上王位。

再加上有迪亞布羅暗中打點，地盤也鞏固了。

擁有悠長歷史的國家——法爾姆斯王國滅亡。

擁戴英雄尤姆為王的王國誕生。

遭遇威脅而蛻變的王國，帶著這層含意，國名改為「法爾梅納斯」（註：梅納斯英文為Menace，意指威脅）。同時初代國王尤姆也定名為尤姆・法爾梅納斯。

尤姆身旁還有兩名魔人——繆蘭和克魯西斯。有他們兩人時時刻刻保護尤姆，想必他的人身安全無虞。

不過繆蘭好像不是護衛。

「利姆路陛下，恕我還未跟您問候。我是法爾梅納斯王尤姆之妻——繆・法爾梅納斯。今後也請您多多指教。」

大概發現我在看她，繆蘭稍微拉起禮服裙襬，朝我禮貌地打招呼。這個禮行得非常優美，連其他的貴族千金都相形失色。

「繆蘭當王妃有模有樣呢。」

「對吧？跟我不一樣，繆蘭很有教養。」

聽我誇繆蘭，尤姆便引以為傲地回應。

「別看我這樣，其實對此經驗豐富。因為克雷曼這個男人很講究禮法——」

該說喜歡擺貴族派頭嗎，克雷曼挑東西確實很有品味。甚至還用高級家具跟藝術品裝飾城堡，對部下的禮儀規範也錙銖必較。

結果在意想不到的地方派上用場了。

「還是要多方面涉獵。我啊，可是為這檔事吃盡苦頭。不久前朱拉大森林各族來問候我，我一直被人擺在那兒，好辛苦喔。」

「喔，我懂。那幫貴族也一直想來覲見我，這群白痴準備搞派系鬥爭已經夠讓我頭疼了。不過，這方面有那個老頭──魔法師長拉贊坐鎮，他會幫忙搞定。」

這次他口中的拉贊好像沒來。

聽說國內情勢還不夠安定，他還要四處奔走，替內戰善後。

該不會企圖背叛──這念頭瞬間閃過，但仔細想想，拉贊受迪亞布羅的「誘惑者」影響。操這種心是多餘的。

還有退隱的艾德馬利斯王，據說他也隱瞞身分當顧問。負責支援欠缺知識、教養不足的尤姆，於政治層面給予各種協助。

再來看另一名魔人克魯西斯。

「對了，聽說你當上騎士團團長？」

「沒錯，利姆路大人。我本來不想接任，但這傢伙指名要我當，根本不顧我的意願……」

看來是尤姆硬要給克魯西斯一個職位。

他的實力無可挑剔，其他騎士也沒意見。

讓優秀的人才無所事事未免太浪費，所以就以新王國法爾梅納斯的名義正式任命克魯西斯當騎士團團長。

然而克魯西斯不願意。

他說他喜歡自由自在。

雖然克魯西斯意願不高，卻拗不過繆蘭的請求。

被她拜託就難以拒絕，最後克魯西斯還是就任騎士團團長。

這樣好嗎，克魯西斯？雖然那麼想，但他本人好像也不是那麼討厭，我也就別再舊事重提了吧。
「我依然是卡利翁大人麾下的獸王戰士團成員。不過現在就先暫時照顧這個笨蛋好了。」
「少囉嗦，你才是笨蛋！」
這兩人還是那副德性。
繆蘭受不了地看著他們。
真令人懷念。
到此為止都是老戲碼，但這次卻有人半路打岔。
「真是的！尤姆陛下跟克魯西斯團長，你們對魔王利姆路大人太失禮了！」
有人出聲大喊，是看起來年紀約莫小學生的少年。
是個超級美少年，看起來相當機靈。
「艾德卡，你真的很認真耶。」
「哈哈哈，這樣很好啊。比你還上道，繼任國王當之無愧吧？」
「克魯西斯團長！你開這種玩笑令人十分困擾。我是尤姆陛下的隨從，正努力輔佐陛下，希望他成為一位明君！」
名叫艾德卡的少年紅著臉生氣地回話。沒想到他竟然是前任國王艾德馬利斯的兒子。年僅十歲，看起來卻很懂事。
吐嘈的樣子有模有樣，小小年紀卻很操勞。要對付邪惡的大人想必很辛苦。
尤姆跟克魯西斯嘴裡不饒人，看那樣子卻是很疼少年艾德卡。
我希望能繼續跟他們瞎聊，但不能那麼做。

尤姆他們長途跋涉應該很累了，其他大人物也會陸續過來參加今晚的前夜祭。

我決定晚點再跟尤姆一起悠閒地品酒，讓話題到這結束。

「那麼，既然尤姆老弟都遵守約定了，我想送你一個禮物。迪亞布羅──」

「是，利姆路大人。您說的是這個吧？」

我的話都還沒說完，迪亞布羅似乎就察覺我的意圖，拿起事先準備好的證書，恭敬地交給我。

我則把它交到尤姆手中。

「少爺，這個是……？」

尤姆似乎不擅長文書工作，立刻將證書交給少年隨從艾德卡。

約略看過後，少年艾德卡的目光頓時一變。

「還、還未繳交的賠償金竟然作廢？」

「對，尤姆已經當上國王，也就不需要那些了。」

事實上，我們已經拿到一千五百枚星金幣當賠償金。

說要星金幣一萬枚未免太超過，如今目的已經達成，也不需要再拿了。

「嘿嘿，我也一頭霧水，總之事情就是這樣啦，艾德卡。」

尤姆笑著對目瞪口呆的少年艾德卡說道。

尤姆似乎沒看出其中奧妙，但少年艾德卡好像看出來了。

這下尤姆的名聲會更響亮。

因為這件事，大家都會知道我──也就是魔王──願意為尤姆這個男人將賠償金銷帳。

我跟尤姆一行已打完照面。
帶著嚇到僵住的少年艾德卡，尤姆等人離開此處。

＊

時間來到中午，暫時可以喘口氣。
雖然仍有賓客陸續造訪，但他們也在為了晚上做準備，沒空會談。
想見我的人似乎不少，但我讓他們待到祭典過後，再預排時間會面。
如此這般終於騰出空檔，我便按約定去英格拉西亞王國接優樹。順便去學園露個臉，把孩子們接來。
難得舉辦慶典，我希望他們也能過來同樂。

英格拉西亞王國的街道令人懷念。
雖然只過幾個月，想起在這生活的那段時光還是不自覺露出笑容。
我毫不猶豫地走向位在城鎮中心的自由公會本部。
通過現代化玻璃製自動門，進到開了空調的空間裡。才剛進去，幾道銳利的目光同時朝我射來。
只有B級以上的人可以進到這邊，他們全都散發精悍氣息，不容小覷。和從前如出一轍的光景令人滿意，我慢慢環顧四周。
男人們在打量我有多少斤兩。大白天就聚在本部內，可能在為大案子做準備。
「——那是誰？」

「沒看過。新來的？你認識嗎？」

「不，我不認識這麼漂亮的人。」

聽他們交頭接耳，讓我有點不開心。

竟然還不到一年就把我忘了——原本這麼想，這時卻想起一件事。

對喔，我現在沒戴面具。

因為我已經能完美控制妖氣，就想說不用戴了，直接以真面目示人。

雖然有考慮是否該變個裝，但於事無補。幸好衣服是我以前穿慣的冒險者服飾，這樣光明正大想必無人察覺我是魔王本尊。

畢竟謁見用的魔王服飾由朱菜卯足全力縫製。豪華到不行，搭配最高級、最華麗的裝飾。還為我細心編髮做造型，裝飾得漂漂亮亮，乍看之下跟現在的我判若兩人。

這個世界能用來記錄的媒介不多，我的魔王樣貌應該不至於廣為人知……這方面用不著擔心吧。

我決定直接用這副模樣闖關。

才要抬頭挺胸走向櫃台，就有個男人擋在我面前。

以前好像也發生過類似的事。

「站住。不知道你在哪個鄉下地方得到B級資格，但沒跟前輩打招呼未免太說不過去了。喂，小子。晚輩要先報上名號，這可是冒險者應有的禮貌吶。」

好眼熟——是說，我想起來了。

這傢伙是跟卡巴爾等人熟識的格拉斯。

之前也囉哩八嗦要人跟前輩問好，看來他很喜歡端學長架子。

「你好像叫格拉斯？看你老是待在本部，很閒嗎？」

「啊？你聽過我的大名？既然這樣——」

「我是利姆路。以前跟卡巴爾他們一起來過啊。」

我打斷格拉斯的話，自己報上名。

話說回來，格拉斯啊。

我確實是沒戴面具，但聲音一樣啊？

怎麼會沒發現呢……

「什麼！利、利姆路……先生？」

「對，就是我。你也真是的，雖然我第一次露臉，但你聽聲音總該曉得吧？」

「咦，不，因為……咦？之前好像比較矮吧？」

當我說出自己是利姆路後，格拉斯顯得一陣狼狽。

我的等級比他還高，依他的概念看來，我的位階也比較高。

基本上冒險者們講究的是實力，前輩後輩制並非主流。若是剛入行便受人關照，自然會尊敬對方、願意敬對方幾分，但換成無恩於自己的對象，多數人都認為用不著給面子。

一起工作另當別論，不過在冒險者之間，等級決定上下關係。

「我長高了啦。」

其實不是成長而是進化，但我用不著這麼老實告訴他。我說這話的語氣蘊含些許怒意，格拉斯立刻接受這套說詞。

「原、原來是這樣啊。話說利姆路先生，您長得真漂亮！現在長大了，沒人比得上您！居然有幸拜見如此可人的面貌，我好感動！」

就像在面對卡巴爾等人，格拉斯立正站好，朝我說些客套話。

這傢伙臉皮雖厚，卻讓人無法討厭他。

「好啦好啦。話說你老是待在這裡，不用工作嗎？」

「嘿嘿，別這麼說嘛。其實這也是工作的一環，我負責教育來這裡的菜鳥。雖然我知道上B級也是有門檻的，但挫挫囂張新人的銳氣是本人職責所在。旁邊那些人也一樣，不用工作的時候都像這樣在本部待機。」

格拉斯說完就指指在看我的那幫人，結果這些人不約而同起身，朝我一鞠躬。

「沒發現您是B^+等級的利姆路先生，真是失敬。」

疑似代表人的男子開口道，大夥兒也跟著點頭。

「我覺得沒差那麼多啊……」

「不不不不，聽您說了才發現穿了一樣的衣服。」

「對，就是這樣。那張臉也太犯規了吧？太引人注目了……」

嗯——是這樣嗎？

「好啦。我戴面具總行了吧？」

每次都要像這樣來上一段也很麻煩，雖然有點煩人，但這也逼不得已。

我在「胃袋」內製作面具，戴到臉上。

冒險者們都用遺憾的目光看著我。

不曉得他們是哪裡有意見，算了。

「那就這樣啦。你們要好好加油，別對菜鳥做得太過火。」

留下這句話，我朝櫃台走去。

在櫃台那報上名號後，我請對方去聯絡優樹。

看來話已經傳到了，負責接待的小姐馬上過來替我領路。

「嗨，利姆路先生，好久不見！聽說你前陣子吃了不少苦頭？」

「這苦頭可大了呢！日向殺過來、法爾姆斯大軍攻過來，還被那些魔王叫過去……發生不少事情，多到很誇張。豈是區區一句『吃了不少苦頭』就能形容的。」

「啊哈哈，用這句話帶過真像利姆路先生的作風。」

我半開玩笑地回應優樹，事實上我確實吃了一大堆苦頭。

想必優樹也明白這點，雖然他笑得爽朗，聲音裡卻隱含一絲體恤。

「總之，跟日向也和解了，結局算圓滿嘍。」

「似乎是這樣。我偶爾會跟日向見面並交換情報，已經好好跟她說過利姆路先生的人品。但你也知道，日向很多疑。」

「嗯，我懂我懂。話說那傢伙，別人的話都聽不進去。」

「沒錯。像她那種人，只信自己親眼所見、親耳所聞的事。至今我也因為這樣吃了不少苦頭……」

以這些話起頭，我跟優樹相談甚歡。

嗯嗯。有時都不知道日向在想什麼，看來優樹也被她折騰得一個頭兩個大。

「不過，這些話只能跟利姆路先生說就是了。」

日向有很多追隨者，隨便說她壞話會傳入本人耳中。雖然我不是常常說人壞話的人，但還是該注意一下。

「那你有什麼打算？如果很忙不用勉強，但若是能撥出兩三天，要不要來參加慶典？」

「呵，當然要去啦。我可是為了這個才拚命把工作做完的喔！再說我還有值得信賴的部下，留她看家也沒問題。你等一下。」

我向他問出今日來的目的——是否要參加開國祭，優樹便道出這句話並起身。接著離開房間，似乎是去叫某人。

我喝下對方上的茶小憩片刻，很快地，優樹帶著一名女子回來。

「跟你介紹一下，她叫卡嘉麗，是自由公會的副總帥。」

優樹說著便向我介紹那名女子——卡嘉麗小姐。

她是名外表優雅的大美女，將她身上那件設計酷似西裝，具有異世界獨特感的衣服穿得帥氣筆挺。

那名女子有對藍色雙眸，金髮盤在腦後。特徵是那對又長又尖的耳朵。想必是長耳族。

「初次見面，利姆路．坦派斯特——不，是魔王利姆路大人。我的名字是卡嘉麗。能與您會面是我的榮幸。」

「初次見面。我來這已經是第二次了，以前好像沒看過妳？」

我見過上茶的祕書小姐，卻是第一次跟這個叫卡嘉麗的人碰面。

既然是堪任副總帥的人，應該早點介紹給我認識啊——我這麼想，但背後似乎有某些原因。

「呵呵呵，這也是沒辦法的事。我最近才剛回到此地。因遺跡探索是我的畢生志向，前幾天我才剛攻破世界上最大的西方古代遺跡『索瑪』。」

卡嘉麗女士是探索部門的佼佼者。

聽說在優樹成立自由公會前，她就沒日沒夜地探索遺跡。並非公會的前身「冒險者互助會」成員，所以名氣不怎麼響亮。

但她實力堅強，被優樹發掘。

自由公會這個組織的目的並非只有戰鬥。考量到這點，優樹才會賦予精於探索的專家卡嘉麗女士副總帥這麼崇高的地位吧。

也多虧了優樹的支援，卡嘉麗女士這次才能成就出這番豐功偉業。

她竟然攻破了古代遺跡「索瑪」。

因為這項不可動搖的重大功勞，大家對卡嘉麗女士刮目相看。擺脫至今被人說成是優樹跟班的難堪評價，變成人人認可的副總帥。

「雖說將遺跡探索完成，卻沒有解開所有謎團。只是將通往最深處的地圖畫完而已，依然留有許多謎團。」

「不過那是精於探索的冒險者的工作吧。只要有卡嘉麗畫的地圖，他們也能好好探索。」

看來優樹不打算將工作全交給某個優秀的探索者，而是要陸續加派人手開發。這樣還可以順便培訓新手，可謂一石二鳥呢。

因此卡嘉麗女士就留在位於本地——英格拉西亞的自由公會本部，負責教導B級以上的探索系冒險者。

話雖如此，她的報酬非常豐厚。據說從遺跡挖出的東西出售後，會將部分盈餘付給她。

既然商品是經由公會販售，想必收益不容小覷。

「原來如此。遺跡會帶來不少獲利吧。」

「那是當然。但獲利並不是主要目的，對我來說那更像是興趣的一環。雖然是這樣，我還是會把偶然發現的文物拿去競標，充實活動資金。」

看來遺跡探索果然需要錢，她似乎煞費苦心。

對了，說到遺跡……

「有件事想請教一下，遺跡的所有權歸誰啊？是由遺跡坐落的國家管理嗎？」

「嗯——這就不好界定了呢。例如目前蔚為話題的古代遺跡『索瑪』，它就是由自由公會負責管理。因為地點很尷尬，遺跡是在西方諸國屬地更西側發現的，那是人稱『荒蕪大地』的沙漠地帶。」

「說得更明確點，『荒蕪大地』面向魔王達格里爾的領地。所以大家都很害怕，沒人敢管理這個地方。位在這些空白地帶的遺跡，目前都無人主張所有權。」

「是喔……這樣聽來，最好慎重處理那個地方……」

「嗯？利姆路先生，有什麼讓你掛心的事嗎？」

大概對我的反應很好奇，優樹朝我問道。

我想到的自然是那個位在克雷曼大本營的不明遺跡。應該有魔法道具等物沉睡在那兒，可期待探索後獲得豐厚的收益。

不過，有件事令我很在意。

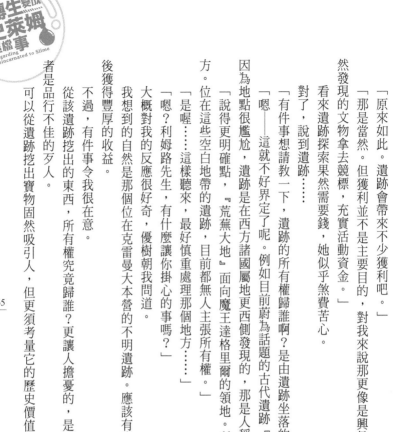

從該遺跡挖出的東西，所有權究竟歸誰？更讓人擔憂的，是可能會吸引一心追求利益的冒險者，或者是品行不佳的歹人。

可以從遺跡挖出寶物固然吸引人，但更須考量它的歷史價值。古代有哪些文化，這些資訊也可透過調查遺跡得知。

倘徉在古文明世界裡，這也是男人的浪漫。若是恣意破壞，恐怕會連貴重資料都失去。這是我最擔心的事。

這沒什麼好瞞著他們的，所以我跟優樹等人商量。畢竟這邊有探索遺跡的專家，找她商量正好。

「其實是這樣的，克雷曼的根據地有座遺跡。」

「您說什麼？是真的嗎？」

這話一出口，卡嘉麗女士就用銳利的目光看我。氣勢非常狠戾，甚至讓人感覺到殺氣。

雖然有點吃驚，但我還是繼續說明，針對她的提問做答覆。

「克雷曼累積了不少財富，還給部下魔法裝備。所以我猜他可能是利用從那座遺跡挖出的文物。只是——」

「——只是？」

猶豫了一會兒，我將自身想法道出。

「對專職探索遺跡的人說這種話或許很失禮，我不想為寶物破壞遺跡。那裡的居民曾經過著什麼樣的生活，有什麼樣的文化，這座都市為何滅亡，我想知道這些。不能讓過去變得毫無價值，應該要對古代居民心懷敬意才對。」

不過，這些只是我過於感性的想法罷了。並非我對寶物不感興趣，但我覺得有些事比那更重要。

所以我到現在仍下令封住遺跡。

「哦，沒想到利姆路先生這麼浪漫……」

「什麼叫『沒想到』啊？我可是非常浪漫的男人喔！」

「啊哈哈，聽你這麼說，確實是那樣沒錯。若是不夠浪漫，怎麼會想到要創造魔物王國呢。」

優樹說完認同地笑了。

至於卡嘉麗女士，她則若有所思地點頭。眼裡的殺氣沒了，閃著理性的光芒。

「原來如此……的確，我沒這樣想過。話雖如此，我能理解。我也不希望遺跡遭人恣意破壞。預計培訓合適的調查團，派他們去索瑪。」

我的想法──對古代所懷抱的浪漫思維沒有傳達出去，但從保護遺跡的觀點出發，對方似乎能認同。

反正她很「合適」，委託這個人探索或許不錯。

這樣一來，問題就是……

「關於克雷曼的領土，目前由我全權管理。將來會由魔王蜜莉姆併吞，但目前負責管理該處的是我們，畢竟克雷曼實際上是被我們打倒的嘛。克雷曼似乎也很寶貝那個遺跡，我們沒有要破壞它的意思。不過我想還是該跟蜜莉姆說一聲，要她審慎管理。」

「哦──利姆路先生不繼續管理嗎？」

「有點困難呢。那裡面向東方帝國，構築防衛線很麻──很費力。憑我們的戰力沒辦法顧及到那裡。」

克雷曼領土正好是與東方帝國間的緩衝地帶。

在險峻的山岳間，有個名喚「死亡溪谷」的街道。雖然是未經整修的險惡道路，但走那裡就可以在克雷曼領地跟帝國間來去。

這地方有許多不死系魔物，不過我們發現克雷曼等人曾利用該處的痕跡。懷疑帝國可能透過克雷曼來策劃些什麼。必須保持警戒。

＊

來到公會本部外，我脫下面具。

既然面具現在已經沒有隱瞞妖氣的作用了，來到不會有人找麻煩的地方就不需要戴。

這時揹著大包包的優樹過來找我說話。我有寄信通知他，看來他事先做好準備了。那個包包很大，看來他打算住幾天。

「然後也要帶那些孩子去參加慶典吧？」

「嗯。我們也跟日向和解了，已經沒有跟我們敵對的勢力了。或許會引發一些小問題，但在安全方面我們已經做好萬全戒備。」

畢竟是要招待各國重鎮，這部分自然有細心注意。所以讓那五個孩子參加我國的慶典也沒問題。

「ＯＫ，既然這樣就准許他們去。最近他們似乎都有乖乖讀書，偶爾也該放鬆一下，順便給點獎勵。」

優樹笑著頷首。

我沒有寫信通知孩子們，這完全是驚喜。

希望他們能體諒我一直瞞到確定沒問題的這天。雖然這種事最好要先得到對方許可，但視情況可能需要衡量是否能讓孩子們參加。

與其讓他們期待落空，這麼做好多了。

稍微走了一會兒，一棟眼熟的校舍出現。
那棟氣派的建築物就是英格拉西亞引以為傲的公會成員培訓機關——自由學園。
我跟警衛說了一聲，他立刻為我們通報。因為理事長優樹與我同行，對應非常迅速。
負責帶路的人來了。
跟校長打過招呼後，我們朝教室去。
「嗨——大家過得好嗎——」
我的話才說到一半。
只見艾莉絲快得像顆子彈，直接朝我的肚子衝撞。
「真是的！老師，你現在才來！」
哪有。雖然我這麼想，但那是從大人的角度看吧？
大人的時間感跟小孩子不同，似乎讓他們感到寂寞了。
「對啊。你不是答應我們，會常常過來玩嗎！」
「對。蓋爾說得沒錯。我還擔心老師是不是把我們給忘了呢。」
「可是你來了，我好高興喔，老師！」
蓋爾、劍也、良太這三人抱怨歸抱怨，卻喜孜孜地圍著我。
還有最後一人——克蘿耶也一樣。
「歡迎回來，老師！」
她撲到我身上，開心地笑著。
「你還是一樣受歡迎呢。真有點羨慕你。」

看孩子們那樣，優樹笑著說。

「啊，優樹哥哥也在！」

「優樹哥哥，你今天能跟我一決勝負了吧？」

「我也要！」

「是啊，最近我也愈來愈會操控精靈的力量了。」

發現優樹到來，孩子們笑得更開心了。

劍也要跟他決鬥，良太跟蓋爾似乎也有相同打算。他們已經把力量控制得更好，大概很想試試身手吧。

不過，那不是今天的目的。

「啊哈哈，想贏我還要再等個一百年喔！要我跟你們比劃也行，但不是今天。」

「咦——為什麼？」

優樹語帶調侃地拒絕，劍也不死心地追問。這時我立刻出面幫腔。

「很可惜，今天時間緊迫。」

「什麼意思？」

克蘿耶錯愕地問我。

我與她筆直對視，接著道出答案。

「我想招待你們五人到本國玩。明天開始要舉行慶典。若是你們不想去——」

「快，馬上去準備！」

「我知道了，小劍！」

「唔哇——！這麼重要的事要早點說啊——！」
「就是說啊，利姆路老師！突然出現還說這種話！」
「那個，我很期待喔！」
不等我把話說完，孩子們一溜煙地跑掉。沒有絲毫猶豫，全員都有共識——要去參加祭典。
「只要帶換洗衣物就可以了！」
我朝他們的背影喊道，但無人回應。
孩子們吵吵鬧鬧，離開的樣子宛如狂風過境。

原本在上課的老師看完我們那一連串互動面露驚訝。
當孩子們離去，他便語帶嘆息地開口：
「哎呀，真驚人。他們就沒這麼親近我……」
「啊哈哈，你做得很好。雖然他們現在比較安分，但能照顧他們的老師沒幾個。」
「不不不。沒對他們展現實力就無法說服他們，這其實也很合理。說來慚愧，一不小心連我都會輸給他們……孩子們確實很有實力。話說——」
我沒見過正在說話的那名老師。
似乎是在我之後另外聘用的。
「啊，抱歉，自我介紹晚了。以前我當過那些孩子的班導師，名叫利姆路。不好意思，打擾你上課。」
「噢，您果然是利姆路老師啊。聽孩子們這麼叫您，我就在猜是不是本人。我叫克勞斯，被聘來這所學園接替您。上課的事您無須掛懷。理事長已經先跟我說過了，今天開始可能會暫時休息一陣子。」

這名名叫克勞斯的老師說完便露出帥氣的笑容。

聽優樹說，克勞斯先生原本好像是A⁻的討伐系冒險者。現在年近五十歲，好像打算要引退了。

「等等。連克勞斯先生都有可能輸給他們，那些小鬼頭已經變得這麼強啦？」

「您說這哪兒的話。那些孩子對於被您鍛鍊過的事可是很自豪呢。」

「對啊。說真的，稍有不慎連我都有可能輸給他們。」

連優樹都這麼說，想必孩子們確實有所成長。

哎呀，才過了這麼短的時間，真是了不起。

當我正為此感慨時，克勞斯先生毅然決然地看著我跟優樹。

「優樹先生，有件事想拜託您。」

「嗯？什麼事？」

「這件事也想請利姆路先生聽一下，照這樣下去，不久後那些孩子就會贏過我。這已經不是技術層面的問題了，就此感到滿足的話，對那些孩子沒有幫助。我想孩子們需要能讓他們挑戰的大人。」

「這話什麼意思？」

「其實也沒什麼，優樹先生。那些孩子還有成長的空間。為了避免贏過我就不再進步，您最好預先準備能教他們戰鬥技巧的人。」

原來如此。

看來克勞斯先生十分設身處地為孩子們著想。

孩子們身上寄宿著高階精靈。可以靠那股力量中和身為「異界訪客」橫渡世界時所得到的魔素。但隨著孩子們逐漸成長，將能靠自身意志掌控。

如此一來，多餘的能量就可以用來戰鬥，連「精靈魔法」都能輕易操控。甚至能像靜小姐那樣，成為優秀的精靈使者。

除此之外，劍也還具備受光之精靈認可的「勇者」資質。若能跟對老師，擁有強大力量也不是夢想。就像克勞斯先生說的那樣，最好尋找優秀的教師。

可是，這就衍生出了一個問題——

「這樣啊。你的意思是為了那些孩子好，最好另覓教師對吧？可是，要找比克勞斯你更強的人，那就得找目前活躍中的A級人士。要聘這些一流高手當老師，實在有難度……」

說得對，這就是問題所在。

若是退休人員，會願意接下安穩的教師工作吧。但若是目前尚在活動的冒險者，比起照顧小孩子，去做難度高的工作可以賺更多。而且站在公會的角度看，人們的安全第一，讓優秀人才去第一線工作比較妥當。

「說得也是。在A級以上又願意當老師，這樣的人我也想不出半個。雖說與課業或冒險有關的技術，我還能教他們……」

克勞斯先生也跟著嘆氣。想必他也明瞭自己提出的要求有多難達成。

也對，請冒險者當老師好像不容易。既然這樣，我有一個提議。

「這樣的話，其實本國也預計興建學校。那裡有很多程度相當於B級的人，還有我們的『師範』白老這名老爺子當教官。單論劍技比我還強，指導他們應該也不是問題——」

若只是劍術方面，交給白老沒問題。可是我還想教孩子們其他東西呢。

「那真是太好了！可以讓孩子們去利姆路先生那邊嗎？」

「這也不失為一個方法。可是這樣一來，那些孩子要學習人類社會的常識可能會很困難。」

人類社會的常識，孩子們在彼此相處的過程中就有許多學習機會。若是剝奪那些機會，我擔心孩子們長大將欠缺溝通能力。

今後冒險者會愈來愈多，冒險者們的孩子也會來學校上課吧。但這可能是好幾年後的事。在那之前，他們的學習環境中都不會有其他人類孩童，這會產生一些問題。

「也對，因為只有魔物，都沒有人類孩童吧。」

「說得是，這說不定也是個問題……」

優樹跟克勞斯也看出我的疑慮了吧。他們認同地點點頭。

能對問題有共識真是太好了。

不過，現在放心還太早。

還有一件令我掛心的事。

「不過，我們也可以只負責傳授技巧啦。畢竟有傳送魔法，可以一個星期讓他們來幾次。但除了這些，我想最好讓他們對精靈有更深入的了解。」

這算不上什麼問題，卻不該妥協。

為了保住孩子們的性命，目前精靈寄宿在他們身上。若想讓他們正確掌控這股力量，最好對精靈有更深入的了解。

這一塊我似乎教不來。

說這種話可能太過直接，但我的知識都是靠體感學的。就如同要跟人說明如何呼吸是件難事一樣，我很難跟他們解釋。

光只是針對精靈做井然有序的說明並不難，但我覺得這樣無法道出其本質。

我想起日向跟那些聖騎士的戰鬥方式。

他們採用特殊的戰鬥法，讓精靈魔法跟劍術融合。若想達到那種境界，必須對精靈有更深入的了解吧。

如果日向也可以教導孩子們學會這些……

「說到精靈就想到聖騎士。要不要拜託日向看看？」

「唔──我也這麼想，但日向不是很可怕嗎？」

「啊，嗯。也是啦……」

「孩子們應該不會小看她，但我反倒擔心她會不會過於嚴厲，做得太過火……」

「聽你這麼說，我無法否認。」

話說到這兒，我與優樹面面相覷並嘆了一口氣。

這件事先保留。

孩子們正拿著行李跑來。

難得要參加慶典。

在這麼快樂的時刻談些艱澀話題也太煞風景。

總之先拜託白老指導，後續的事再慢慢想吧。

這是在逃避問題，不過一定會有辦法解決。

我的思考模式還是老樣子，稍微換個心情，馬上就將煩惱拋諸腦後。

＊

從英格拉西亞王國的門出去，我在沒人看到的地方打開「傳送門」。
這不是魔法，沒魔法陣也能發動。
優樹賞我白眼，但孩子們已經習慣了。
「老師你有這麼方便的力量，應該多來看看我們！」
不過劍也對我發牢騷就是了。
他說得有理，所以我也頻頻道歉。
發生一些事讓我抽不出空，也不保證用傳送門夠安全，但這沒必要說。用不著說多餘的話害孩子們不安。
如此這般，我除了敷衍帶過外，還跟他們約好今後來看他們的次數會增加。接著便領孩子們跟優樹來到我引以為豪的旅館。
這與各國王公貴族居住的區塊有別，是位在私人區域的幹部專用設施。
目送優樹走向他的房間後，我轉頭看向孩子們。
「抱歉，我還有工作要做，所以只能在晚上跟你們碰面了。」
「「「咦——？」」」
孩子們很不滿。
「安靜！」

我從懷裡取出一個墜飾，要孩子們靜下來。
「我用這個跟你們玩遊戲好不好──？」
話一說完，孩子們的眼神就變了。不滿的情緒消失，興致盎然地等我開口。
確定他們感興趣後，我便繼續說明下去。
「明天開始會有慶典，有這個就能在慶典上的攤販隨意消費。只要拿著這樣東西，不管去哪間店都能自由吃喝。還能自由進出所有的活動會場。只不過，金額上限是一百枚銀幣。若是把它用完，遊戲就會結束。到時你們要回到屋裡，寫功課當懲罰。如果你們這陣子都有好好念書，這三天應該會過得非常愉快。怎樣，要玩嗎？」
我原本就知道自己沒空照顧孩子們，已經想好對策。
說到慶典就想到零用錢。還有基本上該讓他們自由行動。不能陪他們固然抱歉，但放他們自己玩應該會更開心吧。
在這座城鎮裡，蒼影的部下都會負責盯哨。就算孩子們分頭行動，他們也會暗中保護才是。
所以我才能放心讓孩子們自己去玩。
給他們的錢是破盤大放送──銀幣百枚。攤販賣的東西大多連銀幣一枚都不用，要在三天內用光並不容易。所謂的遊戲有名無實，只是藉口罷了。
「我要玩！」
「好像有很多稀奇古怪的東西，我好期待喔，小劍！」
「嗯，我也是！」
「老師，謝謝你。」

「那個，我會買禮物送老師的！」

孩子們著了我的道。

慶典將從明日展開，看來他們準備大玩特玩。

我將墜飾交給他們，朝孩子們一一點頭回應。心想「祭典前夕總讓人滿心期待呢」。

本想跟他們說菈米莉絲也在鎮上，最後還是打消念頭。反正祭典過後會讓他們見面，用不著慌張。再說孩子們以劍也和艾莉絲為首，正忙著規劃從明天開始接下來這三天要做什麼。

在旅館工作的女侍也會照顧孩子們吧。

「那你們幾個如果有事，可以跟這間旅館的女侍說。我想應該不會有什麼事才對，若是真的想跟我聯絡，只要用力握住那個墜飾並在心裡默念就行了。會發動傳訊魔法。」

「「「知道了！」」」

答得很有精神，真不錯。

繼續待下去可能會對孩子們構成妨礙，想到這兒，我悄悄離開房間。

這樣該做的事都搞定了。

距離前夜祭還剩一點時間。我本來想去自己的房間小憩一下，為晚上做準備……

但事情似乎沒那麼簡單。

「——利姆路大人，『勇者』正幸一行人好像到城鎮外了。」

蒼影靜靜地現身，在我耳邊低聲稟報。

勇者啊。

好了，來看看是什麼樣的傢伙。

腦裡想著這些，我立刻出去迎接。

結果看到疑似之前被囚禁的幾名長耳族搭著大型馬車過來。看來從「奴隸商會」這個犯罪組織救出長耳族的事是真的。

那台馬車感覺很高級，待遇似乎不錯。

另外還有一台小型敞篷馬車，上頭坐了一名金髮少年。他坐在駕駛座上，但負責策馬的是另一個男人。

那個少年就是「勇者」正幸嗎？

看起來有點像日本人，可是輪廓細緻，樣貌透著些許異國風情。是所謂的傑尼斯系？

金髮乾爽柔順，狹長雙眸有著深邃的雙眼皮。長相有些稚氣，但那身風姿給人酷酷的感覺。是個超級美少年。

說真的他看起來不怎麼強，但我不能被外表蒙蔽。

正幸肯定是「異界訪客」，因為他散發出微微的「英雄霸氣」。

那是一種威壓行為，卻不會對我造成影響。

我繃緊神經不敢大意，故作鎮定朝正幸看去。

這幫人似乎發現我出來迎接他們。

他們慢慢來到我前方，接著停下腳步。

一行人站到我面前。

「你這傢伙就是魔王利姆路？真沒想到你親自出來迎接我們。」

「正幸大人是偉大的勇者，區區魔王當然無法忽視他。」

「呵呵呵，正幸你怎麼看？要在這一決雌雄嗎？」

喂，話都你們在講啊。

我很感謝你們救了長耳族人，但你們沒資格說那種大話。

話雖如此，我還是忍住了。在這動怒是種極度愚蠢的行為。

好不容易才跟日向等人和解，對外宣傳我是無害、對大家有益的魔王，可不能讓這些心血白費。

「哎呀哎呀，勇者你的隊伍說話真是不留情面耶。多謝你們拯救我的子民長耳族，我准許你們在這個城鎮逗留。我會替你們準備落腳處，想待多久就待多久。不過我可沒興趣在這跟你們一決雌雄喔！」

四周有許多商人在看。

我決定放低身段，在這表現出友好態度。

可是對方並不買帳。

「哈哈！看樣子魔王果然怕正幸先生。」

負責駕車的壯漢一身裝備幾近半裸，帶著凶猛的笑容低頭看我。

「聽說你想跟我們人類交好，不知道可信度有多高。還有傳聞說就是你這個魔王一手策劃，害法爾姆斯滅亡。也許聖人日向被你騙得團團轉，但可別將正幸跟她混為一談喔。」

這就是所謂的雞同鴨講嗎？

總而言之，他們好像要把我說成大壞蛋。

可是有一點令我納悶，那就是勇者本人從頭到尾都保持沉默。他一直想說些什麼，但每次正幸的同伴都搶先發言。

這樣哪像隊友，說是正幸的隨從還比較貼切。

「哼！惡人就該鏟除。正幸大人，快點將那個魔王打倒，讓這塊土地恢復和平——」

不，所以我說啊……

這塊土地已經一片祥和啦。

搞不清狀況的商人們全都一臉困惑，繼續放任他們這樣似乎不大妙。可是又不能當場打起來……

我正為此煩惱，這時有人伸出援手。

「你們在幹嘛？」

換裝完畢的優樹聽到騷動聲趕來。

「啊，優樹先生！」

這是正幸第一次開口。他的語氣聽來彷彿被逼到絕境終於看見一絲曙光，就跟我一樣。

可是幾名隨從的反應很冷淡。

「噢，原來是優樹先生。貴為公會總帥的你特地來魔王這兒視察嗎？」

「不是啦，迅雷。你們幾個，利姆路先生是真的想跟我們友好相處喔。證據就是你們都還活著嘛。」

壯漢的名字好像叫迅雷。

優樹跟迅雷說我強到跟日向打成平手，還向正幸一行人解釋我不是邪惡的魔王。

然而還是有人不接受這套說法。

「這話是什麼意思？照你的說明聽來，好像在說正幸比聖人日向還弱？」

「請你別小看他。區區一個魔王才不是正幸大人的對手。就算你是總帥，侮辱正幸大人還是不可原諒！」

正幸都沒吭聲，這些隨從卻很激進。

「對，正幸先生。邦尼跟裘說得對，要是有人敢小看正幸先生，我可不會放過他喔！我不知道日向強到什麼地步，但頂多跟那個魔王打成平手。既然這樣，下次就要換王牌上場啦！換成正幸先生，把那個魔王打趴簡直易如反掌！」

當事人正幸看隨從們如此反應，一臉困擾的樣子。

難不成正幸本人並不想與我爭鬥？

優樹似乎也察覺這點，他要大家冷靜下來，開始安撫迅雷等人。

「你們別激動啦。已經說過好幾遍了，利姆路先生不是我們的敵人。沒必要跟他打。」

「可是那傢伙是魔王耶！不知道哪天會幹壞事。現在連西方聖教會都打迷糊仗作壁上觀，這時讓正幸先生展現勇者的力量不是很重要嗎？」

「不，就跟你們說了——」

嗯——原來如此。

迅雷的說法我不是不懂。

簡單來講就是我這個魔王不值得信任就對了。

的確。若是不清楚我的人品，人們自然會跟迅雷有同樣的想法。

雖然不清楚號稱勇者的正幸本人是怎麼想的，但這樣下去談話永遠沒交集。想到這兒，我決定接受他們的挑戰。

不過——

「好吧。不然這樣，我有個提議。明天開始舉辦的慶典中，預計會召開武鬥大會。假如你們參賽並成功獲勝，我就接受你們的挑戰！還能證明你們的實力，這樣就沒話說了吧？」

我願意接受挑戰。可是在那之前，正幸等人要先參加武鬥大會。這樣就能摸清他們的實力，或許我連上場作戰都免了。

呵呵，我的點子真棒。

問題只在於要派誰參賽。

還有一件事。

由於我們預計只讓未達A級的人參賽，有些擔心競技場的強度是否足以應付。雖說高階精靈等級的魔法——也就是特A級技能應該勉強能承受啦……

可是話又說回來，弄壞再修就好了。只要觀眾沒受傷，應該就不是什麼大問題。

「哦？你想當著群眾的面出糗？」

「正幸，你覺得呢？」

「應該要接受這個提議。為了讓正幸大人的名聲一口氣擴散，就讓該受保護的平民老百姓見識何謂正義！」

「啊，嗯，這個嘛……」

隨從們幹勁十足。

相較之下，正幸一臉困擾，目光游移。

這傢伙還好嗎？

這小子該不會只是虛有其表吧……

不，應該不至於。

根據蒼影稟報，「奴隸商會」好像是相當棘手的組織。聽說正幸一行人三兩下就擺平這個犯罪集團，虛有其表的傢伙沒這能耐。

萬一真的被我料中，只要他拒絕這個提議就沒事了。

「——沒辦法。就接受你的提議吧。」

果然是我想太多。

稍微想了一會兒，正幸便接受我的提議。

「我說正幸啊，這樣沒問題嗎？」

優樹擔憂地問道，正幸則帶著苦笑回應。

「算了，船到橋頭自然直。就跟平常一樣，肯定不會有事的。」

正幸如此斷言。

當著我的面講，還真是好大的自信。

看樣子用不著替他擔心。

「算了，武鬥大會的比賽不至於拚上性命，但你還是要多加小心喔！」

「哼，你以為你是在對誰說話？我們走，正幸先生。為明天備戰，我們今天就好好放鬆一下。」

「我想魔王也不至於在眾目睽睽下做出卑鄙的事情，正幸。」

「別擔心。面對毒殺和暗殺，有我隨時戒備。」

「那、那我們走吧。得去查查明天的比賽是幾點。」

正幸等人邊說邊離開。

「利姆路先生，你該不會真的要跟正幸戰鬥吧？」

「唔——不確定耶。現在說這個還太早，你覺得他會獲勝嗎？」

「嗯——這點我也很好奇。在英格拉西亞王國舉辦的武鬥大會上，正幸從來沒輸過喔。事實上，也沒聽說他跟魔物對戰時輸過，實力是未知數啦……」

優樹說到這兒嘆了一口氣。

他臉上寫著「這下事情麻煩了」。

「總之就順其自然吧。反過來說，勇者要參加我國的武鬥大會，有他加持，錢景樂觀啊。」

重點其實是怎麼看待這件事。

這件事確實很棘手，但比起參加魔王會談、跟日向決鬥，我想用不著把事情看得那麼重。

雖然之後必須想想對策，但我很快便將情緒切換過來。

＊

緊接著當晚。

迎賓館大廳布置得富麗堂皇，各國重鎮齊聚一堂。

貴族們身穿豪華絢爛的服飾，大批人馬聚集在這兒。

按男女比例看來，男性似乎多一些。是我們很受大家信賴嗎？有人似乎還帶著妻小。其中有個像洋娃娃的可愛金髮女孩，年齡層分布也很廣。

這次採自由參加制，所以我們下了點工夫來增添樂趣。

大家直接站著吃，桌上擺了各式各樣的料理，人們可以按自己的喜好享用。

此外，還有別的景象也是在他國看不到的。

那就是將大廳切出一半、鋪滿榻榻米的「和室」。

這個區塊不能穿鞋子上來。

多數人都沒有脫鞋的習慣，所以進去的只有寥寥數名。

不過，並不是沒有人進去。

雖然對坐不慣的墊子感到困惑，但我還是看到某些人在上頭隨性歇息。

蓋札王也是其中之一。

這不是他第一次體驗了，已能徹底融入。

他跟我小聊了一下。

聽說今天早上，他去視察本鎮的開發情況。

例如汙水處理設施、開發中的軌道等等。

還有我臨時想到才命人造的設施或遊樂器材等物，他也看得入迷。

「那條軌道是用來做什麼的？」

「下次就是想跟你商量那件事。我想打造列車，還望你務必幫這個忙。」

「哦？可愛的師弟都開口拜託了，我當然要答應啦。」

他立刻做出決斷。

看到那條軌道，蓋札王似乎看出這樣東西值得他那麼做。

這樣一來，若被我拒絕，他反倒會強行加入吧。那就用不著客氣，直接把蓋札拖下水吧。

我跟蓋札聊到一半，有個男人說了聲「打擾啦」，接著坐到我面前。

這個也是熟面孔——尤姆。

他大剌剌地面對蓋札王，一屁股坐下。

蓋札也扯嘴一笑，不拘小節，替尤姆倒酒。

一個新興國家的王與大國國王蓋札堂而皇之地交談。若有誰看到這一幕，肯定會對尤姆刮目相看。

因為尤姆加入，我們就開始閒聊，結束了這場對話。

蓋札的目的是要讓世人見識我們的交情。這樣一來唯利是圖的人將被迫奉我跟尤姆為上賓。

矮人王蓋札另眼相待的對象——這評價將讓我方更具交易價值。

這是蓋札在用他的方式為我們護航。

不過，我看他是評估了本人之前提過的事，認為矮人王國也會因而受惠吧，但還是感謝他幫忙。

蓋札果然很可靠，我再次體認到這點。

一些人似乎在前夜祭到來前跑去體驗大澡堂。人們的評價大多不錯，聽說不少人跑去找澡堂負責人問東問西。

那些大國也有大浴場，他們會覺得稀奇是因為溫泉吧。但我們徹底把關藥效成分，讓人無法輕易重現。

不少人希望將其引進自己的國家，這些問題就當是客戶的意見，先整理起來，日後再回覆他們。

講是這樣講，我方也只會跟他們說「請各位多多光顧」。

這些人泡完溫泉後心滿意足，其中幾人還換上了我們發的浴衣，到和室小憩片刻。看起來都是一些豪傑，正為彼此的打扮交換感想。

在這之中，有些人好像想跟我一對一交談，但我不可能在這跟所有人對談。所以我只跟恰巧碰上的人打聲招呼，同時朝主位前進。

許多人都是第一次見到我，一雙雙好奇的眼睛紛紛盯著我瞧。

有人得知我是魔王便臉色發青、有人反倒望著我端詳起來，反應五花八門。

還是老樣子，這種目光令我坐立難安，所以我稍微打個招呼就宣布宴會開始。

「那個——今日歡迎各位蒞臨。我是這次當上魔王的利姆路。今天就別聊什麼嚴肅話題了，還望各位務必嚐嚐本國料理。我不擅長說長篇大論，宴會這就開始！」

都準備妥當了。

所謂的料理，講究的是用心款待。

希望我們的誠意能傳達給大家。

每張桌子都配有服務人員。經培斯塔嚴格教育，只要跟他們講就會幫忙分菜。

這一切都是為了讓客人盡興——日日對他們耳提面命訓練的成效如今正要發揮。

致詞完畢，我馬上帶領大家乾杯。

前夜祭就此揭幕——

冰涼的麥酒令大家群起歡呼。

對於只喝過乏味碳酸飲料的人來說，魔國聯邦製作的啤酒肯定會讓他們大吃一驚。

因為那都冰鎮好了。

我方人員受過訓練，要先把杯子弄涼，徹底推行日式服務。

一方面也是為了我自己，這點絕不能妥協。

更棒的是，還有長耳族小姐幫忙斟酒。

我沒有逼她們喔！有些人自告奮勇說要幫忙，所以我就讓她們幫，只是這樣而已。

這部分也很成功。

外表美麗的長耳族拿著各式酒類在會場內穿梭。對看慣洋裝打扮的人來說，穿浴衣的長耳族似乎特別煽情。

此外，在和室用三指碰地低頭行禮問候，總覺得很能挑動男兒心，不管去哪國都適用呢。有些人明明沒醉卻臉紅了。

畢竟浴衣的胸口很有看頭嘛。

呵呵呵，一切都按計畫走。

這是東西合璧的極致。

在一身莊重服飾的貴族人海中，混著穿浴衣與會的人，這奇特的景象只有在這才能看到。

雖然一切都如我們的安排進行，但宴會變得好混亂。

按常理來看，這畫面簡直亂七八糟。

可是介意就輸了。

我還是一副理所當然的態度，觀察客人的一舉一動。

桌上擺著朱菜跟吉田大叔使出渾身解數精心製作的餐點。我有信心一定能滿足各位客人，都是些精緻佳餚。

像是夾了煙燻雞鴨肉和蔬菜的三明治、牛鹿排、芡汁炒蔬菜、炸雞、烤牛風味沙拉。

還準備了甜點——用各式水果製成的鮮果雪酪。

連魔王盛宴上供應的黑毛虎燉菜、炙烤仙羽鳥都準備了。雖然找魔物費了一番工夫，但我們根據事前打聽的情報，花了三天總算搞定。

這些菜餚都用本國自豪的素材和珍貴食材製成，似乎連那些極盡奢華的王公貴族都吃得很滿意。

不只這樣——

在會場的某個區域——東西風格交界處，有條大魚運來。

這條大型魚有異常堅硬的外骨骼，配上如尖槍的頭部。牠是槍頭鎧魚，一種海洋魔物。

除去角全長仍有四公尺，是條外觀凶惡的魚。

說到我們為何要把這種魚運來。

事實上，這條魚有著從外觀難以想像的肥美滋味。

在酷似鎧甲的外骨骼下，藏著類似黑鮪魚的紅肉。

雖然這種魚是我以前跟哥布達比賽釣魚時偶然釣到的，幸好在丟棄前做過「解析鑑定」。發現牠沒有毒且魚肉的營養價值很高。

淋上開發完成已可實際運用的醬油，試吃後……實在非常好吃。

識得美味的我打算在這次宴會上用牠宴請大家，就親自出馬將牠捕來。

這有助於鍛鍊泳技，是不錯的經驗。

不過下次開始會交給別人去抓就是了。

就是這樣，魚剛抓來，很新鮮。

由白老負責殺魚。

上次他用黑兵衛鍛造的長菜刀將魚瞬間切成新鮮生魚片。可是這次要表演給客人看，將在大家面前慢慢來場實地展演。

避開媲美鎧甲的堅硬外骨骼，白老的菜刀遊走著。

槍頭鎧魚被人以具藝術美感的手法肢解。

漂亮的手法連朱菜都吃驚。拿著菜刀的白老很有專業架勢。

在我身後的紫苑拿著我送她的菜刀，一副很想幫忙的樣子，但這次我要她先忍忍。

那是當然的。

我們聘請各國重鎮，哪能端出爛東西。

可不能嘻嘻哈哈帶過。

我只希望紫苑好好當本人的祕書兼護衛。

接著來看客人的反應。

一開始看到凶惡的魚登場讓他們又驚又懼，然而隨著白老巧奪天工的解體秀一路進行下去，他們的臉上開始浮現讚嘆之色。

魚頭被切掉，身體分成四片、變成生魚片裝盤。

中間放著霜降大腹肉。其他魚身肉圍著它排開。

我光看就快滴口水了，但在場大部分的人都沒吃過，沒人敢當第一個客人。

沒將觀眾的反應放在眼裡，白老甚至捏起壽司。

沒想到他有這項絕活。

白米、酒、醋、味醂跟醬油。

只要有這些東西就能做出一堆料理。話雖如此，能在這個世界吃到正宗壽司還是出人意料。

原來白老從小就常聽祖父提起……來到這個世界，很想念再也無緣品嚐的壽司。

想必他很遺憾吧。

這樣一想，我真是三生有幸。日向也跟我說過，要在這個世界重現日本料理，照常理看來幾乎是難如登天。

話說白老的祖父。印象中好像是名叫「荒木白夜」的「異界訪客」，該不會是江戶時代的人？

他應該不是料亭師傅，那是來自哪個時代呢？

算了沒差。這種事不重要。

現在要做的是好好享受今夜。

讓大家站著吃的自助式餐桌已經擠滿人潮。

料理似乎頗受好評，人們都讚不絕口。

朱菜跟吉田大叔通力合作搬出看家本領，評價自然好，我能理解。

相反的，白老特地準備的生魚片和握壽司卻乏人問津。

大概是人們看到槍頭鎧魚的可怕模樣都被嚇到。而萬事通好像到哪兒都有，在那不懂裝懂賣弄知識，嘴裡說著「那、那條魚該不會是A級的……」。

剛殺完就馬上做成生魚片，鐵定好吃啊。別說些五四三，好歹吃一口嘗試看看……

在這個世界可以靠魔法鑑定毒物，大夥兒用不著擔心被毒害吧。

它的外觀讓人們斷定這道料理既野蠻又粗鄙。

既然沒人肯上，那我就先打頭陣。

「我要開動嘍。」

「好，那就請您吃這個。」

白老特地為我捏了新的大腹肉壽司。

我沾上醬油，一口吃下。

芥末香氣逼人，與在口中化開的腹肉鮮味交織，化為極致美味，在口中爆發。

好吃——！

超好吃的。

就算去銀座也很難吃到這麼棒的東西啊！

「太棒了，白老！」

「您說得是。老夫原本還擔心難得的美味佳餚會被吃個精光，看來大家接受度不高，可惜了。不過，餐後的晚酌令人期待。」

等賓客都回去，白老他們才能吃飯。所以他似乎想留些生魚片當下酒菜。

客人都不喜歡固然令人遺憾，但白老他們打算留著自行享用，那就沒問題了吧。不如說照他的模樣看來，那似乎是求之不得的事。

然而白老的計策落空。

「可以替我捏沒加芥末的大腹肉嗎？」

有人說出這種幼稚話。

竟然劈頭就要吃大腹肉，還不加芥末？

「妳是小孩喔？」

「少囉嗦，我不喜歡鼻子嗆到。」

這個高高在上的人用不著說也知道是哪位，就是日向。

她換上夜宴用的樸素晚禮服，一臉理所當然地點餐。

「還有，希望種類再多一點。」

這就算了，她還面不改色地提出任性要求。

除了不加芥末，還要我們增加種類？

的確，對於芥末的好惡因人而異。

對第一次吃的人來說八成太嗆了。

我也是，一直到國中時代都點沒加芥末的。

可是如今長大成人，連芥末的風味都懂得享受才是行家吧。

「什麼行家。那種事一點也不重要，只要好吃就行了。」

日向嗤之以鼻。

……不過，這麼說也沒錯。

這傢伙的回答還是一樣合理。

雖然日向意見很多，但她接過白老遞來的盤子還是露出滿臉笑容。

日向將它慢慢放進嘴裡，將眼睛閉上。

「真是太棒了。不只有生魚片，甚至連壽司都有……雖然有點火大，但利姆路你果真令人佩服。」

看來她很滿意。

日向一臉陶醉，盡情品嚐大腹肉。

「那我也來一個。啊，我不是小孩子了，可以加芥末。」

先是日向，這次連優樹都來了。他稍微調侃日向，看樣子從一開始就在觀察我們的一舉一動。

他在立食區那邊也吃了不少東西，但食欲似乎還很旺盛。從白老手中接過盤子後，優樹迫不及待地吃下。

「唔哇，在口中融化了！哎呀，竟然可以在這吃到那麼好吃的壽司，讓人有點感動呢。」

優樹嘴裡說著這些話的同時，開心地朝生魚片進攻。

對於這樣的優樹，日向話中帶刺地挖苦他。

「吃起來就是跟淡水魚不一樣呢。就算委託自由公會也被拒絕，又不能用魔法傳送讓我一度放棄，看來今後能多點樂趣。」

看來日向曾因想吃魚類料理而去拜託優樹，要他幫忙搬運。但難度過高，有太多問題，最後沒人願意接這項任務。

是要回敬優樹拿芥末酸她，日向才會提起這件事吧。

「這也沒辦法吧？北海有許多大型魔物棲息，太過危險，南方則因距離問題，運起來有難度。只運在內海釣到的魚又不划算。」

優樹回答，露出困擾的苦笑。

沒錯。在這個世界裡，物流路線還很脆弱。

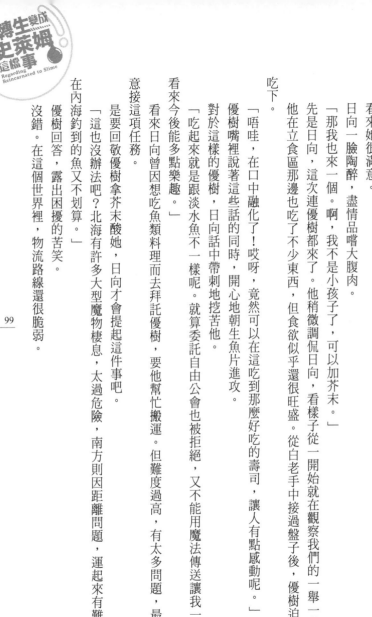

果然跟我想的一樣，平常住在內陸的人沒什麼機會吃生魚。

因為生鮮食品搬起來很費事。

馬車只能載運少許物資，再說冷凍保存並不容易。必須聘請專精這領域的魔法師，或者在途經的城鎮上分別準備大量冰塊。就算做到這種地步，還是不確定從海邊搬到內陸都市能否維持鮮度。

若不是超級大富豪根本無法吃到生魚，做那種奢侈的享受，而且基本上他們也不會想去吃生魚吧。

這裡有所謂的魚類燉煮料理，問題出在流通上。

看來這件事的發展也正合我意。

就利用這個機會讓大家知道，有種美食只能在本國享用。總有一天要搞定物流網，在那之前就讓我國獨霸市場吧。

是槍頭鎧魚的外表令他們抗拒嗎？還是飲食文化的差異令他們猶豫不決？沒人敢吃壽司和生魚片。

可是現在日向跟優樹都對壽司讚不絕口，情況逐漸轉變。

「利姆路大人，也可以讓我們嚐嚐嗎？」

有名男子從蓋札王坐的那個角落起身，過來提問。

我記得這個人是天翔騎士團的團長德魯夫。

「好，請用。我請人端過去。」

對我的話起反應，白老的手開始動得飛快。

剛捏好的壽司陸續排上，還有生魚片跟湯。

由幾名長耳族小姐端過去。菜餚陸續送到在和室的座位上歇息的蓋札跟尤姆等人面前。

好了，來看看他們的反應吧。

「——嗯，果然美味。」

「咕哈！這個好好吃！」

蓋札一邊喝著冰涼的日本酒一邊配生魚片。感想是果然美味。

尤姆則不改本色，拿出貴族不該有的率直，為初次吃到的壽司陶醉其中。

而那桌的人全都有相同反應。

「沒想到那隻魔魚竟如此美味！」

「我以為魚一定要用烤的才好吃……」

「這樣也很好啊，好吃就好。」

「利姆路大人宴請的菜，不論哪樣都很好吃！」

太好了。

大家能吃得滿意比什麼都重要。

還有——

許多人都將蓋札等人的反應盡收眼底。

「我也要，我也想嚐嚐！」

其中一名貴族喊完，人們就爭先恐後向白老點餐。

反應好熱烈。

白老則露出有點開心又有些遺憾的表情。

也對。照那個情況看來，下酒菜會一點也不剩吧。

其實我多抓了一隻槍頭鎧魚，晚點再偷偷送給他們吧。

日向和優樹先是稍微吵了一會兒，接著就喝起酒，開始唇槍舌戰。
該說他們感情好還是感情差呢。
可是多虧他們拌嘴，似乎成功引起話題。
去打擾他們不太好，晚點再跟他們道謝吧。

就這樣，宴會持續進行。
到此為止進展都很順利。
日式或西式料理似乎都大受好評。
今天沒有強制大家一定要參加宴會，但還是有不少人自願前來。
我不忘暗示人們「今後若繼續跟我們交流，這些食材也有機會賣給你們喔」。
總之這也是計畫的一部分。
我的工作就是像這樣樸實地宣傳。
目的不是只有享樂喔。不是我任性又奢侈，而是為了有像這樣的機會而卯起來做準備！
——這些都是藉口就是了啦。
總之姑且不論這些。
儘管背後有許多原因，宴會仍按計畫進行……
「不、不好了！」
這時有一名士兵邊叫邊衝進會場。
照這樣子看來，八成出事了。

*

在這棟迎賓館四周，自然有衛兵坐鎮。從各國來訪的重鎮還帶了些護衛，加上他們，大廳外可說是人滿為患。

戒備如此森嚴還出事，或許真的大事不妙。

「怎麼了，發生什麼事了？」

為了讓那名士兵冷靜下來，我慢條斯理地問道。

雖然很想跑去看看外頭的情況，但我怎麼能跟著陷入慌亂。所以才用問的。

可是那名士兵連答都還沒答。

各國護衛就跟著慌慌張張地衝進大廳內。

究竟出什麼事了？

明明就守得滴水不漏，要是出事可就丟臉丟到家了。

沒感應到龐大的妖氣接近，應該不是魔物現身。如果是那樣，我早就發現了。

蜜莉姆跟卡利翁等人好像還沒來，但就算來的是他們，士兵也不會慌成這樣。

那麼，究竟是……

「有大型飛行物體飛到鎮外！」

剛才那名士兵向我稟報。

在此同時，各國護衛也向他們的主子回報。

「有事稟報！魔、魔導王朝薩里昂的守護龍王現身了！」
「出大事了！艾、艾爾梅西亞・阿爾・隆・薩里昂陛下駕臨此處！」
「艾爾梅西亞陛下一行人正朝會場走來——！」
他們高喊這幾句話。
剛才害我緊張了一下，但光聽也知道是薩里昂的皇帝姍姍來遲，不過是這點小事罷了。
「啊啊，嚇我一跳。還想說是什麼事呢。」
我不禁呢喃出聲，對著特地從座位上起身來到我身旁的蓋札傻眼地嘆了一口氣。
「她還是老樣子，沒大腦又不知人間疾苦。那個天帝艾爾梅西亞出國自然會引起騷動。就連對象是我，各國人士都會看臉色了，要應付那個天帝對他們來說負擔太重。那些沒來與會的人，現在肯定忙著火速派遣使者過來吧。」
「什麼意思啊？」
我希望他說得更詳細點，蓋札則求之不得地解說起來。
這個大叔拉拉雜雜地說了一堆，其實只是想對我擺架子賣弄學識吧。可是這些對我來說確實很有幫助，所以我也沒意見就是了。
我一邊這麼想著，一邊聽他解說。
蓋札王是這麼說的。
魔導王朝薩里昂是大國。
國力強到與武裝大國德瓦崗並駕齊驅，也沒參加西方諸國評議會，是完全獨立的國家。此外，就如其名「王朝」所示，是坐擁十三王家的聯合國。

以勢力比重來看，西方諸國評議會肯定是規模最大的。然而他們既然引進評議制度，其決議就欠缺即行性。

而德瓦崗正因由蓋札全權治理，雖然綜觀來看國力不如評議會，對西方諸國說話卻很有分量。

薩里昂也相同。

「在魔導王朝薩里昂，皇帝艾爾梅西亞握有莫大的權力。她自稱是神之末裔，將自己定為天帝。我不知道那有幾分真實性，但該國確實是由名叫艾爾梅西亞的風精人所興建的。換句話說，那個老妖女活得比薩里昂的歷史還要久。」

根本不能相提並論。

武裝大國德瓦崗擁有千年歷史。相較之下，魔導王朝薩里昂的歷史已經超過兩千年。

「所以說，利姆路。連我都要對那個艾爾梅西亞低頭。更何況是壽命較短的人類，他們想見也見不到。」

看蓋札面有難色，想必皇帝艾爾梅西亞是非常棘手的人物。

嗯——我原本只是想邀請艾拉多公爵……這下連不得了的大人物都叫來了。

「就是那個吧。邀請函上沒有確實寫上姓名這點不行吧。」

「……問題不是那個吧。」

蓋札賞我白眼，但她人都來了，哪能趕回去。

只好用盡力招待了。

聊到一半，入口處開始傳出騷動聲。

「看樣子已經到了。」

「可別掉以輕心，利姆路。把她當成老奸巨猾的怪物就對了。」

既然蓋札都說成這樣了，我也做好了對方不好惹的覺悟。我朝蓋札用力點頭回應，表示我都明白。

會場頓時吵鬧起來。

平常絕對見不到，而且傳說相隔數十年才露一次面，這位超級大國的皇帝親自駕臨，人們當然會喧騰不已。

皇帝艾爾梅西亞·阿爾·隆·薩里昂。

自稱天帝的這號人物落落大方地走入會場。

人們似乎都覺得她是美神下凡。全都說不出話來，著迷地望著皇帝艾爾梅西亞。

我也這麼想。

因為不管從哪個角度看，她都是名美少女。

有著宛如新雪的白皙肌膚、柔順的銀髮。

還有尖尖的長耳朵，以及彷彿能看透一切的翠綠雙眸。

蓋札說皇帝是老妖女，那她肯定是女人沒錯。

他剛才說風精人，是純種妖精嗎？

或者是非常接近純種的種族。

妖精好像分成很多種類，某些是由大精靈演變而來，眼前這個名叫艾爾梅西亞的人似乎是那類太古怪物之一。

難怪蓋札要警告我。

該警戒的還有那幫皇帝守護者。

每個人都散發出強大的力量。身上穿著禮服，那好像是魔法裝備。

我猜品質多半是傳說級。

他們那身衣服散發出跟日向的月光細劍同等的力量。

理所當然地，實力應與阿爾諾等聖騎士不相上下。不，將裝備的品質考量在內，皇帝的護衛或許更勝一籌。

讓我不禁感嘆世界真是無奇不有。

緊接著，皇帝制止原本想上前的守護者，在我面前站定。

「多謝招待。朕很開心。」

她淡淡地說著。

至於來到現場的賓客，光這樣就讓他們失了心魂，彷彿身在夢中。

雖然這簡直會讓人誤以為她施展了魅惑魔法，但這並不是魔法，只是皇帝的聲音太誘人。

「彼此彼此，能見到您是我的榮幸。」

我面對她，向她回禮，艾爾梅西亞那對翠綠眼眸映出我的身影。

《警告。偵測到「精神干擾」——已阻擋。這不是攻擊，推測是自然流露的「英雄霸氣」產生的影響。》

好險好險。

這個人身上的「英雄霸氣」好像比蓋札還厲害。

也就是說她的實力不只能與蓋札匹敵，搞不好還在他之上。

難道是魔王級？

看來還是別跟這個人敵對比較好。

這次是和平的招待，我要努力向她示好，讓她今後能跟我們繼續保持友好關係。

「那麼，雖不成敬意，但我們有準備一些餐點，還望您今夜過得盡興。」

「嗯。有勞利姆路閣下費心，朕心甚歡。從明天開始舉辦的慶典亦令人期待，朕可要好好樂一樂。此外──」

帶著悠然的笑容說到這兒，艾爾梅西亞一張臉朝我湊近。

然後用只讓我聽見的細小聲音說──

「不是今天也無妨，我想跟你約個時間。在非正式場合，有件事想跟你敞開心胸商量一下。」

她朝我耳語。

這種不拘小節的說話方式，正體現艾爾梅西亞的真實面貌吧。

對於還不習慣，但仍須扮演具有威嚴的魔王的我來說，這讓我萌生些許親切感。因此我向她答道

「好。等時間定好再通知您」。

只見艾爾梅西亞滿意地頷首，接著就回到守護者構築的保護圈中。

然後她給了那些摩拳擦掌企圖與之建立友誼的人們應酬式的微笑，並朝擺滿佳餚的桌子走去。

題外話，才想說沒看到我原本邀請的艾拉多公爵，這時就跟其中一名皇帝守護者對上眼。

咦，那是艾拉多公爵嗎？

他的表情過於正氣凜然，害我沒注意到是他。看樣子他還是有應邀前來。

我們只朝彼此使眼色算是打招呼，我打算之後再去跟他正式問好。

＊

雖然只互動一下下，卻累個半死。

我真的很累，趁著賓客的注意力都放到艾爾梅西亞身上，我跑到和室來偷個閒。今天任大家自由參加，所以我沒看太重，結果來了個不得了的大人物。

「哎呀，好累啊。」

「差點就被那氣勢蓋過了吧？你可要振作點，不然那個老——」

蓋札話說到一半就吞了回去。接著像是要矇混過去似的大口喝冷酒。

有股駭人寒氣從艾爾梅西亞那邊射來，原因八成出在這兒。

蓋札想說什麼呢？

用「老——」起頭，應該是那個詞吧。

長耳族的聽力好像不錯，最好不要亂講話。

亂講話會死得很難看。

我也要小心。

總之先來喝一杯。

我跟蓋札和尤姆一起喝酒，稍微小聊一下。

可是這段悠閒時光並不長。

會場的入口處又喧鬧起來，看來有大人物駕臨。

「幾位大人總算來了。」

「對，他們好像來了。遲遲不來害我擔心了一下。」

我朝紫苑點頭回應，接著跟蓋札等人說一聲，人從座位上站起。

尤姆見過他們，似乎發現來者是何人。

「哦，是蜜莉姆小姐嗎？今天盛裝打扮呢。」

自從被狠狠教訓後，尤姆就不擅長應付蜜莉姆。可是他對蜜莉姆也僅只是「不擅長應付」而已，這也是尤姆厲害的地方吧？

稱魔王的名諱只加個「小姐」，一般人辦不到吧。在我心中，這樣的尤姆其實是個厲害角色。

「——原來如此，是魔王們大駕光臨啊。」

蓋札也用他的銳眼觀察蜜莉姆等人，但尤姆一句話似乎讓他看破對方的真實身分。不過，另外也有不少人發現就是了。

這也難怪。畢竟有我國四名幹部——紅丸、迪亞布羅、蓋德跟戈畢爾替他們引路。

就連蓋札看到這幫人都難免跟著緊張起來。因為包含蜜莉姆在內，跟著接待人進入大廳的共有十名強者。

蜜莉姆走在最前面。

兩旁各有一人隨行。

那名穿著神官服的禿頭男——他就是連紅丸都認可的戰士米德雷。

另一名輕浮男子也穿神官服——這傢伙就是曾與戈畢爾對戰的赫爾梅斯吧。

接在這三人後頭的，是另兩名前魔王。

「獅子王（Beast Master）」卡利翁和「天空女王（Sky Queen）」芙蕾。

卡利翁還是一樣威風凜凜，芙蕾小姐則穿著煽情的禮服，非常性感。

兩人都氣度不凡。

卡利翁身後還有三獸士跟著。

哦，好久沒看到法比歐老弟啦。他好像有點瘦了，但別來無恙真是太好了。

而芙蕾身後也有一對美麗的女性雙胞胎。金髮與銀髮很適合她們。

聽說好像叫「雙翼」，是芙蕾的親信。我沒想到她們是雙胞胎，這兩位小姐看起來也很強。

他們都擁戴蜜莉姆當新王，這些支配者形成一股超巨大勢力。

人們都難掩緊張情緒，這不能怪他們。

「那麼。我過去串個門子。」

留下這句話，我過去迎接蜜莉姆等人。

一看到我，蜜莉姆臉上就堆滿笑容。

「呵呵呵，這天總算來了！我很期待今天的料理，要讓米德雷吃了驚為天人喔！」

接著她大聲說出這句話。

「好，包在我身上。話說妳沒挨罵嗎？」

跟她打包票後，我小聲問蜜莉姆。

之前她整天都泡在地下迷宮，老是趁芙蕾不注意時開溜。直到昨天都還待在本鎮，今天又遲到。害我有點擔心，想說是不是東窗事發，芙蕾把她臭罵一頓。

「還、還好。我跟芙蕾說本人已經有當統治者的自覺，這陣子都在保衛領土，強力遊說讓她相信我。」

蜜莉姆小聲回應，說她已經說服芙蕾。

看她冒冷汗外加目光游移的樣子，可信度似乎不高……芙蕾的直覺很敏銳。

蜜莉姆守衛的並非自身領土，而是我分給她的迷宮樓層。假如這件事穿幫，連我這個局外人都有可能遭殃。

如今只能相信蜜莉姆了。

話雖如此——

要是出事的話，就算對蜜莉姆見死不救，我也要堅持我是無辜的。

「感謝您今日的招待。我們遲到了，真是萬分抱歉。」

等我跟蜜莉姆聊到一個段落，芙蕾便向我問好。

之後她看著我的眼睛，出聲試探。

「我們的主君蜜莉姆大人直到今天早上都行蹤不明，所以為了挑禮服花了一點時間——」

「啊、啊哈哈，原來是這樣啊。哎呀，我一點都不介意，接下來這幾天還請各位盡情暢遊。」

那雙好似能看透一切的眼眸讓我別開視線，便用一些客套話帶過。

如果是史萊姆狀態，就算內心動搖也不會表現在臉上。可是我今天變成人類姿態，眼部動靜可能會洩漏真實心聲。

若對方的直覺很敏銳，絕對不能跟他們對上眼。

「——這樣啊。我們連新都建造都麻煩利姆路大人幫忙，還獲邀參加這樣的聚會，我真的非常感激喔！」

芙蕾面帶微笑朝我說道，我不由得放鬆戒心。

接著就自然地說錯話了。

「不不不，希望料理合你們的胃口。對了，有哪些食材是你們不敢吃的嗎？我們也有鳥肉料理，若有問題——」

話說到這邊，我才發現自己失言了。

「鳥類是嗎……」

令人為之凍結的緊張氣氛頓時籠罩全場。

糟了——這念頭閃過，但為時已晚。

「啊——」

「利姆路大人的意思是說，我跟那些鳥同等級？」

「呃，我沒那個意思——」

芙蕾依舊笑瞇瞇。

兩名「雙翼」殺氣騰騰。

真是天大的失誤。

「禍從口出」就是我現在的寫照。

我想著這下怎麼辦，為此煩惱不已時——

「噗噗、噗哇哈哈哈！好強，利姆路先生真有一套。你果然厲害。竟然把芙蕾比喻成鳥，太妙了。」

簡直白目到一個極點，卡利翁哈哈大笑。

「嗯，連我都學不來。」

連蜜莉姆都參一腳，在那佩服我。

別這樣，別用亮晶晶的眼神看我。

「有什麼好笑的，卡利翁？還有妳，蜜莉姆。」

芙蕾怒火中燒。

怎麼看都是我不對。

「不，失敬。剛才是我失言。是我太多慮，怕妳不敢吃鳥類料理。」

像這種時候最好老實道歉。

死愛面子可能會引發衝突。

基於這些想法，總之我先想辦法讓芙蕾的心情好轉再說，就算當著大家的面也不介意，朝她低頭謝罪。

之後芙蕾就驚訝地看著我。

「呵呵，不愧是利姆路大人。我似乎沒看錯人。明知您沒有侮辱我的意思，卻想稍微試探一下，看您會做何反應。不過這樣我就明白了。蜜莉姆大人會以您為榜樣而有所成長。」

芙蕾說完，這次發自內心露出溫和的笑容。

暴君蜜莉姆已經是過去式。雖然她現在還是那副德性，但對他人建言的接受度想必提昇不少。

芙蕾認為原因出在我身上，就利用我的失言試探。看樣子她打算讓蜜莉姆學習我的態度。

剛才立刻道歉果然是對的。

既然蜜莉姆會模仿我的舉動，芙蕾當然會想試探我。若我會對蜜莉姆帶來不良影響，她好像打算限制蜜莉姆，不讓她跟我來往。

哎呀，我要對芙蕾另眼相看了。還以為她只是可怕的大姊姊，看來她其實有認真地為蜜莉姆著想。

說到壞榜樣……

「話說回來，卡——利——翁——？有什麼好笑的？可否請你說明清楚，讓我了解一下？」

一股大到似乎發出了喀嘰聲的壓力從卡利翁的頭頂灌下。芙蕾以電光石火的速度轉頭，用那隻纖纖玉手一把抓住卡利翁的頭。

論蠻力，卡利翁在她之上。

可是單看握力，他遠遜於芙蕾。

「等、等等！好痛，痛死啦，真的很痛耶！」

芙蕾的手指到手肘全部硬化。那手指變成比鋼鐵還硬的爪刃，整整大上一圈，用力抓住卡利翁的頭。

一定很痛吧。

「糟糕，這樣下去真的會死人！對不起，是本大爺不好，芙蕾妳原諒本大爺吧！」

自家主子卡利翁在那哀哀叫，三獸士卻無動於衷。唯獨法比歐擔憂地望著卡利翁，一副坐立難安的模樣，但另外那兩人只是愣愣地看著。

好吧，嘴上拚命求饒，其實卡利翁還有餘力吧。跟我不一樣，他好像沒在反省，算他自作自受。

「蜜莉姆，看到了嗎？做錯事就要道歉，這才是正確的選擇喔。」

「嗯，我知道了。在那之前，最好不要惹芙蕾生氣。」

蜜莉姆似乎也明白我的意思。

在地下迷宮玩到忘我是沒關係，但要適可而止。先把該做的事情做好，之後再悠悠閒閒地玩，這樣更開心。

若她能如此事情就好辦了，不想步上卡利翁的後塵遭人修理，自己就要多加注意。

「喂，慢著！你們幾個！別說那種風涼話，快救本大爺！」

將死命逃離鷹爪功的卡利翁當成負面教材，我跟蜜莉姆互朝對方點頭。

「喂，別把本大爺當空氣。好痛，痛死啦——」

卡利翁的聲音愈來愈小。

你做出的犧牲，我們會銘記在心。我跟蜜莉姆一邊這麼想，一邊等著芙蕾氣消。

＊

接下來，利用這陣騷動製造的空檔。

朱菜將手邊工作處理完畢。

「來，追加的餐點都好嘍！」

她笑著將各式各樣的菜端過來。

賓客們群起歡呼。

卡利翁淪為犧牲品的事就當沒發生過，我們換個地方。

「蜜莉姆，還有利姆路先生，你們真不夠意思。虧本大爺一直向你們求救。」

有人向我們抱怨，是被芙蕾放掉的卡利翁。

「反正你又沒事，少抱怨了！」

「就是說啊。芙蕾小姐也不是認真的，那種程度不算什麼吧？」

卡利翁依舊生龍活虎，所以我說這話時一點也不擔心。不過，事情似乎比想像中還要嚴重。

「哪有？一旦被芙蕾的爪子抓住頭，就不能使用技能。那應該是芙蕾的特殊能力。竟然把那用在本大爺身上，這肯定是一種愛情表現。」

我覺得並不是喔──我沒把這個想法說出口。

比起那個，眼下更重要的是朱菜準備的料理。

數道佳餚放在一張圓桌上。那是在一旁待命的服務人員為蜜莉姆等人特地準備的。

「今天就拜託嘍。米德雷是個死腦筋的傢伙，期待你們端出一吃就能驚為天人的美味料理。」

「呵呵呵，謹遵蜜莉姆大人之命。那麼，諸位請慢用。」

朱菜露出一抹微笑，要蜜莉姆放心。

蜜莉姆也跟朱菜很要好，她露出放心的表情，放心程度更勝由我出面打包票。

不過──

「──真教人不敢苟同，魔王利姆路大人。竟然教導我等的蜜莉姆大人如此褻瀆之事……」

當我們將料理端至蜜莉姆的隨從米德雷面前，他便出言數落。

這個米德雷就是蜜莉姆信中提到的「愛照顧蜜莉姆集團」代表人。

至於旁邊那個叫赫爾梅斯的，他一臉歉意外加懇求地望著我。會這麼做大概是怕米德雷的話把我惹毛吧。這個人似乎很容易為他人擔憂，感覺不錯。

吃飽在一旁話家常的貴族遠遠地眺望我們。

雖說他們在話家常，但那可是貴族的世界。蒐集情報才是其目的所在。比起跟人聊天，他們現在對我方的一舉一動更感興趣。

講白點就是好奇他們覺得好吃的料理，魔王蜜莉姆跟夥伴們吃了會做何反應。

尤其是其中還有人像米德雷那樣，劈頭就表示不能理解人類樂趣的魔人在……

價值觀不同就沒什麼好談的了，這下人類與魔人要拉近距離將是一大難事——某些人會這麼想吧。

那也是沒辦法的事，但這次應該沒問題。

因為聽說蜜莉姆的另一名隨從赫爾梅斯也想跟祭祀龍之子民推廣「烹調」這個概念。

所以我信心滿滿地回應米德雷。

「你說醃漬？」

先來探詢米德雷的想法。

「哼！對食材心懷感恩，直接享用它們的自然風味，這是我們從古至今認定的正確做法。竟然用這種方式玷汙……」

生菜沙拉淋了醬汁。

馬鈴薯沙拉更是被磨到不成原型。

「還有，這是做什麼？把肉烤一烤，這就算了。可是竟然又拿莫名其妙的液體玷汙。令人惋惜，真是太令人惋惜了！」

大概是出於惱怒，米德雷頭上爆出青筋，瞪著我大放厥詞。

這下連準備菜餚的朱菜似乎也被惹毛，臉上的笑容沒了，一直瞪著米德雷。察覺此事的赫爾梅斯白了一張臉，朝我跟朱菜頻頻低頭賠罪。

可是米德雷懶得理他，繼續把話說下去。

「竟然對自然恩惠如此不敬！在您的領土境內要怎麼吃都行，但不能波及我等跟蜜莉姆大人！」

米德雷指著好料滿滿的湯跟一口大小的奶油可樂餅等料理，說這是在褻瀆食材。怪不得蜜莉姆要來拜託我幫忙。

總覺得應付他好累人，對方太激進了。認為自己一定是對的，完全不聽他人的意見。

不過，那也只到今天為止。

若舌頭構造跟我們不同倒還是個問題，但這次問題出在米德雷的想法上。而且那都是偏見，他的想法並不正確。因為受米德雷崇拜的蜜莉姆本人就想吃美味料理。

她現在也像看得到吃不到的小狗，我還是快點結束這場對決吧。

這次會贏得輕鬆愉快。

只要讓米德雷說出「好吃」，就是我們贏。哪怕只將朱菜的料理吃下一口，光這樣就贏定了。

——我樂觀地想著。不過好像想得太美好了。

「這種東西我是絕對不會認可的！」

米德雷激聲嚷嚷，完全不想吃那些料理。

獲勝的前提是他至少要吃下一口。可是米德雷連碰都不碰，這場對決將是我們不戰而敗。

蜜莉姆困擾地看著我。

赫爾梅斯也是，他抬頭望天，一副拿米德雷沒轍的樣子。

騷動愈演愈烈，圍觀的視線也愈聚愈多。就連艾爾梅西亞不屑搭理的小角色都開始聚集，開始觀望事情進展。

在眾目睽睽下吵輸米德雷，到時可就不只是我的面子問題了。

「利姆路，我沒想到米德雷這麼頑固。要不要我跟他說一聲，叫他去別的房間待著？」

這時蜜莉姆貼心地提議。

「抱歉，我們的神官長太難搞。他平常就很容易動怒，但人其實不壞……沒想到會為食物氣成這樣。」

「唔——我想得太天真，以為讓他吃了就能打破僵局。但我也不想逼他，看來沒別的法子了……」

好吧，反正機會日後還多得是。慶典明天才要正式開始，無須著急。

我決定以今日的失敗為借鏡，想想該如何攻陷米德雷，眼下的首要之務就是收拾殘局——打定主意後，我決定先把問題擱著。

不過，有人無法接受這個結果。

咚——！的一聲。

一道高亢的聲音響徹會場。

朱菜突然露出詭異的笑容，用力拍了米德雷面前的桌子。

米德雷睜大雙眼。

不是吃痛也不是吃驚，而是不曉得發生什麼事。

也對。

剛才朱菜的速度快到令人驚訝。就算沒閃神，來得及反應的人依然少之又少。

「妳、妳做什麼！」

「給我閉嘴！」

臉上帶笑卻怒瞪對方的朱菜對米德雷厲聲一喝。然後拿起湯碗，狠狠地遞給米德雷。

「這碗湯放了很多配料吧？這就是利姆路大人的理想。」

咦？

什麼意思？

無視我的困惑，朱菜繼續說下去：

「在蜜莉姆大人麾下，獸人族、有翼族，以前服侍克雷曼的魔人，再來是你們龍人族，大家齊聚一堂。每個種族都具備強大的力量，對吧？可是只要大家同心協力——就能產生更大的力量。請你嚐嚐看這個。」

展現令人難以想像的魄力，朱菜讓米德雷握住湯匙。

大概被她的氣勢嚇到，米德雷乖乖喝湯。我才要放棄，朱菜竟然三兩下就……

事情進展到這一步，結果就跟預料中的一樣。

「——唔！」

米德雷露出驚愕的表情。

「這、這是——？」

「如何，很好喝吧？這就是所謂的『協調性』。每種食材都不會強出頭，就為了攜手演繹出這完美滋味。這碗湯中包含那份心願。」

原、原來是這樣啊。

哎呀～我只是單純覺得這碗湯很好喝啦……

「嗚，好吃。跟我至今吃過的各種蔬菜相比……就屬這一湯匙的味道最有深度……」

哎呀，那還用說。

比起未經烹調的蔬菜，朱菜的料理當然比較美味。但這對米德雷來說似乎是劃時代的發現。

「那個，若是你們能夠不要再用看可憐人的眼神看我們，我會很開心……」

赫爾梅斯紅著臉說道。照他的態度看來，顯然是不想跟米德雷相提並論。

我明白他的心情，確實會想這麼說。

就算部下說的是對的，某些上司還是會死不承認。然而出事依然要負連帶責任，教人不知該怎麼辦才好。

因為覺得他有點可憐，所以我朝赫爾梅斯點頭，表示我都明白。

好了，在我跟赫爾梅斯心靈互通的這段期間，米德雷已經將湯喝得一滴不剩。

朱菜則朝喝完湯的米德雷搭話。

「你懂就好。不過，請你務必記住一點。所謂的料理，並不是只有這一道。」

她的神情放緩，繼續開導米德雷。

如今知道湯有多美味，米德雷似乎也願意接受她的說法。

「不知妳言下何意？」

他一臉認真地反問朱菜。

這時朱菜開口了：

「若將這碗湯比喻成蜜莉姆大人統治的嶄新國度，那麼這塊麵包就是布爾蒙王國。而這塊牛排是新興國法爾梅納斯。若將鵝肝醬當成矮人王國，那這道海鮮料理就形同魔導王朝薩里昂吧。組合千變萬化。所謂的料理，光靠一道菜是無法成立的。國家也是一樣的道理，透過更廣更深的連結，將能獲得更大的滿足。這就是利姆路大人期盼的世界。」

朱菜發自內心展露笑容。

米德雷似乎被這些話打動，他看著排在桌上的料理，默默地沉思起來。不只是米德雷，連在遠處觀望的人也一樣。

「原、原來是這麼一回事……」

「國與國之間的連繫，確實很重要。」

「正是。不過，沒想到魔王利姆路陛下竟然想得這麼遠……」

「這不是很美好嗎！光只是一道菜，鹽的分量不對就會變難吃。以此為基礎，將各式各樣的料理調和，組成套餐是嗎？這、這構想真是太吸引人了！」

就是這樣，有些人甚至開始興奮地談論起來。

嗯——我是沒想到那裡啦。但朱菜這番強而有力的說詞，似乎漂亮地抓住人們的心。

就用這些供人站著吃、雜亂無章的料理，虧她能說出一番長篇大論。

說真的我很佩服朱菜，覺得她好厲害。

這不只是語言的力量，還加上比話語更具說服力的美味料理——

價值觀相異——對此感到懼怕的人，聽了拿料理做比喻而衍生出的「協調」一詞，想必也會對人與魔物攜手共鬥的未來懷抱憧憬吧。

「還有，料理並不是想加什麼都行，這點還請多加留意。」

朱菜做了補充說明，並朝站在我後方的紫苑看了一眼，我就當沒看到好了。

「那麼，看來你已經認同了，料理要趁熱吃才好吃喔。蜜莉姆大人、卡利翁大人和芙蕾大人，還有各位追隨者們。請你們趁熱享用。」

在朱菜的催促下，蜜莉姆迫不及待地大快朵頤。

「好好吃！」

她臉上堆滿笑容。

這就是她的答案，一目了然。

不須艱澀的言詞，看到她的表情立刻就能明白。

「是嗎……看來是我錯了……蜜莉姆大人一直在等我發現自己的過錯吧……」

關於這點，米德雷也感受到了。過了好長一段時間，他總算發現自己錯了。

「好了，米德雷大人，看你在這灰心喪志，大家只會感到不快喔！快趁熱吃吧！」

真不會察言觀色——不，赫爾梅斯故意說那種不解風情的話，米德雷頭上因此再次冒出青筋。

「臭、臭小子……」

「怎、怎麼了？你的頭怎麼變得像哈密瓜一樣——」

「哇哈哈哈！那又沒什麼大不了的，米德雷。赫爾梅斯說得對，你不快點吃，我可是會把菜都吃光喔！」

「嘖，算你撿回一命，赫爾梅斯。今天就看在蜜莉姆大人跟這些美食的份上，剛才那些失禮舉動就不跟你計較！」

之後會場便洋溢著歡笑。

是人是魔都不要緊，彷彿大家已團結一心。

「你妹真厲害。」

「對吧？那可是我引以為傲的妹妹。」

因為我的目光跟紅丸對上，就順便誇了一下，結果他理所當然地附和。

八成聽到我們倆的對話，只見朱菜紅著臉，慌慌張張地躲進內場。

在那之後，原本預計從傍晚六點辦到晚上九點的前夜祭延長兩小時。理由之一是原本還在觀望、不確定是否參加的各國政要聽說艾爾梅西亞與會便跑來報到。而米德雷跟卡利翁等人胃口大一直吃不夠也可說是另一個原因。

不過，理由是什麼都不重要。

因為就結果而言可是盛況空前。

如此這般，辦前夜祭一方面是想對各國重鎮做點宣傳，雖然有些意外插曲，但活動順利結束，成果超乎預期。

中場　深夜會議

前夜祭結束後，時間來到午夜十二點。

我們臨時召開緊急會議。

「抱歉，這麼晚了還召集各位。想必你們已經累了，但請大家再撐一下。」

語畢，我環視聚集在此的人們。

首先要慰勞今天的大功臣朱菜。

「朱菜，今天多虧妳了。料理非常美味，還幫忙說服讓那個蜜莉姆傷透腦筋的米德雷，真的很謝謝妳。」

在我向她表達感謝之意後，朱菜露出甜甜的微笑。

「過獎了，菜色方面多虧吉田先生幫忙，才會那麼成功。而且利姆路大人對白老的鮮魚料理讚不絕口，總覺得我技不如人，真是懊惱。」

不管是片魚、製作花式生魚片，甚至是捏製壽司，白老的手藝都在朱菜之上。這可以說是他的獨門手藝，並非朱菜不夠努力……但朱菜依舊顯得懊惱不已。

然而她還是率直地接受我的感謝。

接著我朝一直在幕後默默努力的摩邁爾搭話。

「摩邁爾老弟，商人那邊的情況如何？有出什麼問題嗎？」

為了在慶典上展售，我們從各國進了各式各樣的物品。由利格魯德和莉莉娜小姐負責管理。並拜託摩邁爾接待造訪我國的商人。

「商人們都給予高度評價。大家見識到本國的威容都驚得目瞪口呆。今天晚上鎮民提供的料理也讓他們大飽口福。許多鄰近國家的農民也造訪我國，可以說是盛況空前。商品方面大多品質良好，今後有望繼續跟他們保持良好關係——」

這時摩邁爾朝利格魯德偷看一眼。利格魯德則點頭回應，接在後頭繼續說明。

「是的。正如摩邁爾先生所說，有不少新鮮蔬菜跟水果、燻肉、燻魚和珍貴的工藝品聚集在此。還有人把活的家畜帶來，可以說慶典已做好萬全準備了。」

用不著擔心商品不足，這點有利格魯德掛保證。

「明天開始供晚宴使用的食材也預計使用這些進口貨品。」

莉莉娜小姐聽完利格魯德的話點點頭，接著補充道。

「看來沒什麼問題。」

「是，應該沒問題。只不過——不，真的沒問題。」

嗯？摩邁爾欲言又止。這樣反倒令人在意，希望他好好說清楚。

「喂喂，就別客氣儘管說吧！說到一半打住反而令人很在意耶。」

我用這話催促摩邁爾，希望他坦言。

紅丸跟蒼影似乎也認同我的看法，默默地點頭。

不敵這股壓力，摩邁爾搔著頭再度開口：

「也許是我多慮了，但跟著熟識大盤商一起過來的小販幾乎都是生面孔。別看我這樣，認臉可是我的長項，這讓我有點在意。所以我就調查了一番──」

雖然有點介意但沒問題，摩邁爾是這麼說的。

他還跟熟識的幾名店長打聽，那些的確是最近才跟他們做買賣的交易對象。但沒聽說什麼負面消息。對方用便宜的價格提供優質商品，那些店長還笑他太杞人憂天。

摩邁爾曾跟他們交談，藉此試探，對方也親切回應。

「接下重責大任太興奮，連我都有點神經質了。」

他說完面露苦笑。

最近這陣子，摩邁爾的工作量多得嚇人。我有點擔心，便問他是否撐得住。

「喂喂喂，你當真頂得住嗎？會不會硬撐到過勞病倒啊……？」

然而摩邁爾這次還真的將我的擔憂一笑置之。

「哈哈哈，請您放心。比起那個，還有更重要的事！從明天開始將要展開武鬥大會，那位勇者正幸大人居然要參戰！鎮上都在瘋傳這個消息，聽說酒吧馬上就開賭局了。」

自己對這份工作充滿熱情，所以現在不是喊累的時候，摩邁爾發下豪語。他指出還有更重要的事情，就是今天傍晚正幸決定參戰。

「是啊。把大家找來就是想商量這件事。」

前去迎接蜜莉姆他們的人都還不知道這件事。紅丸甚至還用眼神對蒼影示意，問他「現在是什麼狀況？」，要蒼影解釋。

回答的人是搶先蒼影一步開口的紫苑。

「那傢伙真令人不爽！盡說些大話，說要討伐利姆路大人。真想親手收拾他……」

「是我出面阻止的。畢竟大家都在看，要是現在放紫苑亂來，可能會對明天開始舉行的祭典造成影響。」

原來如此，怪不得紫苑那麼安分。

還以為她最近變得比較乖一點，看來現在放心還太早。幸虧有蒼影在。

「還好你阻止她。當時我的朋友優樹也在場，要是在城鎮入口找勇者打架的事傳開，大家會萌生不必要的戒心吧。」

我說到這兒嘆了一口氣，只見紅丸點點頭。

「說得對。紫苑，妳可要再冷靜一點啊。」

「哼，還用得著您說。我只是有點火大，並非真的要鬧場。可是——」

「咯呵呵呵，我懂紫苑小姐的意思。主上被人看扁自然無法坐視不管，是這個意思吧？若紅丸先生在現場目睹那一幕，應該會有不同的反應吧？」

「——沒那回事。我時時保持冷靜。」

紅丸說話頓了一下，目光游移。

唔——感覺不是很可靠。

「對了，利姆路大人。您說有要事商量，莫非是想將那名勇者收拾掉？若您願意交給我，我會在今晚將他收拾乾淨，不留半點痕跡喔。」

迪亞布羅面不改色地做出駭人宣言。

這傢伙肯定是認真的。而且他真的會毫不猶豫地實行，超可怕的。

「沒那回事。你可別魯莽行事喔。」

所以我當場跟他再次慎重地叮嚀。

接著正色道出要跟大家商量的事。

「我想商量的，是明天開始舉辦的武鬥大會，有哪位幹部願意參戰？」

我這番話成了天大的引爆點——

「哦？」

只見紅丸雙眼發亮。

「原來是這件事。」

紫苑則笑得張狂。

她之前好像瞞著我偷偷在準備些什麼，那邊就扔著不管嗎？

也許只是注意力放到戰鬥上，一時間忘記。

「咯呵呵呵呵，有趣。真是太有趣了。」

就連迪亞布羅都露出異常燦爛的笑容。

「就讓我展現武技，讓大家開開眼界。」

蓋德也幹勁十足。

接著是蒼影跟進，「呵」的一聲露出淺笑，一副很想出賽的樣子。

再加上白老。

他什麼都沒說，卻開始心神不定起來。

戈畢爾有他的活動要辦，臉上寫著遺憾二字……

──如此這般，反應如同預期。

唯獨蘭加在我的影子裡沉眠，所以他沒反應。

反正我也不准他出賽，沒問題。

眼看幹部們正要為誰該出場的事起爭執，我用一聲乾咳提醒他們。

「等等。現場聚集了許多外國間諜，你們用不著拿出真本事吧？」

「咯呵呵呵呵。就算沒認真打，我也會徹底蹂躪──」

「ＳＴＯＰ！聽好，我先跟你們聲明。紅丸、紫苑、迪亞布羅還有蒼影，不准你們參賽。」

「什麼！」

「這是什麼意──」

驚愕的眾人被我伸手制止，我向他們說明原因。

「首先是蒼影，你是『密探』吧？怎麼能在眾目睽睽下出賽。」

蒼影被我的話點醒，他似乎覺得有道理，沒多說什麼，不再堅持參賽。

幸好他沒耍任性說要變裝出賽。可是為了保險起見，我再推了一把。

「因此，我想給你新的職稱。」

「職稱嗎？」

「對。你目前負責本國所有的諜報活動，我正式任命你為高階密探首領。並賜予你的部隊『藍闇眾』之名。在你底下做事的蒼華等人具隊員資格，但還不能獨當一面的人可不能列名喔！」

「遵命！多謝賜名，利姆路大人！」

蒼影的感動程度超乎預期。

這只是不讓他出賽的藉口罷了，他本人也開心就好。

如今他的部下好像已達數百人。只要從中挑出菁英組成「藍闇眾」就行了吧。

蒼影可以接受這樣的安排，問題出在另外三人身上。

在我的部下中，這三人特別厲害。

讓這些傢伙上場，怎麼看都有問題。我知道會有什麼後果，早就想好對策了。

「你們聽好嘍，為了與西方諸國的政要對應，我想增設『四天王』這個位階。」

「四天王……」

「居然——」

「原來如此。」

三人眼色大變。

顯然全都上鉤了。

「你們三個在我的部下中也算是特別厲害的。『四天王』的首領就由紅丸擔任。另外三名中的其中兩名就由紫苑和迪亞布羅擔任。」

在這三人之中，紅丸最適合當領隊。因為他可是我的代理人，堪任總大將的男人。

所以這個職務成謎的「四天王」，讓紅丸擔任領隊最合適了吧。

我說得煞有其事，其實那只是掛名職缺罷了。是避免讓他們參賽的藉口。

「讓我當首領……謹遵聖命！」

好。紅丸接受了。

「雖讓紅丸當首領令人有點難以苟同，就請您看過我今後的表現再重新考慮。我也樂於列名『四天王』，利姆路大人！」

紫苑也能接受。

不曉得她那些自信是哪來的，但她既然接受了，就這樣吧。

「『四天王』是嗎？雖然很想成為利姆路大人心目中的第一人選，但我現在還是新人。不能太貪心。眼下我的目標就是盡量跟利姆路大人拉近距離！」

嗯──這表示他接受了吧？

迪亞布羅的個性也很麻煩呢，真是的。

總而言之，從現在開始他們三個就是「四天王」。

「謝謝你們爽快應允。接下來，剛才之所以禁止你們出賽，就跟這個『四天王』有關。」

「您的意思是？」

「嗯。其實最後一名『四天王』很難抉擇。我本來屬意蒼影，但蒼影是『密探』。不方便在公共場合露面，所以他不適任。」

我說完便觀察大夥兒的反應，他們似乎頗有同感，都認同地點點頭。

「所以說，我要讓剩下的人參賽，獲勝就能當名副其實的『四天王』，你們覺得呢？」

我連珠炮似的說完，會議室內，大夥兒開始觀察彼此的反應。

不料這時出現意想不到的發言。

「唔，嗯……老夫也想出賽，但是從明天開始要跟紅葉約會──不對，是約好要帶她參觀這座城鎮……不過，既然利姆路大人下令──」

沒想到我最屬意的白老竟然想婉拒。

像白老這樣技藝高超的人最適合擔此重任，但時機似乎不太好。雖說可以命令他出場，但這樣不妥。若要摸清正幸的實力，派白老最合適，我原本這麼想——不過，他難得有機會跟女兒一起留下回憶，要是打擾他們，他可能會怨我。

「這可是大事，白老。如果你毀約，紅葉可能今生都不會跟你說話嘍。」

「這、這個……」

過去我的前輩也沒遵守跟女兒的約定，跑來工作，後來一直哀嘆，說他被無視一個星期以上。

這對父女好不容易團圓，要是他這麼快就毀約……

「還有，比起讓白老當『四天王』，你更適合當紅丸的軍事顧問。當副將好像滿適合你的，用不著勉強出賽。」

只見白老感激地點點頭。

為了白老好，我決定暫時不讓他出賽。

這樣一來，能出場的就剩——

「我還有技術發表會要顧……而且蓋德先生比我強。這次就交給他吧！」

果然只剩蓋德。

為了自己的活動，這次戈畢爾無法參加。他將這份遺憾寄託在他人身上，決定替蓋德加油。

「知道了。我會竭盡全力，不讓那個叫正幸的小鬼獲勝！」

接著蓋德強而有力地頷首，回應他的期待。

蓋德也是實力無可挑剔的人才。不過「四天王」說穿了只是虛設，讓蓋德加入有點那個……我任命紅丸是要他鎮住那兩個問題兒童，感覺對蓋德很不好意思。

好吧，那些之後再想。反正現在先讓蓋德探探正幸的實力。

我才剛打定主意——

「我想引薦某個男人，他很適合當四天王！」

這時利格魯突然站了起來，朝我道出這句話。

大賽因分組問題可能會出什麼閃失。為了避免這種事情發生，參賽者最好不要只派一個。對方是足以讓Ａ級的利格魯推薦的人才，我也相對放心。

「好、好啊。雖然我想有蓋德參賽應該沒問題，是誰啊？」

思及此，我催促利格魯說明。

「很可惜我也為警備工作分身乏術無法參賽，但有人的實力僅次於我。那就是——」

僅次於利格魯的強者——該不會！

「哥布達！」

噢……被我猜中。

然而出乎我的意料，利格魯德也大力肯定。

「哥布達的話，代表我們上場當之無愧。」

他這麼說。

「呵呵，那傢伙在老夫的弟子中算是優秀的。腦筋轉得快，技巧也夠好。雖然基本上肉體沒什麼長進，但藉這場大賽助他成長也挺有趣。」

就連白老都說出這種話。
幹部群也無人反對。
我想至少要跟本人確認一下意願，不過……
「呼嘶——呼嘶——」
嗯。
看來他本人也很想上場，沒問題。
那就這麼定啦，我決定派哥布達參戰。

原本想讓會議就此結束，我要宣布閉會時，某人卻有意見。
「頭目，我也想參加這場武鬥大會！」
蘭加神不知鬼不覺清醒過來，頭從我的影子伸出，邊搖尾巴邊說。
「不不不，蘭加你不適合吧？這次的主題畢竟是武術對決……」
「說、說得是。雖然召喚師也會參賽，應該會有召喚獸……但蘭加先生參賽未免太突兀……」
這場大賽比的是力量與技術，蘭加肯定是強者沒錯，卻不合大賽宗旨。
我基於上述想法才否決他，摩邁爾也表示贊同。
蘭加則恨恨地看著哥布達。
他好像很沮喪，但這點實在無法妥協。我鐵著心拒絕蘭加參戰。
「那我們打算將蓋德先生和哥布達先生安排為種子選手。參賽人數超過兩百人，共分成六組打淘汰賽，藉此選出正式出賽者。」

竟然超過兩百人，看來參賽的人不少。明天的大會預賽原本會從中選出八名正式參賽者。

當然我們不能在預賽花太多時間，當初預計分成八組打淘汰賽。而現在將這兩人的出賽也算在內，所以變成打六場了事。

「我明天要接待來自各國的賓客。指揮就交給摩邁爾老弟，麻煩你啦！」

「包在我身上！」

聽到摩邁爾可靠的回應，我放心地點點頭。

再來就是——

「迪亞布羅，各國記者都認識你了吧？」

「是。我有邀他們參加這次的開國祭，已做好準備，要他們替我方好好宣傳。」

迪亞布羅辦事果然面面俱到。

既然都曝光了，隱瞞實力也沒意義。

是說，找人人懼怕的惡魔當裁判——這種反差或許能稍微改善大家對他的印象。

「抱歉，我想麻煩你當裁判。既然勇者正幸、蓋德跟哥布達都要參加，讓人鬼族（滾刀哥布林）當裁判我不是很放心。」

「咯呵呵呵，交給我吧！」

這樣就搞定了。

若是出了什麼事，迪亞布羅會幫忙處理吧。

「那就這樣，不好意思占用你們的時間。雖然有點晚，但大家今天可以休息了！」

「「「是！」」」

這次會真的開完了。

就這樣，在明天就要正式開始的慶典前，我們各自睡去。

第二章

開國祭

Regarding Reincarnated to Slime

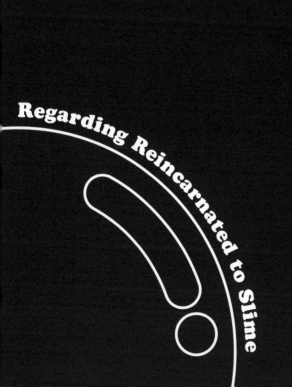

謁見完住在朱拉大森林裡的魔物代表後，跟西方諸國代表團的會談也順利結束。詳細事項還有待日後討論，但對談內容算是有個好的開端。

而昨夜辦了世間罕見的前夜祭，在有許多來自各國的賓客參加的情況下，前夜祭平安落幕。我很滿意。

昨天幾乎只需要跟熟人說話。

實務上的協議跟要求都由利格魯德跟摩邁爾聽取、統整。而且他們還暗中阻止來賓，不讓他們隨便找我攀談。

真厲害。

這些男人好能幹。

老實說，若是對方直接跟我交涉，我可能會不小心應允也說不定。這樣可能會被人抓住話柄，有他們替我緩衝真是幫了大忙。

如果今後能與他國建立良好關係，我也不吝於盡力施以援助就是了……

但還沒看清對方之前，最好審慎行事。

不能輕易答應別人的請求。

不管怎麼說，目前我們人手不足。這次祭典熱鬧完之後，該做的事依舊堆積如山。

還有一堆待辦課題。

姑且不論可行性，就算要做調整並付諸實行，行政單位依然人手不足。在這種情況下，要是我又擅自丟些工作給他們，那才真的是忙不完。

利格魯德跟摩邁爾的辦事能力比我預料的還高。我交待的工作他們都會妥善處理好，害我一不小心就過度依賴他們了。

昨晚也請他們抽空出來，害他們的睡眠時間減少。

我得盡量不要再更加依賴他們——這是昨天深夜的緊急會議結束後，我獨自反省後所做出的結論。

所以我決定今天拿出一國之君的架勢，努力招待來賓。

時間拉回現在。

本日晴空萬里。

坦派斯特開國祭將在今天舉行。

我原本還想「就算下雨也要把雲吹走讓天空放晴」。

這裡是魔國聯邦的首都利姆路。

冠上本人名字的這個都市，地點來到聚集行政機關的北區。

在該區中央的議事堂裡，我從陽台俯瞰聚集在下方的人們。

有條大街通往議事堂。這貫穿鎮上的大街如今擠滿了人。

原本是魔物——如今是我的子民，要改叫亞人了。

來自朱拉大森林各地的魔人們聚集在此。

還有來自鄰近國家的商人以及保護他們的冒險者。

更有聽說這裡要辦祭典而跑來的農民。

共計超過十萬，成了種族大熔爐。那就是目前我眼下的這片光景。

一個人與魔和平共存的國家，終於實現了，這份實感逐漸充實我的內心——感覺好棒。

接下來，時間也差不多了。

我站起來，手裡拿著麥克風。

『各位，我……不對，本王是……本王乃魔王利姆路……』

哎呀，隨便啦，好麻煩。

對我來說發表嚴肅演說豈止是有點艱難的任務，負擔根本太重。

所以接下來就照我的方式表現，將我現在最真實的心情平實道出。

『我是魔王利姆路，請多指教。這個——承蒙各位今日應我國邀約前來，我很開心。雖然有人可能是第一次來，請別緊張。我當上魔王是事實，然而本人沒有跟人類敵對的意思。我想建立讓大家和睦生活的國度。與其相爭，人與魔更應攜手合作，我相信這樣才能開創更美好的未來。』

我邊演講邊觀察大家的反應，看樣子大家都認真在聽我說話。

我國國民自然不在話下，但連來看熱鬧的農民也不例外。

一面觀察人們的反應，我繼續說下去。

『有些人可能因我是魔王而心生警戒。你們當然會戒備，但我希望大家能相信自己最原始的感受。我不會逼你們接受我的想法。若是你們覺得我值得信賴，那固然令人開心。不過，就算你們不願相信我，這也是沒辦法的事。信賴並非一晚就能建立，而是透過今後不斷交流才能夠贏得，我不會急於得出結論——』

正所謂「羅馬並非一日建成」。

信賴這種東西就是要日積月累。

不過，對方是否會正確解讀我的意思，那就看他們了。

再來要對立於統治階級的王公貴族傳達我的心聲。

『聚集在此的諸位貴族，等你們回國，希望你們將這裡的所見所聞如實傳達。有些國家現在已經跟我國締結邦交了。就算你們不信任我國，那些國家還是值得信賴吧？希望大家別因我是魔物、是魔王，就懷抱偏見。』

話雖這麼說，那也不是他們個人能決定的，必須由國家做出裁斷。在場眾人做何感想並不重要，可是……我還是相信這麼做有些許意義。

但我還是要先警告他們，以防第二個法爾姆斯王國出現。

『不跟我方聯手就開戰——我絕對沒有這種想法。不過，若因我們是魔物就給予不平等對待，或者以討伐為名行進攻之實，我們絕不寬待。我想大家看到先前滅亡的法爾姆斯王國，心裡也應該有數。』

這段話也是我的真實心聲。

也許會被人當成是種威脅，但我確實這麼想。

我討厭戰爭，然而他方若進犯我國，我會毫不猶豫地反擊。統治者稍有迷惘，無力作戰的老百姓將遭受牽連。

畢竟守護國民生命財產是國家的職責。過來投靠我的魔物們，以及今後會陸續移居此地的移民。保護這些人就是我的首要任務。

沒有武力紛爭的世界是種理想，但那卻是不可能實現的夢。

老百姓要在太平盛世作夢是他們的自由，身為統治者卻不能這樣。須做好準備，不管遇到什麼情況都能應付，這是國家必須具備的最低條件。

所以我現在才會對那些立於統治階級的來賓送上這段話。

最後我想說的是——

『聚集在此的商人、冒險者還有農民等一般百姓，我發誓不會對你們出手。不過罪犯另當別論就是了。我國人手不足，有很多工作可做，誰想謀份職缺，都可以考慮搬到我國。人潮多的地方自然會有新的機會吧。基本上，我國保證讓大家自由發揮。人們保有言論自由，也可自由選擇職業。但是要對自己的言行舉止負責。假如你們聽完這番話後仍對我國感興趣，請各位務必評估一下我剛才的提議。今後我國也預計舉辦各類活動。從今天開始舉辦的坦派斯特開國祭就是首波企畫。那麼，請大家一定要玩得盡興！」

向一般人做完宣傳後，我的演說到此結束。

會不會太直接？

不過我也不介意。

反正我原本只是一個上班族。雖說一夕間功成名就，致詞卻不像王公貴族那麼得體。

可是，即使如此——

為了聽我演講而聚集在此的眾人，發出盛大的歡呼。

不只這個城鎮的居民，連其他外國賓客都興奮大叫。雖然這當中一定還是有對我存疑的人……

但大部分的人仍願相信我——甚至信賴這個國家。

現在這樣就夠了。

從一開始就全面信賴，這樣反倒奇怪。

我們的心意已經傳達給大家了。
再來就等著看結果會引發什麼樣的反應。
就這樣，由我的演說起頭，坦派斯特開國祭揭開序幕。

*

演講完，我來到一樓大廳。
孩子們換裝完畢，全聚在這兒。
「原來老師你是這個國家的國王啊？」
咦，我沒講嗎？
「原來你不知道啊，劍也。既然知道我有多偉大，現在開始也不遲。你可以再尊敬我一點喔。」
「我幹嘛——」
「是——！我很尊敬老師！」
我正要調侃劍也，艾莉絲就這麼說並抱住我。克蘿耶也跟著說「我也是——！」一邊攀住我。
我笑著摸摸艾莉絲跟克蘿耶的頭，輕輕地拉開她們。
她們兩個似乎很不滿，但我的身體只有一個。趁她們還沒吵起來，還是讓她們先忍忍吧。
「話說回來，真令人吃驚。昨天我還在猜老師該不會是國王……」
這話是蓋爾說的，良太也點頭表示同意。
「哎呀，這個國王是跟你們分別後才當的。所以我才說前陣子很忙啊。」

「也、也對……既然當上國王，當然會忙不過來……」

劍也還是一臉不滿，但他似乎願意稍微體諒我一下。

「那老師，之後也沒什麼機會見你嗎？」

「嗯──等我有空會去看你們。別看我這樣，其實就像掛名國王。」

「嘖，這算什麼？到底是偉大還是不偉大，你說清楚啊。真受不了……」

我安撫在那發牢騷的劍也，一面告知今日的注意事項。

「你們幾個聽好，參加慶典會很興奮，容易不小心失控。你們可別興奮過頭得意忘形，跟別人吵架喔！」

「「「好！」」」

真有精神。

「有帶手帕、面紙跟那個墜飾嗎？」

「「「當然有！」」」

這些小鬼頭嘴上倒是應得很勤快。

還是找人跟著比較好，但我的部下都有要事在身。

迪亞布羅跑去圓形競技場當裁判了。白老跟紅葉有約，紅丸則是我的護衛。

「跟紅葉約會的機會讓給白老好嗎？」

「您就饒了我吧。那對我來說還太早……」

紅丸似乎很想逃避這個問題。好吧，只能等時間解決一切了。

朱菜應該正在經營咖啡廳，紫苑好像也有事要辦，一大早就不見人影。對此我隱約有種不安的感覺，不過我想說服自己一切都沒事。

蒼影會暗中看守城鎮。有什麼事會告訴我吧。

再說蒼影的部下也會幫忙留意孩子們，應該不用太擔心——

「怎麼了？有什麼困擾嗎？」

我才在想過於杞人憂天不大好，有人就朝我搭話。

是日向。

身穿便服的日向就站在那兒，腰間掛著一把細劍。

她穿著無袖連身洋裝，顏色是接近黑色的深藍。腋下與胸口若隱若現，散發難以言喻的性感氣息。

此外，用來掛劍的皮帶更加突顯日向那纖細的腰身。

真是養眼啊。

原本想多看一點，但被日向用冰冷的目光一瞥，我便乾咳一聲蒙混過去。

「欸，老師！」

「這個人是誰？」

看我這樣，艾莉絲跟克蘿耶不悅地追問。

「她的名字叫日向，是跟我打成平手的強者喔。」

「咦——？這種大嬸居——」

劍也話才說到一半，日向神不知鬼不覺拔出的細劍劍尖就抵在他喉嚨上，不讓他說下去。

距離只有一公釐。劍也只要動一下就會被刺破喉嚨。

「你剛才想說什麼？」

「我、我想說的是……漂亮的大姊姊……」

劍也淚眼汪汪，發抖的他努力擠出這句話。

「小、小劍……」

良太也一樣，想救劍也卻動不了。似乎被日向瞪一眼就動彈不得。

看日向看到入迷、一動也不動的蓋爾，大概也被那道目光鎮住，整個人立正站好。

這也不能怪他們。

連我都怕了，良太跟蓋爾會有那種反應是理所當然吧。

「劍也，不能說這麼失禮的話喔！這個人也是靜小姐的徒弟。說起來就跟優樹一樣，等於是你們的學姊。」

拜託你早點說——劍也用這種眼神看我。

我懂他的心情，但這次是劍也不好。我才剛提醒他們別興奮過頭得意忘形，結果卻是這樣，這件事算劍也自作自受。

「靜小姐的徒弟……難道是！」

「就是之前說過的，才花一個月的時間就超越靜老師……」

「魯貝利歐斯的聖騎士團團長，坂口日向大人？」

「好厲害！可是，真的是本人嗎……？」

「喂……這麼重要的事要先講啊……」

嘴裡「嘖」了一聲，日向將劍神速收起。

劍也癱坐在地。

大概是腿軟吧，他一直站不起來。

「嚇得我差點都尿出來了——」

臉色有點蒼白的劍也一說完，艾莉絲就罵他「髒鬼」。

「又不能怪我，真的很可怕啊。」

「不過，剛才的事是劍也不好。」

克蘿耶說得很有道理，劍也完全無法反駁。

「對了，利姆路老師，你真的跟日向姊姊打成平手嗎？」

既然蓋爾都問了，我就老實回答。

「算是吧。打到快輸掉就逃走，所以沒分出勝負。確實是沒輸沒贏。」

「逃走的人是老師你吧？」

虧我刻意不說是「誰」，這吐嘈一針見血。

「隨你們想像。」

但我在那耍帥。

反正我也沒說謊，沒必要透露更多真相。

孩子們似乎還想繼續問下去，卻被日向打斷。

「所以你們是在為何事煩惱？」

被她一問，我才想起剛才在煩惱該找誰看顧孩子們。

「其實也沒什麼，他們等一下要去鎮上，但那裡人很多不是嗎？雖然鎮上有人監視著，不過我還是想找人帶他們……」

「哦──可以啊，就讓我來帶。」

「所以就在想，有沒有合適的人選……咦？」

她剛才說什麼？

日向要帶這群孩子？

不不不，這個笑話一點也不好笑。

「怎麼，覺得我不夠格？」

「不，哪兒的話──」

被她瞪了。好可怕。

劍也居然沒尿褲子。

他很努力呢，我要誇獎他。

「你們應該不會拒絕吧？」

「是，當然不會！」

「小劍……」

「請您務必幫這個忙！」

「連蓋爾也……好吧，那我也願意。」

兩名男生──蓋爾跟劍也轉眼間淪陷。

看到他們兩人的反應，良太也很乾脆地同意，願意讓日向陪同。

「居然能見到令人崇拜的日向姊姊！我好開心！」

艾莉絲根本是隨波逐流的追星族。

以前還說她很崇拜正幸，看來她也把日向當偶像看待。別說是抱怨了，她甚至還樂於親近對方。再來看克蘿耶。

「大姊姊人好好！感覺跟靜老師好像喔！」

她過去抱住日向，說完便露出笑容。

連克蘿耶都黏她，表示日向真的是好人。雖然眼神很可怕，但克蘿耶不在意吧。還有日向。

若是我沒看錯，她嘴邊正帶著一抹淺笑。

日向似乎眨眼間就抓住了孩子們的心。

「那我們走吧。那邊好像有賣炒麵跟烤玉米，我們先去逛小吃攤吧。」

「「「是！」」」

真會領兵。只能說她好厲害。

這樣一來，把孩子們交給日向帶就放心了。

才剛放下心中重擔，日向就跟我說悄悄話。

「我可以幫忙照顧這些孩子，魯米納斯大人就交給你嘍！」

啊？

雖然昨晚沒看到她，但魯米納斯果然也來了？

「魯米納斯也願意參加慶典嗎？」

「不是你邀她的嗎？她還興高采烈地準備了女僕裝喔！」

沒想到魯米納斯居然要扮成逗留我國的聖騎士——阿爾諾跟巴卡斯的侍從，來參加這次的慶典。扮成女僕的她第一天似乎打算跟那幫王公貴族一起行動。

聖騎士好歹算是貴族階級。所以，和今天我要接待的那些人一起行動也沒問題。

該說她夠精明嗎……

昨晚她好像在本國境內新設的教會過夜。我完全沒發現，表示她將真實身分藏得滴水不漏。

「那麼就拜託你了。」

留下這句話，日向帶著孩子們離去。

照這樣看來，要費更多心力的人是我吧……

日向看起來心情愉悅，感覺這次又被她反將了一軍。

＊

日向才剛走，就有人輕拍我的肩膀。

「哎呀，真教人驚訝，利姆路先生。我還是第一次看日向笑呢。」

原來是優樹。

他沒穿正經的西裝，而是穿了以學生制服改造成的正式服裝，笑臉迎人地站在那兒。

看來他要找我去集合地點。話說負責帶路的應該是我才對。

「對啊，沒想到日向主動說她要帶孩子。我還以為她會說『煩死了』，一臉厭惡咧。」

「她可不像你想的那樣喔。其實日向滿會照顧人的。講是這樣講，我也很意外。話說日向的便服超適合她，嚇我一跳。那件衣服好像是在這個鎮上買的。穿起來很像漂亮又時尚的女大學生對吧？」

是嗎，那果然是本國的服飾。我還以為自己看錯了，看來不是。

「日向那傢伙還真有錢。我這麼說或許不太妥當，但那件衣服很貴。」

那件衣服是用地獄蛾的絲製成的絲製品。不僅穿起來舒服，還附帶「熱變動無效」。防禦力也相當高，防護效果比雜牌皮鎧還棒。

可是價格高得嚇人。

絲產量雖然已經穩定了，量卻不多。再加上是手工製作，產量並不高。有鑑於此，我們只能以天價販售。

庶民買不起，這是專門賣給貴族的商品。

聽說昨天日向一看到就毫不猶豫地購入。而且還要人修改尺寸，我想她肯定花了不少錢。不過這是很棒的大客戶，所以我沒意見就是了。

「因為是慶典，所以出手比較闊綽吧？她昨天也很興奮地先來探查今天的情況喔。」

真的假的！

還以為剛才是我看錯，看樣子日向對坦派斯特開國祭的期待程度超乎我想像。

啊，所以她才會那樣說吧。

基於上述原因，日向才要我接待魯米納斯，自己悠悠哉哉地去放風。

「話說她來探查什麼啊？」

「就是有哪些攤販啊，她剛才不是興奮地說有賣炒麵跟烤玉米嗎？」

「呃，也就是說……」

也就是說昨天日向就來做過場勘了。

好認真。

用慎重已經不足以形容，而是全心全意地想要享受慶典。

的確，圓形競技場外圍有許多人擺出各式各樣攤位。

由我企劃、在前世稱作速食店的攤販也是其一。由摩邁爾順暢地打點，一切都很順利。

提供漢堡、熱狗、炸薯條和各類果汁。

也有很多其他的商店。

販售炒麵、烤玉米及牛鹿串燒等經典小吃的店也位列其中。

雖然以季節來說有些太早，但我們連刨冰都有。夏天一到肯定會變成主力商品。

冰刨得又薄又細，吃進嘴裡入口即化，再淋上一堆糖漿。我已經試吃過，可以肯定有如此絕妙的好滋味。

醬油的焦香氣息，還有水果糖的甜味。

這是大家為了這天精心準備的成果。

我透過「思念網」根據記憶將那些菜色散播出去，大多透過朱菜等人的巧手實現。並由摩邁爾實現我的企劃，而且奇怪的是最後還讓維爾德拉開鐵板燒店。

日向似乎事先確認過這些店，已經決定要怎麼逛了。

「話說日向跟她給人的印象很不一樣，好像很喜歡吃垃圾食物？」

「嗯，因為很好吃啊。我也愛吃，所以不能說些什麼就是了……但要說意外是滿意外的。」

對於我的自言自語，優樹表示贊同。

得知日向令人意外的一面，不知是福是禍。

至少她花錢不手軟，肯定是很好的客戶。但我有點擔心她對孩子們是個負面教材……

＊

在紅丸跟優樹的陪同下，我前往迎賓館。
利格魯德早已在那對大批貴族說明今日的預定行程。
「噢，利姆路大人！剛才的演說真是太棒了！」
咦，會嗎？
看利格魯德露出欣喜的表情，連我也跟著開心起來。
也就是說感覺還不賴。我心想「很好很好」，與利格魯德相視而笑。
「那麼，接下來要帶各位參觀本日第一場活動！」
利格魯德說完就邁開步伐。
他朝距離迎賓館不遠的建築物去。
是歌劇院。
我們臨時趕工將它重新裝修，成品比預期的更氣派。對音響效果做過精密計算後，才將高質感座椅排成那樣。
各位來賓乖乖在指定席上入座。
這個世界的文化水平與日本相比頗偏。這點……嗯，就算站在他人的角度也會這麼想。
藝術造詣算高，音樂和繪畫方面與原生世界相比毫不遜色。

但只在王公貴族間流行。

是時間跟金錢多到用不完，專屬上流社會的娛樂。

若都市發展到一定程度以上，天使族就會為此進攻。所以某種等級以上的研究項目，王公貴族多半是隱藏起來的。藝術領域也是同理，一般而言都將那當成貴族出資自娛的小樂趣。

但在我看來，文化這種東西應該要由大家攜手打造。

天才埋沒在茫茫世間。

在一個狹隘的世界裡，要發掘這類天才不僅困難，他們還會遭到埋沒，很可能一輩子都無法被人發掘。

藝術等產物是生活上有餘力才會有的娛樂，從事創作也是一樣的道理。

在這個世界追求那類產物是種奢侈，但我不會因此放棄。

我要尋遍世界各處，挖掘這些埋在茫茫人海中的天才。為了實現這點，首先要由我國帶動文化風氣。

第一步就是——今日的鑑賞會。

這邊的樂器有不少都與原生世界類似，令人驚訝的是連鋼琴都有。

要說是在哪發現的，就是克雷曼的大本營。

克雷曼似乎也過著不遜於王公貴族的生活，在裝飾奢華的無數房間裡，有個房間放了大量的樂器。

某些魔物原本就懂音樂。他們好像會用笛子跟太鼓打節拍，有每年舉辦一次慶典的文化。我將樂器借給那些人，結果他們的小小才華就此開花。

我們替有意學習的人準備練習用樂器，做些像是教他們看樂譜之類的基礎指導。

光靠我的知識成不了氣候，這時就換智慧之王拉斐爾大師上場。

日本的音樂課本，還有這個世界的圖書館內存有的樂器相關知識。將兩者結合，做成一本紙本書。

連我遺忘許久的舊知識都能重現，智慧之王拉斐爾大師好可怕。

再來就是魔物們努力的成果。

常言道「興趣使人專精」，轉眼間，魔物就將他們喜歡的樂器演奏得爐火純青。

題外話，連樂譜也請人忠實呈現。

我沒有「絕對音感」這種高尚的資質，但那難不倒智慧之王拉斐爾大師，它不僅重現這些樂譜，還重新編曲。

雖然有些擔心著作權問題，但這個世界沒有著作權協會。再說著作權人也不在這，為了協助文化發展，就請他們睜隻眼閉隻眼吧。

主力是小提琴，再加上小號和定音鼓等各式樂器。連鋼琴都有固然令人吃驚，但魔物們彈起來輕而易舉，看得我好感動。

要不要將鋼琴編入管弦樂團，這方面的意見分歧。但這問題還不至於太惱人。

若是為了表演張力想要加入鋼琴，那就加進去。

我沒有音樂方面的才華，就全權交給魔物決定。演奏成果連摩邁爾都掛保證。

我今天也是第一次聽他們演奏。

帶著滿滿的期待，我緊張地等待那一刻。

大概確認來賓都坐到位子上了，燈光慢慢變暗。

舞台上的布幕拉起。

穿著整齊禮服的樂團成員現身。

他們拿著自己擅長的樂器，由各式各樣的種族組成。

有的看起來像人類、有些長得像野獸，種類繁多。

然而所有人臉上都寫滿自信，對自己的樂器感到自豪。

有個半身人來到前方，應該是指揮，對大家深深一鞠躬。

——我記得那名少年曾哀嘆自己什麼都做不來。

我安慰他並告訴他「沒那回事」，但體力不足的他不適合做土木工作。又不擅長計算，去務農也做不久。

他在無計可施下跑去當兵，可是跟人打架又打不贏。

不過這樣的他很會鼓舞士氣。將拿手好歌唱得動聽感人，讓大家團結起來。

所以我推薦他進軍樂隊。

還替他取了「塔克多(Taktstock)」這個名字——

接著塔克多抬起臉龐。

他的表情跟剛才完全不一樣，帶著滿滿的熱情。

大方接受高階貴族們毫不客氣的目光洗禮，那具小小的身體背過身。

雖然嬌小，那道背影卻充滿力量。

一切就發生在轉瞬間。

能發掘自己的特長，這些人很幸運。

指揮棒舉起，下一秒——他們開始演奏。

一開始是平緩的曲調。

之後突然起變化，變成莊嚴的重奏。

在塔克多的指揮下，演奏者們的動作整齊劃一。他們也找到了能讓自己引以為傲的事物。

而他們奏出的音樂彷彿在說「這是我人生中最棒的一刻」，令聽眾沉醉。

Classical——意指古典音樂，同時也代表是不管拿到哪個時代都能獲得認可的名曲。

有療癒人心的曲子、令人開心的曲子、振奮人心的曲子。

這些名曲由數名天才打造。

連字都看不懂的人拚命學習樂譜——如今來到這座會場，他們的努力開花結果，寄情於奏出的音樂。

現在的他們再也不會受人嘲弄、被評為一無是處的垃圾。若是有這麼做的人，我會扁他一頓。他們的演奏就是這麼棒。

我在日本曾去過兩三次古典音樂會，你們絲毫不遜色喔。沒想到在這還能邂逅如此高水準的音樂。

優樹也閉上雙眼，懷念地聽著，聽得如痴如醉。

如何，很棒吧——我不禁得意起來。

我才剛萌生這個念頭，音樂突然停了。

接著他們開始演奏起耳熟能詳的動畫歌曲。

不是吧，喂……

竟然轉得那麼自然，從古典樂變成動畫歌曲！

之後又不知不覺變成流行樂。

只見優樹睜開眼睛，用死魚眼看我。

別這樣，犯人不是我。

要說是誰根據我的記憶騰寫樂譜──

《答。我從主人的記憶庫優先選出心理滿足度較高的曲子。》

──就是這名答得自信滿滿的智慧之王拉斐爾大人。

看來這下跳到黃河也洗不清了。

難得營造的好氣氛就這樣破壞殆盡。

我的確很喜歡這首曲子，但搬進音樂會以莊嚴的感覺來演奏，總覺得好突兀。

優樹似乎也這麼認為，他臉上泛起微微的苦笑。

話雖如此……

覺得這首曲子突兀的人似乎只有我跟優樹。

想想也對，在場賓客都是第一次聽到這首曲子。完全不知道這打哪兒來的。

再者，透過智慧之王拉斐爾大人的巧手，曲子編得十分完美。

大夥兒自然不會起疑。

聽慣名曲的人也好，不是也罷。

這些曲子恐怕都是他們頭一次聽到，人們似乎聽得相當入迷。

樂團演奏的音律支配整座音樂廳，觀眾席上像是連眨眼的聲音都不願發出，人們全都聚精會神。貝多芬、莫札特、蕭邦、柴可夫斯基、華格納，還有其他不知名天才譜出的眾多曲子，在在都讓這個世界的王公貴族為之沉醉。

今天的音樂鑑賞會可說辦得相當成功。

魔物們也能演奏出如此動人的音色——就在今日，任誰聽完這場演奏都必須承認這點。就算是動畫歌曲，聽完他們演奏的版本，跟歷代名曲相比也毫不遜色。流行樂也不例外，確實震撼人心。搖滾曲風令人心志高昂。

會場內氣氛火熱——緊接著，曲子演奏完畢。

＊

結束了啊。

這一小時特別有味道，那一刻彷彿成了永恆。

照預定，公演到此結束。按摩邁爾的說明聽來，上午跟下午各會舉辦一小時的公演。有許多不習慣接觸音樂的人，聽太久可能會很痛苦。基於上述考量，我們將時間縮短。但沒有中場休息時間。

這是我們第一次的嘗試，為了快速進行，設法簡化了一些步驟，結果就變成這樣。

我只負責聽取報告。

想出辦法的是眼前這些人。

與有榮焉的我站了起來，想為他們的成功獻上祝福。

正要拍手時——

塔克多朝我們一鞠躬，揮了揮指揮棒。

所有的燈光瞬間熄滅。

會場內一片幽暗，人們顯得有些慌亂。

但這也只是一瞬間的事。

某人站上舞台，一道細細的光芒照下。

她是有著淡桃色髮絲、模樣楚楚可憐的少女——朱菜。

穿著純白削肩洋裝的她充滿著不同於平日的魅力。我只看過平常穿和服的她，甚至令我懷疑「這不是她吧」。

還有另一人。

又一道細光投下，照亮一名紫髮美女。

是紫苑？

她身上穿的不是平常那件西裝，而是一套露肩吊帶禮服。

宛如沐浴在月光中，紫苑立於該處的身影如夢似幻。燈光變化讓她的禮服看來若隱若現，散發出平時沒有的性感韻味。

她不開口就是凜然生姿的美人，這些表現手法將紫苑襯得異常美豔。

在光的照耀下，兩人站在舞台正面，深深一鞠躬。

光只是這樣就像一幅畫，吸引眾人目光——話說回來，朱菜跟紫苑，這兩人到底想幹嘛？

該不會……

光開始移動，朱菜隨著光走向鋼琴，朝剛才就放在那卻無人彈奏的琴走去。

紫苑手上則拿了小提琴。

肯定沒錯。她們倆打算在這裡演奏。

朱菜彈鋼琴就算了，紫苑要拉小提琴？

現場有這麼多來賓，讓他們聽紫苑演奏沒問題嗎？

我忽然想起從前紫苑做的菜曾引發哪些悲劇。

萬一紫苑的演奏糟到不行，到時要善後就難了——不，應該不至於。

如果這麼爛，朱菜不會准她上場。

再說摩邁爾也信心十足。那個男人似乎為這次的企畫賭上性命，哪會讓紫苑亂來。

要有信心。

想到這兒，我閉上眼睛。

但還是有些提心吊膽，等待著演奏揭開序幕。

鋼琴的樂音平靜悠揚。

加上激烈如火的小提琴旋律。

這時曲子性質突然搖身一變。

與其說是二重奏，更像在對決。

——不過，非常動聽。

如實體現紫苑暴脾氣的旋律，被與朱菜的氣質如出一轍的鋼琴樂音溫柔地包覆著。

既溫柔又激烈，襯托著彼此。
配合得恰到好處。
啊啊，真是太棒了。
彷彿連靈魂都為之憾動，沉浸在豐富多彩的音濤中。
真有兩下子。
臨時抱佛腳不可能達到這種境界。
從小練習才能有這等造詣。
這麼說來，朱菜是巫女姬──聽說紫苑負責保護她。
舉辦宗教慶典時，音樂是不可或缺的要素。
正因如此，朱菜跟紫苑奏出的音色才會如此打動人心吧──

萬籟俱寂。
猶如夢境的短暫時光結束。
彷彿置身永恆，卻連五分鐘都不到。
回過神的我慌慌張張地想拍手，卻晚了一步。
幾道細微的拍手聲劃破寂靜。
有人搶先了。本來想當第一個拍手的，卻被人捷足先登。
我跟著拍手並做確認，想看看這個人是誰。
沒想到居然是魯米納斯。

嚇到我。

她扮成兩名聖騎士的女僕，滿意至極地拍著手。

我趕緊跟著猛拍。接著又有許多人加入拍手的行列。

掌聲如雷。

魔導王朝薩里昂的皇帝艾爾梅西亞、矮人王蓋札和西方諸國的王公貴族都入列。就連芙蕾斯、看起來與文化無緣的米德雷都跟著拍。

大家紛紛站起，不約而同地給予掌聲。

不曉得為什麼，拍手的習慣跟原生世界如出一轍，是從以前開始「異界訪客」就很界原本就這樣？這點連我也不是很清楚，但我知道這個世界沒有所謂的「安可」風氣。

畢竟文化活動原本就不活躍，原因用不著想也顯而易見。

所以我以為這樣就結束了，然而看這情形並非如此。

舞台一度轉暗，接著再次打亮。

最後一首包含朱菜的鋼琴及紫苑的小提琴，全員大合奏，為這場公演劃下

音樂——藝術可以打破各種藩籬。

看見這一幕，我願相信這世上確實存在無論何人都能體會其美好的事物

＊

公演非常成功。

中午在迎賓館大廳用餐時，來賓們一面吃著我方準備的輕食，一邊熱烈地討論剛才那場公演。

「真是太好聽了。」

「哎呀，說得是——」

「我都閉上眼睛聽到入迷了！」

「我也是。現在還餘音繚繞，演奏者是人是魔都不重要，兩者並無差別啊！」

「正是。好的東西就是好。其他都不重要。」

就是這樣，我在旁邊偷聽，大家極力誇讚。

「請、請問……利姆路陛下。我想再聽一次那場音樂會，請問該怎麼做才有機會聽到？」

居然有人乾脆當面問我。

「開國慶典的這三天內，每天都會在固定時間舉辦。」

總之我先給出這樣的答案，看來慶典結束後可以考慮定期舉辦公演。

目前能演奏的曲目還不多，但今後會持續追加。若是有機會對外發表，大家練起來也會比較有幹勁吧。

「他們演奏得非常好。聽起來比想像中還要開心。」

跟魯米納斯擦身而過時，她用只讓我聽到的音量這麼說。

感覺魯米納斯很少誇人，這次她親口誇他們，把這解釋成讚不絕口應該沒錯吧。

看周遭眾人的反應如此，紅丸也一臉得意。

「不過話又說回來，紫苑真教人意外。」

「是啊。不過——別看她那樣，紫苑的節奏感一直很好。那個叫小提琴的樂器似乎跟紫苑很搭。雖說朱菜會彈那個樂器（鋼琴）也很令我吃驚，但她本來就喜歡唱歌，其實也沒什麼好奇怪的。」

在紅丸看來，似乎很輕易就能接受這些事實。

看樣子他早就知道這兩人歌唱得很好。聽他這麼一說，我才想起印象中偶爾會聽到她們快樂地唱歌。

看似了解，其實我還不清楚大家真正的能耐。

午餐會就在這種情況下結束，下午開始是技術發表會。

我跟著利格魯德，帶領那些早上的興奮心情尚未平息的來賓們。

經過剛才的歌劇院，這次我們走向博物館。雖然感覺好像走錯地方了，但這裡的歷史資料室就是我們的目的地。

戈畢爾跟培斯塔在建築物的入口處相迎。

某些賓客似乎知道培斯塔曾是矮人王國的大臣，一陣嘈雜聲傳來，聽起來有些驚訝。可是當事人培斯塔看起來並不介意，笑著跟大家打招呼。

在他們倆的帶領下，我們進到建築物裡。

「這個箱子裡裝的東西，就是利姆路大人第一次做的回復藥。將希波庫特藥草的雜質去除，精萃出的液體。萃取率竟高達百分之九十九，雖不及復活藥，其藥效卻直逼完全回復藥——」

就這樣，我們邊聽培斯塔解說，邊在館內走著。

可是就在此時，我發現一個失誤。

培斯塔的解說很詳細，不過那對沒有相關知識的人來說想必無聊得可以。可能是因為這樣，有些人開始覺得無聊。

安排的順序也不理想。

技術發表會若是辦在早上，他們或許會以新奇的感覺來聽解說，也就不會覺得這麼無聊。可是早上才聽過那麼棒的音樂演奏會，相較之下，午後的發表會便顯得乏味。

而且仔細想想，來賓多半是王公貴族。

就算對成果有興趣，製作過程卻不重要，他們大多是這麼想的吧。

培斯塔似乎也察覺這點，臉上微微泛起苦笑。

「真是的，看來這些艱澀的話題對各位來說果然太無趣了。那我們就換個方向，來做一下實驗吧。」

他說完便跟戈畢爾對看一眼。

只見戈畢爾點點頭。

「這個實驗就是——追根究柢探尋『回復藥究竟是什麼』。將這個完全回復藥稀釋成五分之一的濃度，會變成用來治重傷的高階回復藥。將它再弄得更淡些，就能做出二十個低階回復藥。換句話說，完全回復藥的效果就是那麼驚人。」

解說時，戈畢爾將三種回復藥一字排開。

「要是此時有傷患，就能請他測試這個藥的功效，但故意自殘太過野蠻了。所以我們想到一個有趣的實驗。」

配合戈畢爾的說明，培斯塔將一樣東西拿來——是一把折斷的劍。

「接下來，回復藥是否能治好這把劍，有人能回答這個問題嗎？」

戈畢爾一問完，就有人對他嗤之以鼻。

「怎麼可能！希波庫特藥草只對生物有效！」

這個男人看起來像魔法師，可能是某國的宮廷魔法師。似乎有豐富的相關知識，一口咬定回復藥對斷劍無效。

「呵呵呵，您說得是。至少這邊的低階回復藥跟高階回復藥不管怎樣對劍都起不了效果。」

戈畢爾也點點頭回應。

那是當然的。

這種事用不著做實驗也知道答案。

只有戈畢爾問就算了，為什麼連培斯塔都接著問那種問題——？

「那麼，它有效的對象範圍到底到哪裡呢？這個問題的答案又是什麼？」

面對這個問題，人們紛紛答道「你當我們是白痴啊」，開始七嘴八舌，對戈畢爾和培斯塔抱怨。雖說這種反應在意料之中，但實在很吵。

不過我能理解他們的心情。

但說起回復藥的適用範圍……

當然不限於人，對動物、植物、魔物都有效。

那麼，它的差別又在哪？

想到這邊，確實會覺得耐人尋味。

是有機或無機嗎？

不。我猜應該是意志的有無。

《答。植物也有意志，而意志來自於「靈魂」。推測其差異在於構成魔素的靈子體，即「靈魂」之

有無。》

說得也是。

植物是有意志的。雖然沒有明確的自我，但它們會想活下去。

而劍沒有「靈魂」。換句話說不具備意志。

劍只是單純的物質罷了，當然就──唔，等等？

這時我突然覺得哪裡怪怪的。

記得凱金曾說劍也有意志──

該不會！

「呵呵呵。我也想探究這點。對某事感到好奇，將帶領我們發現新事物。」

「沒錯。當時我也在心裡笑戈畢爾先生蠢，要他別做這麼愚蠢的實驗，還制止他。但愚蠢的人是我才對。我過於拘泥常識，忘了身為研究者的初衷。」

這時培斯塔面帶微笑，朝斷劍灑上完全回復藥。緊接著，雖然只有一點點，但劍確實有所反應。

「「「──！」」」

「這就是答案。雖不至於完全再生，但斷劍確實出現恢復的徵兆。」

「怎、怎麼會……」

「真讓人不敢置信。原來回復藥還可以用在這種地方──」

來賓們全都難掩驚訝。

那是當然的。

他們的常識在此刻遭人顛覆，要人不驚訝都難。

就連我都感到吃驚。

我萬萬沒想到他們會做這種實驗。這次的事兩人都沒跟我報備，害我白白受到驚嚇。

「然而這只對成長到一定程度的裝備有效。基本條件是武器必須是以『魔鋼』製成的，此外擁有者若沒有長時間使用，就不會出現反應。」

我懂了，也就是說不具備意志就無效。

「──你為什麼會對這件事感到好奇？」

只見蓋札充滿威嚴地開口，朝戈畢爾問話。

「其實也沒什麼。我以為野生草木沒有意志。可是經過實驗後，我發現回復藥對它們有效。」

由於完全回復藥已確立量產機制，產量上有餘力。所以後來他們就拿來灑各式各樣的素材做實驗。

的確，好奇是發現新知的第一步。

我想起讀小學時做過的科學實驗，那時就算是無聊事也想挑戰一下。

戈畢爾也一樣，總之先做再說。

藥對草木有效。

據說能讓半死不活的枯樹皮再生，斷枝冒出新芽。

「當時我想起世上有樹妖精。眼下意志薄弱的草木，活過漫長歲月不也能進化成強力魔物嗎？可是我又想，這需要一定的條件吧。」

說明到這邊，有半數的人都開始對此感興趣。一般來說這理當是該私藏的研究成果，有點腦筋的人都會有這種反應吧。

要讓戈畢爾他們繼續發表下去嗎？

小心眼的想法閃過腦際，但我趕緊打消這個念頭，繼續跟大家一起聽說明。

「對回復藥有反應的物體，都有魔素融入其中。不含魔素的東西一點反應也沒有……這表示意志就在魔素裡──或者兩者有密切關連。」

「對。戈畢爾先生拿這些資料給我看後，我也就此改觀。這時我突然有個疑問──『魔素到底是什麼？』」

魔素──這個世界特有的物質之一，就跟氧氣一樣，存在於各個角落。是行使各種奇妙力量的泉源，在一定程度內能靠意志自由操控……

「這裡有某種植物的樣本。我們換個地方，來看放大圖吧。」

在培斯塔的催促下，我們移動到另一個場所。

閒適的大房間裡排著一些椅子。

感覺像視聽室。

那裡放了試作型放映機，前方牆上掛著用來代替螢幕的白布。

蓋札興致盎然地看著那台放映機，但他似乎覺得眼下重點不在這，所以閉口不提。

不愧是蓋札，是懂得看場合的大人。

確定來賓都入座後，戈畢爾開始操作放映機。這台配有光魔法刻印的裝置，是可以投影出彩色圖像的珍品。

房內的照明轉暗，白布上浮現圖像。

有些人看了十分驚訝，但培斯塔不管他們，再度開始說明。

「那麼，請各位看看這張圖。這是剛才提到的植物組織圖。還有另一張，這是隨處可見的雜草組織圖──」

擴大後的兩張組織圖在畫面上並列顯示著。

他賣關子沒說出這是什麼植物，培斯塔的目的究竟是什麼？

「──這不是一樣的東西嗎？我看不出差別……」

「唔──我也是。完全看不出差異。」

不少人跟著附和。

雖說某些人指出「這裡不一樣」、「不，應該是那邊」，但我猜都沒說對。

好了，正確答案是？

「那我們就把它放大吧。」

「如何，看起來是不是一樣的東西？」

培斯塔跟戈畢爾露出壞心眼的笑容。

接著他們開始掀開底牌。

「第一張圖的植物叫希波庫特藥草。第二張則是路邊隨便摘的雜草。怎麼樣，看起來一樣嗎？」

當培斯塔說完，有點相關知識的人趕緊應和。

「好像不一樣。仔細看會發現明顯的差異！」

「培斯塔大人真是壞心眼。光靠這些圖像很難看出哪邊不同啊！」

大夥兒開始你一言我一語。

希波庫特藥草是稀有的藥草。

我在維爾德拉的封印洞窟內就吃過希波庫特藥草，這種植物也是著名的回復藥基材。組織圖跟路邊摘的雜草相仿。這怎麼可能——一般人都會有那種反應吧。

可是包含我在內，部分人士因培斯塔的話心生動搖。蓋札也是其中之一，整張臉鐵青得厲害。

希波庫特藥草跟雜草的組織圖相同——這表示兩者是一樣的東西。那麼，稀有藥草究竟算什麼？世間常理徹底遭到顛覆……

臉上繼續掛著壞心的笑容，培斯塔張開雙手，讓大家將注意力放到他身上。

「請各位稍安勿躁、稍安勿躁。」

培斯塔跟戈畢爾安撫各位來賓，等他們安靜下來。待房內歸於平靜，他們繼續播映出一些影像。

「榨取希波庫克藥草的汁液，將它跟魔素混合後就會變成回復藥。萃取液的性質決定融合率高低，這是眾所皆知的事實。關於這點，雖然不能告知細節，但我們成功萃出高達百分之九十九的純度。用其製成的藥就是完全回復藥。」

展示各類圖像，同時隱瞞關鍵技術，培斯塔逐次說明回復藥的製程。

「再來是希波庫特藥草的葉子，將其搗爛並混入魔素就能做出用來塗傷口的軟膏。不過呢，效果並不明顯。因為它算是萃取液的殘渣，從某個角度看當然會有這種結果。」

葉面圖片投在螢幕上。

將這些葉子搗爛，跟事先萃取的萃取液混合就能製成軟膏。畫面上列出製作工序。看起來沒什麼奇怪之處，不知道培斯塔想幹嘛。

「接下來，請各位看這張圖。」

畫面上出現在洞窟內栽培的希波庫特藥草跟一般雜草。外觀完全不同，組織圖怎麼會一樣……

可是換了好幾張圖後，希波庫特藥草開始產生變化。

「各位發現了嗎？我會發現實屬偶然。我奉利姆路大人之命前去栽培希波庫特藥草，某天我不經意將注意力放到萃取之後留下的殘渣。就算我們特意將它做成軟膏，但保存不良的話效果馬上就會消失。而且跟回復藥原液相比，效果非常低落。因為殘渣有其使用方式，我之前都沒有多加留意，但仔細想想，根本沒必要特地做成軟膏吧。我邊看這些殘渣邊思考著──」

這時戈畢爾發現一件事。

就是這些草渣的葉片形狀，跟他們種植的希波庫特藥草不一樣。

他內心一陣驚愕，決定要詳細記錄。也就是他剛才展示的那些圖片。

「──先從結論講起。嚴格說來，並沒有希波庫特藥草這種植物。是高密度『魔素』讓它產生突變，才變出這種植物──」

「沒錯！並非希波庫特藥草生長在魔素濃度較高的地方，而是魔素濃度夠高才會產生突變，這就是希波庫特藥草的真面目！」

當戈畢爾說明完畢，培斯塔興奮地接話。

也怪不得他會興奮。

因為現場的人們聽完後也吵得沸沸揚揚。

「這、這是重大發現吶！」

「那些事怎能在這種、這種地方發表，培斯塔大人！要、要找更適合的場地……要馬上聯絡學會，循正式程序發表才對！」

人們群起譁然，說場面一片混亂也不為過。

就連原本興趣缺缺的人聽完後也無法再保持沉默。

至於從一開始就聽得興致盎然的人，他們受到的衝擊似乎更大。發表的內容超乎想像，聽他們說「不該在這種地方發表——」就知道這些人有多震驚。

就連蓋札都驚訝地瞪大雙眼，皇帝艾爾梅西亞也跟艾拉多公爵交頭接耳。

其實我也嚇到了。

至今都沒多加留意，但經他們一說總算明白了。

想想也有道理，我不認為維爾德拉的封印地一開始就長了一堆希波庫特藥草。如果是突變——植物進化——那就說得通了。

而這些植物的魔素都被榨成萃取液，就變回了原本的雜草。

都已經被榨乾了，組織圖自然跟雜草一樣。

原來如此，所以戈畢爾才想到或許能用回復藥修劍。

就如雜草變成希波庫特藥草，礦物會變成魔鋼石。拿那些魔鋼石精煉成「魔鋼」，用於製造武器。的確，這樣自然會懷疑回復藥可能對劍有效。

測試結果就如一開始展演的實驗所示。

「關於我的疑問『魔素是什麼？』，目前還沒有明確的答案。魔物跟魔人也受魔素影響。這是昭然若揭的事實。那亞人又該怎麼說？要是把他們體內的魔素全都剔除乾淨，最後會變回人嗎？這類問題不斷冒出，但要驗證是極其困難的事吧。」

「雖然是這樣，但我們今後仍會繼續研究下去。這塊土地將會聚集不少賢人智士，我們保證會在這繼續探求答案，這次的技術發表會到此結束。」

「感謝──」

「「各位聆聽。」」

戈畢爾跟培斯塔異口同聲替技術發表會做結。看來他們事前做過縝密的討論彩排，模樣大方泰然自若，不像第一次發表。

更重要的是，內容非常精采。

雖然沒有明確結論，但內容非常耐人尋味。一面宣揚重大發現，並將核心內容全數隱蔽。最大的重點在於光聽發表內容也不怕技術被學走。

魔素可讓植物產生變化──這是很棒的資訊，但其他國家要學就不容易了。或許他們能做實驗，但就算知道這件事，也無法讓他們量產希波庫特藥草。

我國依然保有優勢。

除此之外，他們要在本國繼續做實驗。

這塊土地將會聚集不少賢人智士──就如戈畢爾所說，今後會有更多學者聚集在此。因為這裡的魔素夠豐富，想做多少實驗都行。

這場技術發表會似乎對前來聆聽的來賓造成不小衝擊。

上午盡情享受音樂帶來的美好感受，下午則刺激人們的探知慾。

哪邊比較打動人心，這就看個人了。然而兩邊都引發龐大關注，可以肯定我們辦得很成功。

剛開始我覺得很多人都嫌無聊，而且排的順序不對……看來是我杞人憂天。

這樣排才是對的。

讓各位來賓關注這塊土地——我們的目的似乎漂亮達成了。

我真的很想毫無保留地讚揚他們。

＊

技術發表會過後是自由活動時間。

有人跑去沙龍小憩一番，也有人偷偷去逛攤。

也有人去泡溫泉享受一下，或是造訪我們的遊樂設施。

我們有派招待員隨各組來賓同行，賓客能隨心所欲行動。

至於這些來賓嘴上談的，都跟音樂鑑賞、技術發表會的內容有關。他們誇讚的話語在城內四處擴散。

我到處巡視，看貴族們隨意找樂子，這時阿爾諾跟巴卡斯神情緊張地趕來。

然後小聲對我說「有點事想跟您商量」。

我猜八成是要緊事，便帶著紅丸跟紫苑隨他們前往迎賓館，來到其中一個房間。

待在那裡的人是魯米納斯。

看阿爾諾等人如此緊張，我就猜到有可能是她，看樣子果然沒錯。

她翹腳坐在椅子上，身上穿著女僕裝。白皙雙足配上黑色吊襪帶，非常性感。

阿爾諾跟巴卡斯則直挺挺地站在魯米納斯背後，一動也不動。這主僕顛倒的景象雖然很奇特，卻令人能夠自然地接受。

大概是魯米納斯一身霸氣的關係。

「話說妾身跟你們已經締結互不侵犯條約……但似乎不夠。」

魯米納斯開口對我說的第一句話就是這個。

我連句話都來不及說——應該說我連椅子都還沒坐。

早就覺得她是急性子，沒想到急成這樣。

傻眼之餘，在沒人請我入座的情況下，我擅自就座。

然後反問魯米納斯。

「妳說不夠是指什麼？」

「那還用說。就是交流啊！立了互不干涉的條約，不就無法交流了？」

「不，沒那回事吧……？」

我一邊思考魯米納斯的話中含意，一邊釐清狀況。

神聖法皇國魯貝利歐斯和魔國聯邦確實締結互不侵犯條約，就如魯米納斯所說。西方聖教會也隸屬神聖法皇國魯貝利歐斯，有助於提昇我們在西方諸國的地位。

這給了我們莫大的方便，但是從交流層面看來，確實等同沒有邦交。因為兩國的距離太過遙遠。

國與國間沒有進行貿易。流通上都交給市場機制決定，靠商人或國力強弱而定。

不過，並非沒做任何買賣。其實我已經委託摩邁爾，要他派旅行商人過去。

不等對方過來，而是我們主動出擊。

基本上一定要做市場調查，我手邊已經有神聖法皇國魯貝利歐斯的特產調查報告。

由此得知神聖法皇國魯貝利歐斯是農業大國。大量生產以麥為主的穀物，似乎也出口到西方諸國。

我對產品樣本做過調查，品質好且味道極佳。也想跟他們進一些到我國，但這方面就如剛才所說，有距離問題。要跟對方談兩國貿易前，我想先解決這個問題。

目前的情況如上。

將來希望跟他們有深入的交流，但要我現在就做些什麼，我實在想不出來。

「你這傢伙真不機靈。還是你是故意想吊妾身的胃口？」

「不不不，我沒那個意思。」

我趕緊否認，接著魯米納斯煩躁地嘆了一口氣。

「說起交流，首推文化吧？說真的，妾身小看你們了。受我國魯貝利歐斯保護的人都欠缺藝術才華。所以我原本沒多大期待，但剛才那場演奏會非常棒。今天一整天下來，妾身已經對你們改觀了。」

哎呀，她給的評價還真高。剛才從我身旁經過也誇了幾句，看來她相當中意。

而且我知道魯米納斯想說什麼。就是聽完今天的演奏，她認可我們的實力。魯米納斯旗下好像也有樂團，她想透過雙方交流來激勵彼此吧。

「某些吸血鬼族人也具備藝術涵養。繼承古老的音樂，同時致力於創作新曲，最近卻流於形式。跟你們交流應該能給予良好刺激。」

被我料中。而她的提議對我來說也是大有助益。

經驗能豐富心靈。想從事更棒的文化活動，跟他人交流就是最棒的滋養劑。

「聽起來很不錯！我們可是求之不得。」

我沒理由拒絕，便爽快應允。考量兩國今後的關係，應該是利多於弊。

「嗯。那我們就朝這個方向談吧。」

魯米納斯滿意地頷首。

碰巧就在這時，一名老管家為我跟魯米納斯送上紅茶。

他的名字好像叫岡達。實力跟路易不相上下，管家也當得很好。

雖然我家的迪亞布羅也不遑多讓，但這個世界的管家還真不簡單。

侍僕也為立於我背後的紅丸跟紫苑準備飲品。不是他們動作太慢，而是魯米納斯猴急地展開話題，害他們來不及上茶。

只見魯米納斯朝這些侍僕冷眼一瞥。當我還在想「他們之間就是絕對的上下關係」時——

「太好啦，這下你們也能以此取樂了。」

她朝侍僕們高高在上地發話。

侍僕們聽完紛紛答道「謝主隆恩」、「我很期待！」，看起來喜出望外，這肯定是他們發自內心的反應。

感覺他們只對魯米納斯抱持敬意，並不怕她。

詫異的我仔細觀察，發現他們都是吸血鬼。

徹底掩蓋妖氣並壓抑力量，跟人類無從區別。他們應該都是接近魯米納斯等級的高階個體。

光靠在場的數人就能輕易打下一個國家吧。這些人居然在當隨從，足以令人感受到世間就是如此不公平。

「那麼岡達，回到夜想宮庭再幫我辦手續。」

「遵命。」

魯米納斯點了點頭，並喝了一口紅茶。

優雅的動作連點聲息都沒有，美得堪稱典範。

「對了，那場技術發表會也很有趣。竟然要分析魔素的影響，真是有趣的想法。妾身底下也有喜好研究的怪人，想派他們來這邊，應該沒問題吧？」

我正看到入迷時，魯米納斯愉悅地開口說道。

我向她深入了解這件事。

按魯米納斯所說，住在地表上的人類文明水平低，但位於地表下的本國似乎擁有高度技術。

「真意外，我以為你們會更高調……」

「妾身怕麻煩。太過醒目可能會被那隻討人厭的蜥蜴發現。而且我也不想受天使族干涉。沒將那些傢伙掃盡前，重要研究全都在地底進行。」

魯米納斯自豪地說著。

沒想到在魔王間國力最強的竟是魯米納斯。

吸血鬼跟人類不同，可以活得比長耳族還久，而且具不死特性。高階個體甚至不需要進食，只要奪取少量的人類精氣就能維持生命……吸血鬼族確實立於生態系頂點，這點毋庸置疑。

可是，這樣的他們還是有弱點。

要說吸血鬼族為何被稱作暗夜支配者，這不僅是因為他們在夜裡能發揮莫大的力量，也包含他們被陽光照到就會消滅一事。

有如此重大的弱點卻仍具高度危險性，吸血鬼族就是這樣的種族。

而在這個高端種族中，力量特別強大的個體——聽令於魯米納斯、在王國內屬於貴族階級的人，其中似乎有幾人克服了陽光這個弱點。這些人就叫「超克者」，據說不管去哪活動都沒問題。

雖然為數不多，但沒有弱點的吸血鬼對人類而言簡直是場惡夢。實力就算不及路易跟岡達，這些強者卻相當於災厄級。

順便說一下，現場這些侍僕都是「超克者」。聽說是基於個人興趣才會當魯米納斯的隨從，從旁服侍。但想也知道，保護她人身安全的用意濃厚。

「超克者」也是一群沒弱點的閒人。因為他們夠閒，才會基於興趣隨意製作各式各樣的東西。還會搶著開發一些不入流的東西，想爭得魯米納斯的寵愛。

「說真的，他們很煩人。妾身命他們開發更像樣的東西，但可能被既定觀念綁得太死，那些傢伙根本不知道什麼叫進步。把他們交給你，就是希望能多少教育一下。」

這是魯米納斯的要求。

「嗯——可以是可以……」

但是不看好他們可能會惹出麻煩，我有點擔心。

所謂的「超克者」是統治階級的人。這些人來我國做研究，不曉得會惹出什麼問題。

似乎看出我的躊躇，魯米納斯進一步提議。

「當然，妾身會給你獎賞喔！就賜你一項技能吧。」

「技能？」

「對。就賜你『信仰與恩寵的奧祕』吧？」

那是什麼，聽起來好強！

比起可以喝醉的技巧，這招好像更強大，而且是來真的。

「那是什麼？」

「很簡單。這個技能就是你的信徒可以行使你一部分的力量。」

帶著邪惡的笑容，魯米納斯朝我說道。

喂喂喂，這麼超過的技能居然當著大家的面——

《答。個體名「魯米納斯」已對此處行使「空間斷絕」。》

智慧之王拉斐爾大師的指正令我不再焦慮。聽它一講才注意到，除了我，其他人似乎聽不見魯米納斯的聲音。

不愧是最強的魔王之一，行使技能的動作很自然。

「妳教我那個技能，我國則接納該國的研究人員當回禮，是這樣嗎？」

「對。其實就算只有樂團交流，妾身也已經很滿足了。真要說起來，這個算是給你的謝禮。」

看來魯米納斯說的是真話。

「好。就接受妳的提議。」

「呵呵，那契約就成立啦。」

就這樣，我接受魯米納斯的提議。然後請她教我「信仰與恩寵的奧祕」。

所謂「信仰與恩寵的奧祕」，簡單說來就是「神聖魔法」的原理。這個祕術可以用我的「名字」當媒介，讓術者行使魔法。

日向跟聖騎士就能以魯米納斯之名行使「神聖魔法」。換句話說，就是借用魯米納斯的部分力量。

這次她教我其中的原理，我底下會用「神聖魔法」的人應該也會隨之增加。這報酬之大超乎想像，令我不由得感到吃驚。

不過，魯米納斯也不是省油的燈，跟我做這項交涉可是經過仔細盤算。

「我很高興有這個機會，但這樣真的好嗎？」

「無妨。反正要不了幾年，你也會靠自己的力量悟得真理吧。情報這種東西，趁還有高度價值就要多加利用喔。」

《……》

——原來如此。

照智慧之王拉斐爾大師那副懊惱樣看來，要不了幾年就能將那招實際運用吧。

的確，有了探究魔素為何的研究，再加上跟日向作戰取得的「靈子」資訊。將這些放在一起追根究柢，真理不攻自破。就算我辦不到，智慧之王拉斐爾大師還是有那種能耐。

魯米納斯只是看穿這點，以施恩給我的形式點出這項情報罷了。

「但我還是要謝謝妳，魯米納斯。」

「只要你確實遵守約定就行了。」

看來要跟魯米納斯做買賣，現在的我還太嫩。

雖說這次的協議內容沒什麼問題，但往後在考慮時要更加慎重。

邊想著這些，我與魯米納斯握手。

就這樣，我國樂團獲邀前往夜想宮庭。

反之，要讓魯米納斯底下的「超克者」——也就是高階貴族來我國做研究。

當魯米納斯解除「空間斷絕」，彷彿剛才什麼都沒發生過，現場又歸於平靜。

我也悠哉地品嚐紅茶，聽魯米納斯說她聽演奏會的感想。

比起技術交流，音樂交流似乎更讓魯米納斯樂在其中。主要聊的都是我國樂團何時啟程。

最後——

「對了，利姆路，在受邀前來的賓客中，某些人散發令人不快的氣息，你有注意到吧？」

語氣沒半點變化，魯米納斯問得若無其事。我一時間沒反應過來，但後來發現這是魯米納斯在警告我。

那就不是我多心了……

「嗯。是那『兩人』吧？」

「對。你沒鬆懈大意就好。要多加小心，別壞了八星魔王（Octagram）的威名。」

魯米納斯話一說完，這場會談就宣告結束。

我朝魯米納斯頷首，同時離開此處。

＊

半路發生的插曲——跟魯米納斯的會談結束後，接下來是晚餐時間。

不知為何，圍著一張圓桌，優樹、日向跟我一起共進晚餐。他們兩人要好地吃著送上來的套餐，聊今天的趣事。

我也邊吃晚餐邊聽他們說今天的感想。

套餐分成日式和西式兩種。

想吃哪種都可隨意點選。

我跟優樹選西式套餐。

日向則選日式餐點。

「哎呀，那場音樂會真的很棒。要是日向沒去逛攤，跟我們一起聽就好了。」

「少囉嗦。我一直以來都很隨性，沒去又怎樣？」

再說那個章魚燒意外好吃——日向開始碎碎唸找理由搪塞。

但日向提到有人用「假名」——害我將目光轉向。

「雖然是這樣，但音樂會真的很有一聽的價值。那首歌我也知道，不過，這次的編曲確實堪稱一絕。」

幹得好，優樹。

多虧他猛誇塔克多等人的演奏，日向的注意力才被吸過去。

「好啦。既然你都說成這樣，我明天就帶孩子們去聽聽看。」

她半推半就地回應。

日向似乎在慶典上玩得很開心，今天一整天下來花了不少錢。聽說狂買一堆標了慶典專賣價的服飾、武器防具跟魔法道具等等。

還去逛攤販買東西邊走邊吃，甚至令人懷疑日向說要照顧孩子們只是藉口。

不過他們似乎相處融洽，玩得很盡興，對我來說沒有比這更高興的事。明天日向好像還要繼續照顧孩子們，不該抱怨才對。

「比起那個，我更在意探求魔素真相的研究。因為回復藥對我沒用，我的體質會分解魔素。其實『回復魔法』的效用也因人而異……」

此時日向壓低音量說道。

聽說她做過許多研究，想知道是否有能醫治自己的回復藥。

魔法無效說來好聽，仔細想想其實會衍生諸多不便吧。

「印象中至今為止我好像沒仔細去想過那方面的事，畢竟我也確實會受到魔素的影響——」

「橫渡世界時，我們會吸取大量的魔素。它在某些人身上會變成技能顯現，某些人則跟你一樣，身上沒有任何能力。不過你應該有受到一些影響吧。說真的，你看起來都沒長大——」

「欸，別這樣說我好嗎？我的身體確實不再成長，但本人還是做了不少努力喔！」

「我知道啦。還是老樣子，馬上就生氣。我只是開點小玩笑嘛。」

哎呀，或許日向她自認在開玩笑……但眼神可不是喔！

都怪日向說話時一臉認真，沒半點笑容，聽在他人耳裡就不像玩笑話。

「算了，不跟妳計較。話說利姆路先生派人做研究，著重的點很有趣呢。」

雖然優樹這麼誇我，但他高估了。

「沒這回事喔！那是他們自主研究的內容。連我都是今天才初次聽到這些事。」

「咦？」

「不是你命他們做研究的？而且在不清楚內容的情況下，你就讓他們當著各國重鎮的面發表？」

優樹跟日向傻眼地看我。

啊，這湯好好喝——除了逃避現實外，我還在想藉口。
「又不能怪我！我一直很重視自主性啊！」
想不到合適的藉口，我決定硬拗。
可是他們沒被我騙到，兩人在同一時間賞我白眼。
「——我有稍微反省一下。雖然很忙，但應該先聽聽內容才對……」
不過，現在說這些都是馬後炮。
「利姆路先生，你真的好厲害喔。」
「真的。你偶爾也會展現大人物的氣度嘛。」
他們絕對不是在誇我，但我拿這兩人沒轍。我也覺得自己有點散漫。內容是很棒沒錯，但發表到一半令人有些提心吊膽。蓋札也有意見，今後還是小心為上。
沒想到還被優樹跟日向挑毛病……
晚上的餐會就照這種感覺進行，最後我們改變話題，開始閒聊。

如此這般，開國祭第一天在一片好評中落幕。
好的開始令我萌生信心，我相信這次的開國祭會辦得很成功。
然而——
在這之後，我很快便發現這個想法太過天真。

中場　問題發生

為了做例行性報告，大家集結在會議室。

就剩摩邁爾還沒到吧？

時間來到晚上九點，晚上的餐會剛結束。

外頭還有熱鬧的騷動聲，聽得見笛子跟太鼓的聲音。我准大家鬧到晚上十點，所以這點不成問題。

供賓客過夜的那些建築，把窗戶關上就能完全隔音。已經先做好防範，不管鎮民怎麼鬧，大家都不會有怨言。

雖然我也想去逛夜市，但昨天把大家留到很晚，所以我今天打算早點聽取報告。

「朱菜、紫苑，辛苦妳們了。演奏得非常棒。讓我大吃一驚。」

「呵呵，因為有偷偷練習啊。我本來就很會唱歌，那個叫鋼琴的樂器似乎跟我很搭。但事實上，我只會彈那兩首曲子。」

朱菜開心地說著。

才剛學就彈成那樣，我想她肯定有這方面的天賦。可是她確實太忙了，只能趁工作的空檔抽空練習，怪不得會彈的曲子那麼少。

這方面，紫苑也和她一樣吧。

「我也跟朱菜大人一起偷練。想給利姆路大人一個驚喜，看來成功了！」

紫苑臉上堆滿笑容。

拉小提琴的紫苑真的很漂亮，散發冷豔氣息。我就實話實說誇一下吧。

「真的很帥氣。妳今後也會繼續演奏吧？」

「是，當然！我會勤加練習，將利姆路大人記住的曲子全部重現！」

「嗯嗯。我也有很多曲子想聽，期待妳的演奏！」

從不覺得紫苑有像今天這麼可靠。

她總是有令人感到遺憾的地方，但今天的紫苑看起來特別耀眼。

接著，我也向戈畢爾搭話。

「戈畢爾，發表會頗受好評喔。連優樹都為之驚豔，蓋札王也很佩服你們。雖然他說我們公布太多資訊了，但我覺得很好。」

「是！多謝誇獎！雖說培斯塔先生幫了不少忙，但我也很努力。做實驗的這段期間，我不只滿足求知慾，也想將這份心情傳達給大家……結果好像一不小心就得意忘形了。」

「不不不，我不是在責備你。原來你一直在做那種實驗，我也很驚訝，但內容非常有趣。也引起那些來賓的興趣，辦得非常成功。」

聽我這麼說，戈畢爾便開心地鬆了一口氣。

看來他剛才很緊張。

「也替我向培斯塔說一聲。」

「遵命！」

培斯塔現在應該在陪蓋札喝酒。

搞不好正在挨罵也說不定，但那對培斯塔來說也是一種讚美吧。因為對培斯塔來說，蓋札依然是他永遠的憧憬。

畢竟是慶典，這天不論身分高低玩個盡興也無妨。

我還跟迪亞布羅打聽武鬥大會的事。

「已經選出六名正式參賽者了，但我上場的話，這些人都不夠看。我也看到那個勇者了，呵呵呵，確實是有趣的人才。趁他還沒引發問題，先讓我收拾他吧？」

「我不是說這免談嗎！」

「謹遵聖命。繼續報告下去會壞了利姆路大人明日的雅興。」

在迪亞布羅看來，沒有任何問題。這下連同哥布達跟蓋德在內，共選出八名選手。

既然沒問題，後面的事我就不聽了。

視搭配而定，或許能看到有趣的戰鬥，就照迪亞布羅說的，留起來當明日的樂趣吧。

蒼影也向我報備一些事情。

聽說孩子們在慶典上都玩得很開心。還去看了武鬥大會預賽，替正幸加油。

他們好像還吃了很多東西。

日向小姐……

妳這個監護人是怎麼當的？

我很擔心孩子們會不會吃壞肚子。

明天也像這樣會不會有問題啊？我不禁有點擔憂。

就這樣，我邊跟大家談話邊等摩邁爾。

沒什麼問題的話，要不了三十分鐘就能談完吧。

才想到這兒，就見面色鐵青的摩邁爾搖搖晃晃入內，讓我不禁覺得「出事了」。

「讓、讓您久等了。」

照他的樣子看來，似乎碰上了大麻煩。

平常總是一副天不怕地不怕的厚臉皮樣，今日卻難掩動搖。

「出什麼事了嗎？」

朱菜替摩邁爾送上涼茶。

待摩邁爾一口氣喘過來，我便朝他問道。

「真的非常抱歉。出大問題了。是這樣的——」

摩邁爾說錢不夠。

零售商全跑來跟他要貨款，他處理得一個頭兩個大。

不不不，怎麼可能有這種事情。

克雷曼的大本營有不少藝品裝飾，我們也收回他的金銀財寶。

而且迪亞布羅還徵收了星金幣一千五百枚，當成法爾姆斯王國付給我們的部分賠償金。換算起來就算舉辦這種慶典一百次，也會有剩吧。

想到這兒，我朝一臉困擾的摩邁爾提出疑問。

「關於這點，不是預算的問題。而是魔王克雷曼的遺產無法當貨幣使用。因為那些不是目前的世界通用貨幣。古代王國的金幣以藝品角度來說價值極高，有在東方帝國流通，不過……」

看來雖然某些國家會直接拿那當貨幣，但並未被世人認可，並非通用貨幣。

其實拿去兌換就解決了，但商人們似乎無法接受。他們要求我方用正式貨幣支付，也就是矮人王國發行的金幣。

「一開始我還打了包票，承諾他們會用金幣支付，但半路上就發現事情不對。可是那時已經太遲了——」

當國庫的金幣用完，摩邁爾就自掏腰包支付。然而能付的還是有限，所以他要熟識的商人說明事情原委。

接著摩邁爾發現令人震驚的事實。沒想到幾名熟識的店長跟新零售商做買賣，對方說只收共通貨幣。

如果是國與國之間的貿易，可以互拿商品抵債。或者不用現金支付，改以證明文件代替。

總有一天會付清這筆款項，但當下先不支付。這個世界沒什麼利息概念，在雙方不會蒙受虧損的情況下，這是一種很普遍的交易方式。

然而我國毫無信用可言。

眼下若對方要求我們用現金支付，我們只能答應。

摩邁爾也很清楚這點。所以他慎重地管理預算，還嚴格篩選交易對象。

按照他的盤算，應該會有更多大規模的買賣。那樣一來就能將星金幣找開，找回來的金幣足以付給大家。

若非如此，他跟那些大店舖的店長也有多年來的交情。不否認摩邁爾有對方多少會通融一下這種天真的想法。

他認為對方會收證明文件，或者可用古代王國的金幣支付。然而那些零售商不願接受，連跟他交情不錯的商人們都為此煩惱。

「原來如此。不管從哪個角度看，這背後似乎都有人在動手腳。」

站在我背後的迪亞布羅聽完摩邁爾這番話立即斷言。

摩邁爾點點頭。

「我也這麼想。沒想到他們會用這種方法扯後腿……」

在摩邁爾看來，他也覺得這是某人在扯後腿嗎？

不過，究竟是誰……？

「真對不起，摩邁爾先生。都怪我毫無警覺，害您費心處理那些——」

利格魯德為之呻吟。

他之前也忙著招待來賓。但他還是覺得自己該負起責任，認為這不是摩邁爾一個人的問題。

對，這個責任不該讓摩邁爾擔。

「也就是說，某人想讓我們失去信用對吧？」

「八九不離十。照西方諸國評議會訂定的國際法規看來，必須用矮人王國製造的金幣當貨幣支付。雖說各國另有自己的規矩，但這次零售商的要求在西方諸國具正當性……」

若是隸屬自由公會的商人，他們會衡量我方的情況，願意跟我們商量吧。因為我方在關稅等層面給他們優惠，已構築一定程度的信賴關係。

可是這次引發問題的都是正規商人，隸屬各評議會加盟國。

他們都是這些國家的人民，可以主張自己是根據國際法規行事。

就算跟他們說這是我國特有的規矩，他們也不會輕易接受吧。

不，先不論這個——

這幫人可能早就串通好了，刻意製造問題。

那麼採取強硬態度只會造成反效果。

可以合理懷疑這就是對手想要的結果。

「若堅持要他們遵從我國規定，評議會也許會抵制我們？」

「假如我們已經參加評議會就另當別論，如果今後有意加入，可能會把場面弄得很僵。」

用古代王國的金幣支付，一般情況下不會構成問題吧。可是對方的目的若是摧毀我國信用……

也許他們的用意是想看看我國今後是否願意遵守國際規範。

「動手腳的人該不會是評議會成員吧？」

「商人來自世界各地，他們暗中安排讓零售商混進去的這種手段。雖不知敵人是何方神聖，但絕對不簡單。用這種手法表示他們不怕或多或少蒙受一些損失，將損益置之度外。我認為他們的目的只有一個，就是讓本國的名聲掃地。」

別看摩邁爾這樣，雖然之前待的國家不大，但他可是黑社會裡名氣響叮噹的人物。

這個摩邁爾都敢說對方是狠角色了，我們甚至查不到對手的底細，敵人肯定相當難纏。

「不能逼他們照我國規矩走就是了？」

我對紫苑的話給出肯定答覆。

「對。妳變聰明了嘛，紫苑。要是在這逼人遵守我國規定，西方諸國可能就不會接納我們。我們想跟人類友好相處，無論如何都要避免這種事情發生。」

「可是，按照利姆路大人的構想，共計有薩里昂、布爾蒙、德瓦崗、法爾姆斯——說錯，是法爾梅納斯，以及魔王蜜莉姆大人的魔王領土。這些國家要一起共存共榮吧？既然要以魔國聯邦為重心，不把我們看在眼裡損失更大不是嗎？」

這傢伙真的是紫苑嗎？

老實說，我嚇了一大跳。

她十分正確地解讀我的想法，簡直令人懷疑她是冒牌貨。而且指出癥結的那番話可說一針見血。

「咯呵呵呵，不愧是第一祕書紫苑小姐。妳說對了。」

「對吧？那他們幹嘛來妨礙我們？既然無法忽視就跟我們合作，幫助我們提昇形象不就得了？」

好驚訝，紫苑並非亂講一通，看來她真的聽懂才說出這番話。而她指出的點正是我感到疑惑之處。

迪亞布羅給出答案。

「人類這種生物，確實不可思議。不合作明明就無法活下去，卻跟自己人分地位高低。而且有兩個以上的集團碰在一起，他們又會再爭一遍，看誰比較厲害。弱小又可悲的人很怕自身權益受損。至於這次——」

「嗯。對手擔心利姆路大人構築共榮圈會讓評議會的立場受到威脅吧？」

「正是。」

迪亞布羅的說明淺顯易懂。

聽完紅丸的話，我也頗有同感。

幹部們陸續聽出端倪，甚至有人開始感到憤慨。

迪亞布羅則愉悅地嗤笑，甚至做出一些激進發言，像是「笑死人。不懂分寸，不願接受利姆路大人的慈愛，像這種愚蠢的上位者，最好把他們滅掉」。

此時附和的果然是紫苑。「呵呵，第二祕書也這麼想啊？」她這麼說，兩人看似意氣相投。

難得我對她刮目相看，看來紫苑的本質沒多大改變。

「不准你們幹這種事。」

只見兩人一臉遺憾。

這種時候倒是一個鼻孔出氣。

「總而言之，不能置之不理。是否要我再針對那些商人的前僱主仔細調查一遍？」

蒼影用這句話向我請命。

或許能逮到他們的小辮子，看來有必要。

可是要等開國祭結束。目前還是不要輕舉妄動，以便應付各種突發狀況。等我們解決眼下問題，到時再徹底將敵人揪出。

「這也很重要，但現在先緩緩。對了，摩邁爾，支付期限到什麼時候？有想到什麼好法子嗎？」

首先要讓大家看到我們願意遵守評議會規範。如果還是無法打破僵局，到時再看著辦。

反正不會引發戰爭，沒有到人命關天的地步。

我認為事態並不緊急。

「是。對方似乎也很享受這場慶典，說願意等到開國祭結束的隔天。我的朋友有去幫忙說情，但對方說最多只能等到那時——」

慶典結束的隔天——今天是第一天，還有兩天的緩衝期。三天後就要付款是吧。

「現在我的朋友正在替我們籌錢。雖然我們會多少損失一些，但他們要拿古代王國的金幣去換矮人金幣。不過，能不能快速備妥可動用的現金這就不確定了……」

很吃力啊……

這也難怪。

基本上，光搬運就夠吃力的了。

幹部們應該可以透過「空間移動」縮短時間。但是為了蒐集不知是否有著落的金幣而四處奔走，未免太沒效率。

我想到了！

雖說可能性不高，不過敵人的目的或許是將幹部調離城鎮，最好不要輕舉妄動。

印象中獸王國有給我們金塊。乾脆用那個做偽幣好了？

透過我的「解析鑑定」複製，不就能製造偽幣，憑矮人王國的技術水平也無法看破，能夠以假亂真？

《答。可行性是零。每個矮人金幣都施了刻印魔法。用序號徹底管理，能立刻判讀假貨。》

啊，這樣喔……

我從「胃袋」取出一個金幣觀察。發現上頭確實刻了數字。

要造出跟真品一樣的金幣想必不難。可是一模一樣的金幣有兩枚，這就證明那是假貨。

用不著在這種地方過度發揮他們的精密技術吧。

是說總覺得不管在哪個國家，以前偽造貨幣好像都會判相當於死刑的責罰。在這個世界裡，人們結合魔法與技術，實施徹底管制。

既然要統一貨幣，他們自然不會讓人輕易偽造。

「不能偽造。那大概也無法收購吧……」

大夥兒都對我的話表示贊同。

「那麼，雖然會蒙受一些損失，但可否用手邊現有物品——為數龐大的金塊支付？」

拿這些付款，商人們應該會接受吧？

「精明的商人八成會接受這項提議。但我堅決反對！」

還以為這點子不錯，不料摩邁爾大力反對。

他跟我說明理由。

「這會變成我們的弱點。今後跟各國貿易時，他們都會拿這次事件當範例。對方會覺得『就算刁難該國，他們也會自願吸收損失以便善後』。到時就會用不公平的方式跟我們做買賣，不會把我國當成對等的貿易對象。雖然嘴巴上會講得很好聽就是了……」

摩邁爾面露苦笑，用我們也能理解的方式解說。

若是被商人找到弱點，他們會將我國吃乾抹淨。

因為摩邁爾自己就是這樣，所以他敢斷言此事必定會發生。

既然都說成這樣了，我也只能接受。

「還有兩天，我們會利用這點時間設法將金幣湊齊。來參加慶典的人花錢比較不會手軟，大家會努力發動攻勢的！」

「有勞各位了。」

總之，找不到解決辦法。

我已經打算豁出去了。

既然我們也不能妥協，大不了逼對方遵守我國規矩。

並非一定要遵守對方的規矩。

這裡是魔國聯邦，有我們自己的規矩。

當然，能遵守對方的規範最好。

反正不管怎麼說，對方都不會吃虧。我們要堅持開條件須雙方對等、公平公正。

就算他們不爽收古代王國的金幣、不接受證明文件、對於用以物易物的方式頗有怨言，對方也沒資格對我們說三道四吧。

「總之，也不用過於顧慮他們。這裡是我們的國家，若是真的無計可施，大不了叫他們遵守我國規定。不要想太多，大家盡力去做吧！」

「知道了。」

摩邁爾似乎卸下肩頭重擔，表情變得比較開朗了。

評議會可能會對我們有意見，但到時就知道敵人是誰，我要用樂觀的角度看待。

或許不是敵人，只是想試探我們。只要出事就當對方是敵人，這未免言之過早。

「就這樣，今天先散會吧！大家辛苦了！」

在我向大家宣告後，今晚的例行性會報就此結束。

問題先擺一邊，雖然覺得「事情變得有點棘手」……

不過，過度擔憂也不是好事。

摩邁爾老弟似乎耗費不少心力，現在我就來替他分攤一下。

「那我們走吧，摩邁爾老弟。你們也一起來。」

男性成員都沒有異議。紅丸更是一開始就換好浴衣，準備大玩特玩。

「咦，可是我還要去籌錢——」

「現在煩惱那個也沒用！沒有的東西想生也生不出來。要是太拚害你病倒，那問題可就大了！」

聽我說完，摩邁爾面露苦笑。

「真是敗給你了，少爺。那就讓不肖摩邁爾陪你一同前去！」

就這樣，我成功硬邀摩邁爾去參加夜晚的慶典。這樣他就能徹底轉換心情了吧。

將在我們背後說著「利姆路大人，您可別玩得太過火。還有哥哥，你也是——」的朱菜拋在身後，我們就朝那座不夜城邁進。

——題外話。

就在稍早跟日向聊到的問題章魚燒攤販前，我看到一名銀髮少女跟店長爭執不休。

「君子不立於危牆之下」——雖然這話已經不是第一次說了，但只要好好遵守就不會碰上致命危機，也能避開問題。

想也知道，我華麗地逃離現場，這一夜玩得很盡興。

第三章

武鬥大會

Regarding Reincarnated to Slime

我喝過頭了。

原本我這個人怎麼喝都不會醉，卻藉著將「毒無效」的效果調弱來克服該問題。

這是魯米納斯教我的技巧，被我當成寶。

昨晚我也瞞著智慧之王拉斐爾大師偷用這招，在微醺狀態下品嚐美酒。

結果導致我頭痛到一個非常誇張的程度。

可以處理一下這個狀況嗎？

《……很遺憾，「痛覺無效」的效果也減弱了。目前會一直痛下去。》

喂喂喂，你是故意這樣對付我吧……

上次它也很生氣，這次又更——

《答。並未發現該事實。》

不不不，就是事實。

因為跟喝酒無關的「痛覺無效」無法發揮效果，這太奇怪了！

但我的吐嘈對智慧之王拉斐爾大師沒用。

被它華麗地無視掉，害我要暫時跟頭痛搏鬥。
我稍加反省，下次會注意。
每次都這樣想，下次八成又會走老路。

《……》

我會反省。
我在反省了，求你幫忙緩和頭痛！

《…………》

智慧之王拉斐爾大師好像不想鳥我。
頭痛持續一陣子後，痛楚總算緩和下來了。
以後真的要多加小心。
也是啦，吃東西就像在吸毒。
不吃東西就無法活下去，但吃太多又會把身體搞壞。
依此類推，喝酒也是一樣的道理——這樣轉好像有點硬。
不過，其實我只要享受喝醉的感覺就可以了，沒必要硬讓自己真的喝醉……一不小心就跟著大家瞎起鬨。

跟摩邁爾等人一起巡訪夜市後，我以視察為名來到新建於迷宮第九十五層的ＶＩＰ專用長耳族酒店。

這是我國境內最頂級的酒店，預設只有ＶＩＰ貴客才能進去消費。

而這次一方面是為了宣傳，我們也對來賓開放。

這下可好。

早上體驗的音樂會讓某些人興奮到難以忘懷。

一些人則忘我地議論跟回復藥有關的新發現。

這些人在店裡聊得十分熱烈。

蓋札跟培斯塔也在。

我們當然逃不過他們的法眼，被迫陪他們好一會兒。

最後意氣相投，配酒聊到很晚。

聽夥伴受人誇獎感覺還不賴，龍心大悅的我不禁想買醉。

這點我有在反省，但各位看倌應該能理解我的心情。

而且喝過頭的不只我一個。

那些來賓也一樣。

總之他們在本店灑了不少錢，就結果來說很不錯。

還傳來一項捷報。

我找喝醉的蓋札商量金幣不足一事。這時連艾拉多公爵都來參一角，他們答應考慮援助我方。

這都是因為酒的力量吧。

《……》

——如此這般。

我們帶著有點疲憊的神情，迎接開國祭第二天的早晨。

＊

地點來到剛完工的競技場。

這是棟足讓五萬人觀戰的巨大建築物。

觀眾席上方有突出的屋頂，可以用來遮陽。

這塊半球型屋頂將觀眾席悉數覆蓋，形狀就有如在骨頭上鋪張薄膜的翼龍翅膀。

說穿了，這單純只是我的個人嗜好。想把氣氛弄得詭異些，才刻意做成這樣。

真正的目的是為了遮陽，但大家都不這麼認為。

人們紛紛發出驚呼，看起來心裡毛毛的，抬頭仰望它。

但還是有些怪人顯得非常興奮。

觀眾席擠滿了人。

所有的位子都坐滿了。

多虧摩邁爾幫忙拉客。

他果然厲害。

儘管昨晚一度沮喪，可是這個男人果然能幹。

觀眾席圍著一塊平坦的空地，那裡設置了對戰用的舞台。

我們將巨型岩石加工後，嵌入這塊空地。

先將堅硬的岩石加工成正方形立方體，各邊長兩公尺，並將它們細心排列，當成底盤。縫隙塞滿具黏著效果的緩衝材，看起來就像一整塊岩盤。

由於時間不夠充裕，有一部分是我做的。

就算是一般的硬岩，也有超越水泥三百倍的硬度。而鋪進競技場地面的岩石含有大量魔素，硬度高達水泥的一萬倍。

這樣東西的厚度有兩公尺。堅固程度讓核子避難所都相形失色。

我沒做過實際測試，但它就算被核擊魔法正面打中也沒問題吧。

不僅物理層面很堅固，還施加了魔法保護。

設置了雙重防禦結界。

第一結界將地面全數覆蓋。

一路延伸到觀眾席腳下，是大規模魔法陣。

為了讓它能用來做日後的戰鬥訓練，一開始就做好全面防護。

第二道結界則是挑從觀眾席都能看清楚的位置，在那畫上直徑約有五十公尺的圓形。

這個魔法陣上方就是用來當舞台的戰鬥區域。

此雙重結界的目的在於保護會場。

以免觀眾席遭受波及。

第一結界用來阻擋魔素不讓其通過，不會對技能造成限制。因此，若有人發動威力強大的魔法等攻擊，可能會對四周造成影響。

為了以防萬一，才設了第二道結界。

若有不測，就靠我的究極技能「誓約之王烏列爾」施行「絕對防禦」。

雖說這招不是很想讓人看到，但總比害來賓受傷好。到時會在瞬間發動，我想不會有人發現。

都做得這麼謹慎了，應該沒問題。

是說我覺得只靠雙重結界也無妨。

幹部參戰另當別論，以大會參賽者的實力來說很難將它破壞。原本是這樣想的，沒想到「勇者」正幸居然要參戰……

會場內氣氛火熱。

想也知道。

在英格拉西亞王國舉辦的武鬥大會就超受歡迎。每年都會舉辦，讓冒險者分等競賽，爭奪冠軍寶座。

這個世界的娛樂不多，像這樣的活動自然熱鬧非凡。

可是它不像這場比賽有對一般庶民開放。

有錢人才能進入會場，老百姓只能期待結果揭曉。某些人會爬到屋頂或柱子上，在這類高處想盡辦法看些什麼，可是距離太遠，八成看不清楚。

相較之下，我國的圓形競技場以高低差形式陳設座椅，能容納為數龐大的觀眾。

這次還附帶優惠，四面都貼了巨大的螢幕，將戰況擴大放映。

結合光學魔法的刻印，要擴大投影易如反掌。某些來賓似乎看出這是活用昨天在技術發表會上看過的裝置所做出來的。

看樣子他們也對這個裝置很感興趣，應該能起到不錯的宣傳效果。

在這種地方默默耕耘、拉攏客戶，是邁向成功的第一步。這是我以前當上班族時曾用過的招數。

所以從會場各處都能將舞台看得一清二楚。還能透過螢幕看擴大影像，肯定能讓賓客滿意。

選手們開始進到舞台中央。

那八人面向我們待的貴賓席，橫向排成一列。

每個螢幕都照出選手們的身影。連他們的表情都能看見。

這幾人的長相都別具特色。

話說回來，這八人中有幾名頗為眼熟。

哥布達跟蓋德，這兩人我當然見過……

我還在吃驚時，已經開始介紹選手了。

照預定，我們會逐一介紹選手。我也指示大家同時切換螢幕，把選手的臉照出來。

播報員是蒼影的部下——龍人族蒼華。

先從昨天在淘汰賽中一路過關斬將的六人介紹起。

首先是「勇者」正幸。

『首先要跟各位介紹的，是最受歡迎的人——！昨天第一預賽的霸主，他就是勇者正～幸——！』

蒼華開始播報。

喂，這傢伙好投入。她大搖大擺地出現在各位選手面前，不會對「密探」工作造成妨礙嗎？

我向人在身旁待命的蒼影詢問。

「沒問題。她出任務時會變裝，蒼華又擅長『隱形法』。而且我們也需要在檯面上活動、對外公開長相的人。」

他這麼說。

既然蒼影都這麼說了，我也沒什麼好擔心的。

蒼華那純熟的介紹繼續播送。

『沒人看過他的華麗劍技。這是因為當他一拔劍，對手就被打倒了！』

那他至今都是如何獲勝的？

如果是野台賽還說得通，但正幸有參加過大規模比賽吧？

就算他瞬間打倒對手好了，也不可能騙過所有觀眾的眼睛……

「昨天的比賽情況如何？」

「這個嘛，說真的完全無從參考——」

照蒼影的話聽來，正幸在昨天的比賽上似乎也沒拔劍。

原來參賽者中混了正幸的夥伴，聽說打倒了約莫五十名選手。還將勝績讓給正幸，結果正幸都沒展現實力……

光只是這樣就受人仰慕，表示他的實力有一定水平——但我還是懷疑他只是虛張聲勢。

算了。

他是否真的具備實力——就用今天的比賽來判斷吧。

『技冠群雄的實力遠近馳名，年紀輕輕就位列「勇者」的正幸，今天會為我們帶來多麼迷人的比賽呢——？陸續有人被他的俊逸外表迷倒，據說女人跟他對上眼都會墜入愛河。正～～幸～～！今天誰能在正式比賽上目睹他的英姿，那真是三生有幸——！』

當蒼華喊完，人們便「噢————！」的一聲，發出足以蓋過其聲響的歡呼。

真受歡迎。

話說回來，真的假的？

真的那麼受歡迎？

這個宣傳文是蒼華想的嗎？

如果是，那她還真是有意想不到的才華。

我看大部分都是加油添醋，硬要把正幸捧上天吧。

而且「正～～幸～～！」是啥啊。認真聽完這些宣傳詞後，我都覺得蒼華腦袋是哪裡不對勁了。

正幸也滿慘的。被人用這種方式宣傳，要是一上場就輸掉……

那不就丟臉死了。

從某個角度來說，這根本是在找麻煩。

一定是蒼華在酸他，手段很高明。

不愧是蒼影的心腹。有夠黑心。

再來這名選手是號稱「狂狼」，名叫迅雷的男人。
感覺是身經百戰的勇士，裝備不怎麼樣，卻散發出強者的氣息。
他好像是正幸的夥伴之一。
這個男人乍看之下實力未到A級。可是不知道為什麼，總覺得他不容輕忽。
背後好像有什麼祕密。
想到這兒，我決定仔細看比賽。
第三名選手是「華麗的劍鬥士」凱。
這個叫凱的男人似乎也以華麗劍技為賣點。
『美得像在跳舞一般，任誰看到都會被他迷倒！今天他也會在比賽上、在鮮血飛沫中展現曼妙舞姿嗎——？』
好可怕！
在血沫中跳舞，那不就嚇死人。
看起來身體並沒有迅雷那麼強壯，但視他的劍技，說不定有A級？
雖然不會構成太大的威脅，但以冒險者來說好像滿厲害的。

第四跟第五名選手，這些傢伙我見過。
因為他們是牛頭族跟馬頭族的頭頭。
我問蒼影：
「他們怎麼會跑來參賽？」

「這個嘛，好像是風聲傳開……」

「風聲？」

「對，就是那個。您說冠軍就能當『四天王』——」

「——什麼？」

八成是哥布達說溜嘴，消息不僅傳開，還莫名其妙變成冠軍就可以成為我座下的「四天王」。

所以昨天才有一堆魔物跑來，說他們想參加淘汰賽。

到最後聚集而來的參賽者超過三百人，場面熱鬧非凡。

牛頭族跟馬頭族之長誰也不讓誰，跑來參賽，算他們運氣好才能進入正賽吧。

應該也不能說是運氣好。

雖然看起來不怎樣，但他們可是相當於A級的猛將。

怪不得。那些三腳貓冒險者當然不是他們的對手。

話說回來——

沒想到兩人都打進正賽。

他們的淘汰賽組別裡，似乎有幾隻A⁻等級的魔物，但就如同字面上所說的，全都被他們搞定了。

聽說他們兩個對上周圍那些魔物，可說是橫掃千軍，無人能敵。

不愧是高階種族，但與其這麼說，實際上——

『——他就是昨天第四回合的霸主，哥杰爾——！』

——對，我賜給牛頭族首領「哥杰爾」這個「名字」。又覺得不該偏心，也將馬頭族首領命名為「梅傑爾」

…………………

…………

……

目的用不著說也知道，就是要讓他們在迷宮內當關卡魔王。

我打算派其中一人去當第五十樓的魔王，也可以用輪班的方式，曾跟他們倆交涉過。

既然他們都宣誓對我效忠了，我就不客氣地塞工作。報酬是替他們命名。

如今我已經做得很熟練，命名時能將消耗魔素量盡可能壓低，但他們還是有了出色的進化。

哥杰爾進化成牛鬼族，梅傑爾變成馬鬼族。他們原本就是A級的高階種族，這下變得更強、強到超乎預期。

此外——

《問。可否對個體名「哥杰爾」進行「能力授予」實驗？　YES／NO》

智慧之王拉斐爾大人——不，是大師興奮地問我。

看來除了「整合分離」和「能力改變」，它還能逆推「暴食之王」跟「食物鏈」，對命名對象授予技能。

雖說條件好像滿嚴苛的，要看適性還有一堆東西而定，但智慧之王拉斐爾大師似乎很想做實驗。

好啦，我點點頭，並在心中默念「YES」，沒想到……

《告。對個體名「哥杰爾」施以追加技「超速再生」——成功。》

智慧之王拉斐爾大師漂亮地完成實驗。

原本哥杰爾在進化時獲得的追加技「自動再生」，被智慧之王拉斐爾大師做了「能力改變」。

我大吃一驚。

此外他還授予梅傑爾追加技「魔力妨礙」。

這下兩人就各具特色了。

哥杰爾強化成物理攻擊型，梅傑爾則強化成魔法攻擊型。

而且智慧之王拉斐爾大師的實驗還沒完。

他們兩個居然被授予了特殊能力。

——特定授予「限定者」。

特定授予「限定者」，這項技能可創造用來限制對手能力的空間。

簡單來說就是結合我的究極技能「誓約之王烏列爾」之「無限牢獄」與「空間支配」，所創造出的劣化版技能。

若遭人簡單地抵抗、限制該技能，則此特殊空間無效。

強制力不大，不是很好用的能力。

可是雙方如有實力差距，就能硬將對手拉進對自己有利的空間裡，端看當事人怎麼用。

也要看對手的實力。若是程度跟自己不相上下就無法得逞，然而可以用話術誆騙對方。
而且看使用方法而定，似乎還能當降低對手攻擊威力的「防禦結界」用。
如果在自己身旁造一個特殊空間，立下禁止魔法等規矩——嗯，似乎能打造有趣的使用方法。
因為他們要在迷宮內部工作，也能跟冒險者交涉，開出像是增加寶箱之類的條件。
連這樣的技能都會了，那兩人也愈來愈有關卡魔王的樣子。
然而，沒想到他們居然會跑來參賽，就為了當只是設好看的「四天王」……
聽說這兩人還擅自下賭注，贏的人去當「四天王」，輸的人去第五十樓當關卡魔王……
…………
…………
……
雖說聽得我一個頭兩個大，但他們倆晉級算是理所當然的結果。
『下一位選手是哥杰爾永遠的對手，梅傑爾——！兩人相爭百年，到現在還沒分出勝負！他們能否在這場正賽中分出高下？那股力量將颳起新的旋風，在大賽中肆虐——！』
蒼華說得很投入。
她真的很適合。
外表也很可愛，觀眾應該會喜歡她。
雖說有尾巴、翅膀跟角，但有「可愛」當擋箭牌就沒問題了。
『而且這位梅傑爾或剛才那位哥杰爾將成為明日公開的地下迷宮關主——！大家見識一下他們

的力量吧！誰有自信、有勇氣打倒他們，就去迷宮追求榮耀與財富吧！』

超投入。

連迷宮宣傳都沒漏掉。

我們預計明天才開放迷宮，現在跟大家講迷宮的事，人們也沒概念吧。

不過等他們見識哥杰爾等人的實力，或許會有人跑來挑戰迷宮也說不定……

感覺有點差強人意卻意外地過度自信，這種人很多——這個世界的冒險者就是那種生物。就期待他們什麼都沒想，看到獎金就跑來挑戰吧。

摩邁爾做了不少規畫安排，應該沒問題。

好了，來看看哪邊會贏。

基本上依據抽籤結果，他們倆不一定會對上。

都做那麼大的宣傳了，要是一下子就輸掉未免太難看。

要看他們第一回合的活躍程度，表現不好說不定反而會被人小看。

反正到時再看著辦。被小看或許更能吸引想拿獎金的迷宮挑戰者，到時再做打算吧。

用不著在籤上動手腳。

等結果出爐好了。

話雖這麼說，梅傑爾只是第五個。

後面還有三名選手。昨天那場淘汰賽的優勝者還剩一人。

『接下來，昨天展現強大實力的謎樣蒙面男登場——！這位謎樣蒙面獅子是正義夥伴還是惡魔使者？他今天會為我們獻上怎樣的戰鬥呢？』

噗——！

我沒多想便看向蒙面獅子，喝到一半的果汁於是噴出。

「蒼、蒼影！那是——」

「是。您猜得沒錯。就是他……」

雖沒道出他的名字，但蒼影似乎也很確定那個蒙面獅子是誰。

喂喂喂，迪亞布羅不是說「這些人都不夠看」嗎？

那傢伙眼睛有問題啊？

——不，不對。

是那個笨蛋（迪亞布羅）自以為是的程度沒有極限……

哎呀，他的事先擺一邊。

我看到眼熟的三人組在替蒙面獅子加油。

他們三個都一臉不願、淚眼汪汪地加著油。

一個是身材細長精瘦，戴著耳環的斯文男。

一個渾身肌肉的壯漢戴著鼻環。

一個超越壯碩，來到肥胖境界的矮子男戴著唇環。

頭上頂著五顏六色的怪怪髮型——這幾人不管怎麼看都是達格里爾的兒子。

穿的衣服寫著「我們是紫苑親衛隊！」、「最愛紫苑」等，肯定是他們三兄弟沒錯。

自從他們被紫苑打得落花流水後，這三人似乎就跟紫苑走得很近。也許被打讓他們覺醒成變態被虐狂，但那不干我的事。

我不想進入那個世界。

你們還好嗎？雖然我很想這樣問他們，但在不知情的人眼裡看來，會以為紫苑是知性美女吧。

我一開始也看走眼。

怕麻煩的我決定當他們自願如此。

早晚會發現事實並因此幻滅，不過這也是他們的選擇。我決定在一旁默默守護，讓他們跟著紫苑修行，可是……

「對了蒼影，那三人為什麼要幫蒙面獅子加油？」

「——因為昨天比賽時，他們三人輸給這位仁兄吧。」

居然……

別看三人組這樣，他們的魔素量與老魔王有得拚。是戰鬥技巧太拙劣才會被紫苑輕易擺平，但他們絕對不是弱者。

甚至比進化後的哥杰爾和梅傑爾還強吧。

跟這三人對戰還能贏得勝利，看來蒙面獅子的真面目毋庸置疑。

「真沒用。那群笨蛋應該要多操練才對。」

紫苑很生氣，可是我覺得他們有點可憐。

是他們的對手不好。

這三人一直很囂張，然而對上精悍的武鬥派前魔王，簡直是大人對小孩。要獲勝並不容易。

再說……

三人剛好都分在同一組，組內還有怪物，他們的運氣也真是有夠背。

若是去不同的組別比賽，還有機會獲勝。

好吧，紫苑都氣到要重新鍛鍊他們了，期待他們今後的表現。

『——接下來，有個人匿名留言。「你就代替我好好努力吧！你應該心裡有數，千萬不能洩漏真面目。祝你武運昌隆！」，以上！這是什麼意思呢？雖然不清楚，但應該是在激勵蒙面獅子選手！』

不，她知道。

蒼華那傢伙明明知情卻拿來取樂。

也就是說，她在某處跟蜜莉姆有過接觸吧？

蜜莉姆現在忙著替迷宮做最後的調整——她本人是這麼說的。這樣總比過來搗亂好，所以我就隨她去了，沒想到她會用這種方式干涉比賽。

對了，我也沒叫維爾德拉過來。

想必他現在正跟蜜莉姆、菈米莉絲一起開開心心地打造地下迷宮，心思都放在那上面。

要是他太興奮跑來鬧場就麻煩了，這也是我沒邀他的原因之一。

雖然沒想到蜜莉姆會送代理人過來，但維爾德拉沒有部下，用不著擔心他派人參賽。

這樣一來，問題就是誰能取勝……

實力差距太過懸殊，我想強大的蒙面獅子應該不至於被人逼入絕境才對，能跟他抗衡的大概只有蓋德吧？

我希望蓋德獲勝，但好像有點勉強？不過，就算蒙面獅子獲勝也沒問題。

就怕他們殺個兩敗俱傷。

還有，我好奇他跟正幸對上會有什麼反應。若是他想獲勝，應該會認真作戰……

總之，祝他武運昌隆。

這下六名選手都介紹完了。

再來是特別參賽者。

『接下來要登場的是如假包換、真真正正的強者！魔國聯邦自豪的幹部──其中兩人現在也來到大會上參賽。實力可謂一騎當千，獲勝就能當魔王利姆路陛下的「四天王」──！』

謠言早就傳得滿天飛了，現在說這個也於事無補，但聽人特地喊出「四天王」還是覺得非常丟臉。

我這麼想，紫苑卻引以為傲。而在現場觀戰的魔物們也用憧憬的目光看著哥布達和蓋德。

看來大家認為「四天王」這個職位很有價值，比我預料中更高。

『首先是第一位，哥～布～達！不少人憧憬著外表冷酷的他，是名菁英戰士！這位不辱天才之名的年輕戰士長。這次會為我們帶來什麼樣的戰鬥表現呢？』

哪裡冷酷？妳沒搞錯這個詞的意思吧？

我彷彿聽見哥布達在心裡吶喊「別這樣啦──！」。

只見他面無血色。

這也難怪。不管怎麼看，站在哥布達隔壁的蒙面獅子都硬是比他強。

要是在比賽中對上，就算對方放水也不是殺個半死就能了事……

對不起，哥布達。我沒想到事情會變成這樣。

要恨就恨為了好玩派部下出場的蜜莉姆。

可是，又或許——

哥布達拚過頭反而會拿出藏起的真本事。

搞不好會突然覺醒，爆發連我都看不出的強大力量。

《……》

真令人期待。

哥布達的戰鬥現在才要開始。

緊接著，剩下的選手只有蓋德了。

『前菜上完，最後要跟各位介紹這位王牌！他是豬人族（高等半獸人）的救世主，蓋德大人——！有著金剛不壞之身，同時還是魔國聯邦的守護神！』

哇喔，蒼華這傢伙。

竟然面不改色說哥布達跟剛才那些選手都是前菜。

還改變語氣，轉為認真介紹模式。

蓋德確實是元老級幹部……可是這麼說來，哥布達也是老成員。

這就是所謂的「等級」差距吧。

萬一哥布達獲勝，到時蒼華可能會對他改觀。

『好——啦，那麼，這下八名選手都到齊了！究竟誰會脫穎而出，決定命運的時刻即將到來——！』

喔對，選手介紹完就換我要致詞了。

都忘了要在八名選手面前致詞。

可是在這驚慌失措就好笑了。

利格魯德去接待各位來賓，我要紅丸當他們的護衛。

我命蒼影從影子裡守望全局，接著站了起來。

然後朝舞台走去。

裝出從容不迫的樣子，一面用「空間支配」開「傳送門」連結貴賓席跟比賽舞台。帶著紫苑穿過傳送門後，現場揚起一片盛大歡呼。

「唔噢噢噢——！」

我國居民、從鄰近國家來訪的遊客看到我似乎都興奮不已。

本人也向他們致意。

雖然有點害羞，但我努力維持魔王該有的高傲態度。

接著從蒼華手中接過麥克風，朝選手們看去。

『那麼，諸位。若你們在今天的比賽中脫穎而出，並於明日決賽贏得勝利，本王就賜優勝者進駐我國的殊榮——』

差不多這樣吧？

總之我慢條斯理地說著，盡量表現出高高在上的感覺。

再來就是對選手一一致詞吧。

『「勇者」正幸啊——若你贏得勝利，准你挑戰我——』

這是約定。

聽我這麼說，正幸的表情看起來一點也不高興。

反而像是「那有什麼好的」，一臉菜色。

果然，他本人好像不想跟我對戰。

這傢伙讓人討厭不起來。

接著，我將放在正幸身上的目光轉向下一名選手。

我記得他是「狂狼」迅雷，正幸的夥伴。

『你是「狂狼」迅雷吧。你有何心願？』

當我問完，蒼華立刻將麥克風交給迅雷。

『哦，沒想到你會跟本大爺說話。我的心願只有一個，就是助正幸先生一臂之力。抱歉啦，我肯定不會當上冠軍。可是正幸先生會代替本大爺打倒你！』

是喔，原來如此。

看來迅雷若跟正幸對上，打算讓他不戰而勝。

這樣自然無法登上冠軍寶座。

『我知道了。念你有高尚情操，無論結果如何，我都會命人準備新裝備贈予你。就當是對勇敢的戰士致敬，你儘管寬心收下。』

機會難得，給他這點獎勵也無妨。

多虧正幸等人參賽，觀眾量暴增。一方面是為了感謝他，最重要的是——在這展現我的寬大心胸，給大家留下好印象。

我會做此提議都是基於上述考量。

『哼，既然要給，我就收下，可別以為這樣就能收買本大爺。』

迅雷先是嗤之以鼻地說完，接著就將麥克風還給蒼華。

看樣子這個人挺有骨氣的，但我的好意他似乎接受了。否則不會答應收禮。

總之就請他當成是參加獎吧。

好了，下一個。

結束跟迅雷的對談，我看向「華麗的劍鬥士」凱。下一秒——

「喂，魔王。我比那個『勇者』還強！等我贏得優勝，你也會跟我一較高下吧？」

咦？

突然說這種話要我怎麼回……

即興演出不是我的強項，我不曉得該怎麼答才好。

這時有個意想不到的人對我伸出援手。

「竟冒犯利姆路大人。既然你有膽開口，等你獲勝就讓我陪閣下玩玩。若你贏過我，到時我也會替你求利姆路大人。」

以裁判之姿在舞台側邊待命的迪亞布羅出面，臉上掛著冷笑，代替我回話。

得救了。

我怕麻煩，就讓迪亞布羅包辦吧。

『這次是因本王與勇者有約在先。不過，哪位若想與我過招，就先打倒「四天王」證明自身實力吧。屆時就准你們挑戰我！』

「四天王」真方便。

對耶，還有這種用法。

多學了一招。

這時蒼華總算將麥克風遞給凱。

『哼，用這招避開還真高明。也好。不管是「勇者」、那個「惡魔」還是「魔王」——全都不是我的對手！』

搞什麼，這個自我感覺良好的廢男是怎樣。

拜託你贏了再講那種話。

趁迪亞布羅還沒氣到失控，我最好先結束跟他的對談。

『——「華麗的劍鬥士」凱啊，若你贏得勝利就特別開恩，准你挑戰我。這樣便行了吧？』

麻煩死了，換下一個、下一個。

反正這傢伙不會當上冠軍，隨口接受挑戰也無妨。

呵，可別忘了這句話——無視說完這句話耍帥的凱，我的目光轉向哥杰爾與梅傑爾。

發現我在看他們，哥杰爾與梅傑爾便跟著跪下。

『期待你們的表現。就算無緣在大賽中取勝，你們也要有身為迷宮支配者的自覺，可別打得太難看啊。』

講這樣應該可以吧？

裡頭參雜一絲威脅意味，我可不希望迷宮關主著當著觀眾的面倉皇逃命。

輸掉比賽也無妨，但我希望他們退場之前能稍微展現點英姿。

『遵命！為了不讓利姆路陛下顏面掃地，我將賭上您御賜的名字「哥杰爾」，誓言盡全力作戰！』

『為不辱您的威榮，我等身為本國一分子定當戰得光彩，「梅傑爾」答應您！』

嗯嗯。

雖然正經過頭，但他們似乎都做好出戰覺悟了。

就算兩人都打輸，還是能按當初的約定行事，讓他們輪流守護迷宮第五十樓就行了。我覺得這兩人都無法脫穎而出，不過，還是要他們好好努力，以免丟了我國的臉。

那麼，接下來就是那號人物。

『呃——蒙面獅子。總之請你別亂來喔。』

『喂喂喂，這樣對本大爺不會太隨便嗎？』

『沒那回事。就這麼說定了！』

我對這個人沒什麼話好說。

要他退賽、要他加油，不管說什麼都怪。

看他遇到的對手是誰，我視情況加油，但不幸對上哥布達之類的，那就慘了⋯⋯

最好能跟正幸對打——但事情不會這麼順利吧。

本來有想過舞弊另排對手給他，但我放棄了。

要是不小心穿幫，我們往後便無信用可言。那樣損失可大了，所以這次就老老實實交給籤運決定吧。

就是這麼一回事，換下一個。

『哥布達老弟！虧你能過關斬將打到這邊！』

『那個，我是特別參賽者——』

『我相信你一定能獲勝！』

將哥布達的話當耳邊風，我拿話激勵他。

這下哥布達就無路可退了。

為了贏得優勝，他會好好努力吧。

好了，接下來就剩蓋德。

『蓋德，你很強。就在大賽中盡情展現你的威武吧！』

『遵命！』

我懷抱期待對蓋德這麼說。

怎麼跟我差那麼多——我無視哥布達的怨言，對蓋德的致詞就到這邊。

沉默寡言的蓋德不會多說什麼。

想必他之後會用行動表現。

介紹完選手後，再來就要決定交戰對象。

這是晉級賽，所以光今日就有六場比賽。明天打決賽，今天會直接打到準決賽。

我們不辦銅牌爭奪戰，所以明天只有一場比賽。

這就來抽籤吧。

抽出的號碼如下——正幸是三號、迅雷四號、凱五號、哥杰爾一號、梅傑爾二號、蒙面獅子八號、哥布達六號、蓋德七號。

票一一開出，晉級賽名單上陸續填上姓名。

結果——

第一回合　哥杰爾ＶＳ梅傑爾
第二回合　「勇者」正幸ＶＳ「狂狼」迅雷
第三回合　「華麗的劍鬥士」凱ＶＳ哥布達
第四回合　蓋德ＶＳ蒙面獅子

對決組合如上。

雖說這是公平公正的抽籤結果，沒什麼好抱怨，但……

正幸那傢伙，真是教人吃驚的超級幸運兒。

初戰就確定會不戰而勝。

相較之下，蓋德的運氣未免太背。

劈頭就跟那個人——蒙面獅子對戰。

他會獲勝嗎？

令人好奇。雖說肯定是一場有趣的比賽，但我實在高興不起來。

若要找人探探正幸的實力，這組合可謂糟到極點。

因為正幸第二戰的對手會是第一回合的優勝者。而哥杰爾跟梅傑爾的賽事也很有看頭，想必他們作戰時不會保留體力來應付下一輪比賽。如此一來，跟正幸對上時可能已經筋疲力竭了。

原因還有一個。

在第三、第四場比賽中稱霸的人將進入決勝戰……
哥布達會跟蓋德對上，無法測試正幸的實力。
而且他們那組還有蒙面獅子。
哥杰爾跟梅傑爾打起來會很有看頭，蓋德和蒙面獅子肯定也不遑多讓。
在我看來，這兩場比賽肯定非常精彩。
卡利——說錯，蒙面獅子認真起來有多強這我不清楚，但蓋德現在也是首屈一指的強者。那兩人竟然在首戰對上，這次抽籤真的好奇怪。
簡直令人懷疑是命運的捉弄，這次的對戰組合結果都對正幸有利。
好吧，抱怨也沒用。
預測先放一邊，目前還不曉得結果會怎樣。
就在這時，第一回合即將展開——

＊

第一回合開打。
未參賽的選手離開舞台，來到選手休息室。
哥杰爾和梅傑爾則留在舞台中央，除了狠瞪彼此外還互相叫囂。
「喂，梅傑爾。我們本來就該一對一單挑分個高下。長久以來的孽緣將在今天結束，覺悟吧。」
「屁話少說，哥杰爾。夠格成為魔王利姆路陛下麾下榮耀的『四天王』之一的，是我梅傑爾大人！

你就去迷宮待著，過悠哉的退休生活吧。」

「可笑！你才不配當雄霸一方的『四天王』！」

語畢，他們兩人的對決便突然開始了。

這兩人都是近戰型，拿著盾和斧、盾和槍激戰。比起使用魔法或妖術，靠自身肉體搏鬥的戰鬥方式更適合他們。

哥杰爾使勁將大斧砸下，梅傑爾則用手裡的盾接住，再將它推回去。

眼見哥杰爾失去平衡，梅傑爾立刻舉槍攻擊。但哥杰爾向後退，輕易避開那一擊。

比賽開始後，時間過了將近二十分鐘。然而他們雙方仍攻勢猛烈，這場攻防戰勢均力敵。

不愧爭了百年，遲遲無法分出勝負。

魔物們壯烈的戰鬥也令觀眾十分興奮，看得如痴如醉。

畢竟沒什麼機會像這樣近距離觀看如此高水準的魔物對決。

也是啦，一般來說窮其一生都無緣目睹A級對A級的戰鬥吧。

因為他們的實力在伯仲之間，才遲遲無法分出勝負。

這場對決好有趣。

不過，決定勝負的時刻無預警地到來。

「到此為止了！」

哥杰爾孤注一擲。

他用力丟出大斧。這一擊的破壞力連岩石都能粉碎，想必對手拿武器接招的同時也會一併倒下。

梅傑爾的左手爆裂，彈到半空中。他犧牲左手，接下哥杰爾投出的大斧。

可是，梅傑爾露出傲然的笑容。

他圖的就是這個，轉眼間朝哥杰爾逼近。

大概以為梅傑爾會避開，哥杰爾來不及反應。

梅傑爾迫近他。

「勝負已分！去死吧，馬超連槍！」

鑽進哥杰爾懷裡的他使出連續突刺，想避也避不掉——

哥杰爾來不及閃避，身上開了好幾個大洞。

不惜犧牲左手也要贏得勝利。

正以為梅傑爾將在這場比賽中獲勝時——

「你太天真啦！雷擊角——！」

有人放聲大吼。

只見哥杰爾用他頭上的角衝撞梅傑爾。

角上纏著雷光，長度增加好幾倍。凶殘的角瞄準梅傑爾，對著他的右眼和右手刺去。

這下勝負底定。

右手遭受攻擊的梅傑爾拿不住槍。

且被角攻擊的部位遭雷擊燒燬，連血液都為之沸騰。

梅傑爾在進化時獲得追加技「自動再生」。即使如此，雷擊肆虐的腳步仍超越治癒速度。

反之哥杰爾則有追加技「超速再生」。胸口與腹部上開的大洞也在轉眼間癒合——贏家是他。

通常情況下會立即喪命的重傷，在追加技「超速再生」的面前也不成問題。

梅傑爾也有追加技「自動再生」，他的雙手與右眼似乎也開始重生了。

當哥杰爾跟梅傑爾離開舞台，兩人都已恢復原狀。

下次我一定會贏！梅傑爾在放話了。

真有幹勁。

可是，比賽已經結束了。

第一名優勝者是哥杰爾。

看他們打得這麼精彩，觀眾們也紛紛送上拍手和喝采。

這是一場漂亮的對決，拿來替初賽增色正合適。

——話說我再次體認到「超速再生」是很犯規的技能。

害梅傑爾也不小心照著從前的經驗法則作戰。一般而言使出連續突刺時就會分出勝負吧。

但沒提防明顯有詐的可疑犄角，這是梅傑爾的失誤。希望他今後能更加慎重地刺探出對手暗藏的絕技。

＊

第二回合開打。

此戰由「勇者」正幸對「狂狼」迅雷，但如我所料，正幸不戰而勝。

兩人在舞台中央握手。
看見這一幕，人們不僅拍手還大聲喝采。
我不懂。
只是握個手，觀眾幹嘛高興成那樣？
「不愧是正幸大人！」
甚至有人興奮地大叫，受歡迎程度令人百思不解。
……算了。
感覺很麻煩，就別想了，快點比下一場吧。

第三回合。
「華麗的劍鬥士」凱對哥布達。
那麼，這場比賽會有什麼結果？
其實我心中對這場賽事充滿期待。
凱這個男人，感覺實力勉強可以搆上A級。
一身裝備都是稀有級，證明凱是一流的冒險者。
然而哥布達的裝備都是特質級的逸品。
儘管感覺上實力遠不及對方，但單看綜合強度，這可能會是一場有趣的對決。
『各就各位，比賽開始！』
蒼華喊完，賽事隨即展開。

「疾！」

吐出一小口氣，凱便蹬地出劍。

好鋒利的劍擊。

冠上華麗封號當之無愧，手法相當了得。可是那把劍卻被哥布達的護身甲擋下。

「什麼？不過是個雜碎，竟然穿了不相配的鎧甲——！」

「咿、咿欸！也太快了吧——！」

因為凱的攻擊跟蒼華喊開戰的時間幾乎不相上下，哥布達連小太刀都還沒拔出來。

你太大意啦，笨蛋！我在心裡怒斥。

這次攻擊被葛洛姆打造的鎧甲擋下，但下次就沒那麼好運了。

只是凱對自己的實力過度自信才撿回一條小命，看也知道他下次會瞄準關節。

「哼，那這招如何？」

化作劍舞的劈砍不斷襲向哥布達。

只見哥布達勉強閃過，但毫無餘力的他哭喪著一張臉。

看這表情，他打算跑去界外讓自己輸掉。

早早放棄取勝，只想保住自己的性命。

雖說這是正確選擇，但我還是希望他再拚一下。

虧我還期待他們打場精彩的比賽，哥布達的表現令人遺憾。

這場比賽八成要就此結束了——我原本這麼想，但勝負遲遲未分。

因為哥布達想偷偷跑到場外，凱卻到處追，不讓他逃跑。

「那傢伙想把哥布達玩死嗎？」

「看來這男人性格挺惡劣。雖然哥布達也很不像樣，但那個男人的舉動更教人不快。」

紫苑似乎跟我看法一致。

唔──……事情變成這樣，真希望哥布達無論如何都要獲勝。

「哈哈哈！竟然難看地到處逃，你這個雜碎！」

凱是以單手使單雙混用長柄劍，並用戴了手甲的左手毆打對手，是有些奇怪的戰鬥形式。

當他發現有機可乘時，便會以雙手持劍劈砍，但很難看清他的動向。

哥布達只跟白老學過正統劍術，這對手想必讓他很難應付。

即使如此，哥布達還是沒受致命傷。

只有剛開始比賽時被人砍中一次。

「哥布達眼睛真利。若是看不出對方的劍路，怎能逃這麼久。」

紫苑也這麼誇哥布達。

我的看法跟她一樣。

雖然被拳頭打了好幾次，但哥布達都有用小太刀擋下劍擊。

「好──！哥布達，幹得好！拿出你的魄力。讓大家見識你的骨氣，把那傢伙打倒！到時就幫你加零用錢！還有──假如你獲勝，我就送你之前一直很想要的新型釣竿！」

「真的嗎？既然這樣，我要出絕招了！」

既然有絕招就早點出啊……

經我聲援，哥布達似乎有幹勁了。拿東西利誘似乎不大好，可是面對哥布達這種懶惰蟲，我一開始就該這麼做才對。

應該說我的真心話是因為有蓋德撐場所以對他不抱期待，但事情變成這樣，一定要逼哥布達好好努力。

「嘎哈哈哈哈，雜碎少在那虛張聲勢！我才是最強的，你哪是我的對手！」

凱哈哈大笑，一面追趕哥布達。想必他對哥布達沒有半點戒心，認為自己勝券在握。

不管哥布達怎麼做都贏不了——這份輕敵之心成為了凱的敗因。

「召喚！來，快過來！」

對，哥布達這個男人可是狼鬼兵部隊的隊長。當然能召喚星狼族。

而且他還有大絕招，就是跟星狼族「同化」。

魔素量會升到相當於A⁻，再搭配受白老鍛鍊過的劍技——照理說對付凱應該綽綽有餘。

那你一開始就這麼做啊。我心想。

哥布達那傢伙，他剛上場時肯定只想著要早點輸掉比賽。

好吧，這下哥布達總會認真——咦，奇怪？

「咦？」

「嘖，召喚術是吧。不過黑牙狼根本不是我的對手——」

凱的話說到這邊就停了，因為哥布達召喚出的黑狼用超高速衝撞他。

他好像搞錯了，哥布達召喚的不是黑牙狼那類C或D級魔物。

如今正搖著尾巴舔凱的黑狼——不管怎麼看都像蘭加。

「蘭加……你在幹嘛？」

「嘖，原來還有這一手。不愧是蘭加，心機真重……」

不，不對吧。

重點不是這個吧？

哥布達也很吃驚，我想出現這種結果非他所願。也就是說，是蘭加擅作主張……介入哥布達的召喚。

還以為他乖乖在我影子裡睡覺，沒想到在盤算這種事情……

之前開會我曾說不能讓他出賽，我一直認為蘭加也願意接受該安排。真沒料到他會想出這一手。

這時蒼華衝到凱那邊，接著轉頭看迪亞布羅。

『他把凱選手打昏了，這擊出得漂亮。看樣子分出勝負了。』

負責當裁判的迪亞布羅一臉理所當然，判定剛才的攻擊有效。雖然現在變成小型狼尺寸，但他應該有看出其真面目是蘭加才對……

好吧，畢竟迪亞布羅跟蘭加交情不錯。

『獲勝的人是，哥～布～達～！』

蒼華的獲勝宣言在會場內響起，現場揚起一片拍手聲與喝采。

看大家都沒異議，這次的召喚似乎不算犯規。

哥布達的呢喃被盛大歡呼聲淹沒，沒人找他興師問罪。

「不會吧……」

「可是這樣好嗎？」

「按規定是能用召喚術沒錯，小的認為沒問題。」

利格魯德都這麼說了，就當它沒問題吧……

話說蘭加跑去參戰啊。

唔——

還是該算他犯規吧……？

在那之前，哥布達都不可能贏過第四回合的優勝者。可是蘭加參賽，這下勝負就難說了。

想想我最初的目的是為了試探正幸有多少斤兩，事情朝這個方向發展也正合我意。

好！就別放在心上了吧。

我本著豁達的精神，決定就這樣硬幹下去。

＊

第四回合。

蓋德對蒙面獅子，令人矚目的一戰。

「咯咯咯，看來能夠久違地盡興打一場了！」

蒙面獅子看起來很開心。

「沒想到竟能與偉大的武者對決，真是走運。有勞您陪在下過招，請容我盡全力挑戰。」

蓋德說完就脫掉上半身的鎧甲，並舉起拳頭。

「哦，你想跟本大爺赤手空拳比劃？好啊，反正本大爺也很擅長徒手戰鬥。」

應蓋德邀約，蒙面獅子也擺好陣勢。

接著一場八成會在大會歷史上留名的精彩名對決就此展開。

拳與拳交錯。

光這樣就引發強大的衝擊，舞台上颳起一陣旋風。

蓋德不出腳，只以拋摔和拳擊應敵。用貼地滑步來維持平衡，不管遇到什麼樣的攻擊都絲毫不為所動。

就是那個。

曾在拳擊漫畫中看過，抬起雙手放在面前保護頭部的躲藏姿勢吧。

這種防禦方式正可謂銅牆鐵壁。

而且還能趁對手不備出拳，不僅能起到牽制作用，其蘊藏的威力更媲美大砲。將下半身當成砲台，凝聚全身的動能灌到拳頭上再擊發。

會構成威脅的不單只有拳頭，他還能用肩膀衝撞，組合起來亦能變成過肩摔。

感覺就像一台重戰車。

反之蒙面獅子則是能屈能伸的全能型。

攻擊手段多采多姿。

體格不輸蓋德，比蠻力也不會落居下風。不過在這個世界裡，魔素量比外表還要重要，所以蒙面獅子比蓋德強。

可是他仍攻不下來，由此可證蓋德的防禦力多麼優秀。

連岩石都能踢碎的鐵腿在蓋德手上炸開。對方似乎想將他踢倒，但蓋德不當一回事。像在說「那就換別招」，蒙面獅子從四面八方出拳外加手刀劈砍，不然就是迴旋踢配腳跟落下踢等等，重複再重複，速度快到像是有分身術一樣。

這些連續攻擊速度飛快，卻對死守到底的蓋德不管用。

「哈！真不錯啊！本大爺的攻擊打在你身上竟然像微風！」

「呵呵呵，想發牢騷的人是我才對。完全沒機會反擊。攻擊看似雜亂無章，卻招招老練——」

蓋德回話的語氣透著一絲懊惱。現在還挺得住，但繼續打下去遲早會山窮水盡。

不愧是蒙面獅子，那身實力如假包換。而且至今仍舊深不可測……

彷彿從蓋德的射程外重複發動攻擊，要將那身裝甲擊穿——宛如一架衝鋒直升機。

哪邊有利自然不在話下，但勝負不單靠實力決定，還受時運左右。這一次勝利女神究竟會向誰微笑呢——

兩人的對決將會場氣氛炒到最高點。

「好、好強——！」

「太扯了。太扯啦，喂！」

有人一手拿著跟攤販買的薯條大聲嚷嚷。

也有人喝著啤酒滿臉通紅，興奮地尖叫。

觀眾們似乎也感覺到這兩人有多厲害，有如怒吼般的加油聲從各處響起。

蓋德有帥氣的高手風範，蒙面獅子則散發足以吸引觀者的霸氣。

看來這兩人在大會上一躍成為大受歡迎的選手。

雙方持續進行激烈攻防，卻分不出勝負。

一進一退，比賽進行中，兩人一直勢均力敵。

過了三十分鐘依然如此。

蒼華也很興奮，大聲播報兩人的戰況。

裁判迪亞布羅則用認真的眼神看著他們二人的戰鬥。

接著又過了二十分鐘——

「沒想到你跟本大爺打竟然能撐這麼久。值得讚許。」

「呵、呵呵，這、這是我的光榮。竟受您這位偉大之人誇讚——」

「客套話就免了。話說回來，本大爺想問個問題。」

「——儘管問。」

「你為什麼不使用技能？」

「用不著。因為大人您不會展現真實姿態。」

「呵呵、呵哈哈哈哈！嘴上說本大爺偉大，卻認真想贏得比賽嗎？有趣。雖然不能對外展現真實姿態，但就讓你見識見識看家本領吧！」

兩人反覆進行攻防之餘，還如此交談。

一般觀眾應該聽不見，但我透過迪亞布羅的耳朵將內容聽得一清二楚。

我也在納悶蓋德為何不用技能，原來理由是這個。跟那個蒙面獅子對戰，蓋德希望在相同條件下取勝。

蒙面獅子——不，卡利翁可以透過「獸化」發揮真本事。如今他扮裝出場，不一定會使出全力。

蓋德明白這點，所以他也不使用獨有技「守護者」跟「美食者」，而是靠肉身作戰。

不過，不想在眾人環視中展露真本事，這也是原因之一吧。

畢竟某個匿名者的留言也提過這件事。

卡利翁似乎也同意了，不打算秀出真本事，以免真實身分穿幫。

話雖如此，卡利翁還是很強。非區區魔物或魔人可比擬，他的力量甚至凌駕高階精靈。

這樣的卡利翁似乎有點想秀出真本事。

「本大爺要出招嘍！」

「好！」

金色的妖氣瞬間湧現，朝卡利翁的右拳凝聚。

留下殘影，貫穿蓋德的雙臂。

其威力無與倫比。

蓋德的雙手猛然彈開，他的身體頓失防護，卡利翁的右拳則直逼蓋德胸窩——也就是要害之一。而這道衝擊在蓋德全身上下奔竄，形成一股物理性破壞能量。

「漂亮——看來我也到此為止了。」

話一說完，蓋德踉蹌一步。但他沒有倒下，而是蹣跚地走向場外。

迪亞布羅過去攙扶蓋德，並朝蒼華使眼色。

『勝負揭曉！蒙面獅子選手獲——勝！』

現場歡聲雷動。

不僅如此，還掌聲如雷。

人們都不吝於為兩人的決鬥給予讚賞。

「這招叫獅子咆拳。你該感到驕傲，蓋德。被本大爺其中一項奧義擊中不僅保住性命，甚至還能站著走動。」

「呵、呵呵呵……總有一天要跟您認真一戰。」

「本大爺也這麼想。好久沒打這麼痛快的架了。」

蓋德跟卡利翁互用眼神致意。看來他們不僅認可彼此，還惺惺相惜。

對他們兩人來說，這不算真正的對決。

的確。

若是兩人都認真起來使用技能，比賽結果或許就不同了。

然而這次是卡利翁獲勝，蓋德戰敗。

但我還是想誇蓋德做得好。

這些盛大歡呼就是證據。

因為這場比賽真的非常精彩。

我也跟大家一起拍手，目送蓋德走下舞台。

＊

四場比賽都比完了，進入中場休息時間。

午休完畢，下午開始要打第二輪。

第一輪的優勝者要互相對戰，不過累積了多少疲勞也會左右勝負吧。

我們有給選手回復藥，肉體上的傷將會痊癒。可是魔素量還剩多少，光靠外觀無從判斷。

人們還沉浸在上午那些比賽帶來的興奮情緒中，今天的第五戰即將開打。地點來到舞台中央。

賭上決賽參賽權，「勇者」正幸跟哥杰爾對戰。

接下來，這場戰事的可看之處在於正幸是否真的有實力。

我好像看到正幸的腳在微微發抖，這就是所謂的臨戰興奮反應嗎？

仔細看會發現他脖子上也流了一堆汗。

正幸真的跟日向一樣強？

我怎麼看都覺得不像。

觀察到一半，手裡拿著麥克風的哥杰爾開口了。

『跟利姆路陛下作對的「勇者」就是你吧？不知天高地厚，還真是可悲啊。』

說的話都在挑釁正幸。

然而正幸只露出冷酷的笑容——講難聽點是嘴巴抽搐——他將哥杰爾的話當耳邊風，朝蒼華伸手。

應他的要求，蒼華將麥克風遞給正幸。

『呵。你打得很精彩——』

『怎、怎樣？』

沒被人挑釁成功，還反而誇獎對手。

看來正幸比我想的還要成熟。

『——不過，還是非常令人遺憾。』

『你說遺憾？哪裡遺憾了？』
沒跟人開戰的意思，正幸和哥杰爾對話。
嗯——他到底想說什麼？
『假如你處在萬全狀態，我也願意認真跟你交手。可是現在的你為了剛才那一戰已耗盡大半力量吧？這點令人無限惋惜。』
沒想到他還沒開打就宣布自己不會認真作戰。雖說他說話的態度很真摯，但那些該不會只是藉口吧……？
『你在說什——』
『不，沒什麼。只是覺得就算戰勝現在的你，我也不會高興。』
『……』
『聽說你受命擔任魔王利姆路準備的迷宮關主？雖然你似乎不喜歡，更想當「四天王」——』
『怎麼可能！陛下希望梅傑爾跟我當地下迷宮五十樓的關主，這當然也是充滿榮耀的職缺！然而我們想將目標放得更高，只是如此罷了……』
『是嗎？可惜的是，在我看來剛才那個叫蓋德的人才強得足以當「四天王」呢——？』
『唔，咕唔唔唔唔……』
先誇獎對手再看輕他。
正幸在想什麼？
『跟現在的你對戰，贏的人會是我吧。可是跟使出全力的你對決，誰勝誰負就不一定了。如果是去迷宮那種對你有利的環境就更不用說。我覺得現在在這跟你決勝負太可惜了。』

『唔——？』

喂喂喂，難不成正幸不打算跟他對戰……

『我也想挑戰這裡的地下迷宮。這跟與魔王對戰是兩回事。怎麼樣？我們留到那時再分個高下，讓你在萬全的狀態下迎擊我如何？』

肯定沒錯。

正幸表現出游刃有餘的態度，但我看他很怕跟哥杰爾打。

難道正幸想靠一張嘴勸退哥杰爾……

我命哥布達跟蓋德測試正幸的實力，但哥杰爾不知道這件事。

所以說，搞不好——

『嘎、嘎——哈哈哈！你的氣度，我已經感受到了。你沒看錯，現在的我已經毫無餘力。跟梅傑爾對戰是我險勝。好吧。我就信你的話，在迷宮等你！』

唔哇——果然變成這樣！

哥杰爾這傢伙，竟然接受正幸的提議，還帶著坦然的笑容跟正幸握手。

看見這一幕，觀眾們也群情激昂。

平常看到有人沒打就離開舞台總是罵聲一片，不知道為什麼，這次卻拍手加喝采。有人誇正幸大器，也有人誇看出正幸肚量大的哥杰爾，那些不可思議的聲援籠罩整座圓形競技場。

我不懂。

真的不懂。

怎麼看都是正幸在虛張聲勢，到了觀眾眼裡卻變成高尚的行為。

正幸果然有某種魅力——不，等等？
若是我這樣想，可能連我都被騙去。
莫非這全都是演出來的？
怕我看到，所以為了隱藏實力，避免跟哥杰爾對打，這樣就說得通了。
那我果然不能大意。
由於正幸挺過這場比賽，之後等著他的就只剩決賽。
下一場由哥布達對卡利翁——蒙面獅子，贏家是誰跟本連想都不用想。
面對前魔王，那名自稱勇者的少年能戰到什麼程度？
嗯。這麼一想，朝這個方向發展也不是壞事。
我一面用這些話安慰自己，一面目送在歡呼聲中走下舞台的正幸。

*

接下來是本日最後一場比賽。
哥布達對蒙面獅子。
這場比賽的結果不用看也知道，也因為這樣，我想替哥布達加油。
雖然剛才說贏了就送他釣竿，但那可是我的一大力作。加強捲線機能，做出這支新型釣竿都是為了跟哥布達對決能逆轉勝。
怎麼能輕易送他。

釣竿本身三兩下就能做好，然而這攸關勝敗。

哥布達對釣竿勢在必得，如今幹勁十足。

我個人是樂見其成，想說起碼替他加加油。

因為結果一定是那樣嘛。

反正贏家會是蒙面獅子＝卡利翁。

都晉級到這裡了，想必卡利翁也想贏得勝利。否則跟蓋德對決後心滿意足，他早就在那時棄權。

這樣一來，我的憂慮也跟著沒了。

話說這憂慮就出在正幸身上。

讓卡利翁當對手測試正幸的實力，那可是求之不得。雖然覺得不該拜託蜜莉姆的部下，但事已至此就別介意了。

卡利翁很隨性，不曉得何時會棄權——我之前好像太過擔心這檔事。

剛才都白急了。

既然蓋德跟卡利翁沒有殺個兩敗俱傷，我的擔憂也隨之解除。剩下的事交給卡利翁就行了——我原本如此盤算。

可是，似乎看穿我的心思，哥布達幹勁爆發。

這傢伙真的很愛跟人唱反調。

背負人家的期待時就不努力……

不，不行。

我要好好替哥布達加油。

反正卡利翁贏定了，不能嘲笑哥布達的努力。

我打定主意便朝他看去。至於哥布達，他一開始就召喚出蘭加，還騎在對方背上。

喂，又找蘭加撐腰喔！

看來哥布達之所以信心滿滿是因為想讓蘭加去打。

只要不違反規定，這就是有效手段。既然哥布達有意取勝，這麼做就是正確的選擇。

在我看來，蘭加比蓋德還強。卡利翁認真起來另當別論，若他繼續以那副模樣戰鬥，蘭加的勝算很高。

咦，奇怪？

如果事情變成那樣，後續會怎麼發展？

不，還能怎樣？

萬一、萬一哥布達真的獲勝，大不了叫哥布達引出正幸的本性。

算是按最初的計畫跑吧。

這麼說來，哪邊贏都沒問題。

雖然交給哥布達讓人有點不安，總之就順其自然吧。

想到這兒，我開始替哥布達加油——

比賽開始。

「今天的我跟平常不一樣！」

那剛才的窘樣又算什麼——這話讓我很想吐嘈。

「別笑死人，小鬼。這麼說都是為你好，還是早點棄權——」

「蘭加先生，拜託你了！」

「嗯，我明白！」

不理會卡利翁的提議，哥布達他們先發制人。

這兩人可能利用午休時間商量過，動作沒有絲毫猶豫。

哥布達是認真的。

他真的想贏。

想歸想……

「鷲爪虎腳！」

如利刃的爪自卡利翁腳尖伸出。他放出宛如烈風的飛身迴旋踢，攻擊哥布達和蘭加。

那銳爪很長，讓人看不出攻擊範圍。就算成功閃避，爪尖也會放出類似真空波的東西，斬殺射線上的對手。

對卡利翁來說，這招八成就像在玩遊戲一樣，但在哥布達看來有如跟死神擦身。

「呀！」

先是叫了一聲，接著哥布達就從蘭加身上滑落。

果然。

好像有點勉強。

只見哥布達難看地爬行，想逃出卡利翁的視線範圍。可是任誰都沒資格笑他。

觀眾們似乎笑得開懷，不過這是因為他們不知道卡利翁有多可怕，大家才笑得出來。

光是能面對他、與他正面交鋒，哥布達就勇氣可嘉。

而卡利翁沒去管逃跑的哥布達。

不。是他沒辦法管。

不用載哥布達，身體變得輕盈起來的蘭加朝卡利翁猛咬。

目前蘭加化為大型犬尺寸。即使如此，他的牙跟爪仍十分銳利。

「嘖。」

卡利翁犧牲左手讓蘭加咬。然後當場將蘭加重重地砸在地面上。

但蘭加也不輸人。他輕巧地轉身，蹬地逃脫。

「噢、噢噢……那隻狼真厲害。」

「是啊。我記得黑牙狼就算是高階個體也只到C級？」

「就是凱先生提到的魔物吧。可是，那真的是黑牙狼嗎？」

蘭加的動作似乎令大家為之讚嘆，觀眾們開始騷動起來。其中某些人似乎有較豐富的知識，人們開始揣測蘭加的真面目為何。

是的，他的真實身分是黑嵐星狼。特A級的稀有魔物，並非隨處可見。

——我在心裡回答大家。

「群象走亂！」

卡利翁出招了。

他凝聚鬥氣，從高空中胡亂發射。

若在可自由行動的空間還有地方逃，但這裡是舞台上。逃出去就出界了，只能乖乖接招——原以為是這樣。

不料蘭加二話不說往外逃。

「什麼？」

卡利翁發出驚呼。

大概沒想到蘭加會在這時棄賽逃走。可能是太過錯愕的關係，他瞬間露出破綻。

「趁現在！」

啊！

是哥布達的聲音。

同時有道黑影衝出。

是蘭加。剛才逃到場外的蘭加又一臉理所當然地從哥布達的影子中衝出。

「你剛才不是出界——」

卡利翁大叫，不過——

『咯呵呵呵呵，再召喚並沒有違規。』

迪亞布羅出聲將他的話打斷。

啊，這完全是卡利翁的失誤。

的確，蘭加比哥布達強多了。

卡利翁當然會更提防他。

然而選手是哥布達。他本人沒出界就不算輸。

卑鄙如哥布達一開賽就逃到逼近界外的地方。他原本就打算這樣。

裝出一副狼狽樣的哥布達早就擬好計畫，因為他貪得無厭、只想贏得勝利。
這也改變了比賽的走向。
蘭加的牙擦過卡利翁頭部。他趁卡利翁不備發動攻擊，卻被人以些微之差避開。
——不，不對。
完美避開的卡利翁趕緊按住臉。
蘭加的計謀得逞，成功傷到卡利翁的面具。

卡利翁早就看穿他的攻擊。這當然，因為卡利翁有在提防。
但卡利翁有自信只要避免被正面擊中就頂得住吧。他沒有狼狽地迴避，而是維持身體平穩，選擇以些微之差防禦，好轉守為攻，對王者卡利翁來說，如此選擇並不會構成多大危害。
他總是從容不迫，帶著王者風範作戰。
卡利翁的思考模式一向如此，他也具備相應的實力，理當能這麼做，所以偷襲也會被他避掉。
可是這次蘭加原本就不是要攻擊卡利翁，而是他戴的面具。
卡利翁靠他異於常人的直覺選擇極近距離下迴避，讓自己不會受到傷害。不，該說是下意識不小心這麼做，所以蘭加才得以用爪子割開面具。
只見哥布達露出奸詐的笑容。
「很好很好，都按計畫進行！」
他興奮地大叫。然後舉起小太刀放出水冰大魔槍。
「看我的！」

「嘖，耍小聰明！」
哥布達的目的並非打倒卡利翁，而是摘下他的面具。
似乎發現了這點，卡利翁一邊用雙手護住臉，一邊作戰。
這時蘭加就盡情發動攻勢。卡利翁形同被封住雙手，要應付蘭加的攻擊似乎困難至極。
「好、好骯髒的手段……」
「這種打法未免太卑鄙……」
「給我認真打！」
觀戰的觀眾們開始連聲抱怨。
可是哥布達一點都不在意。
「吵死了！在這個世界上，贏的人就是王。利姆路大人也這麼說過！」
他朝觀眾們理直氣壯地叫囂。
是說你別把我拖下水……
「嘖，不愧是想當魔王座下『四天王』的人。用那種打法卻臉不紅氣不喘。」
「對。不只這樣，他還一副理直氣壯的樣子。」
「看他長一臉白痴樣，卻很會動歪腦筋，真是的。他一開始就有這個打算吧。」
「那好像還是魔王出的主意呢。看看那張蠢臉，他哪有這麼聰明。」
「真可怕。一個將『四天王』玩弄在鼓掌間的魔王嗎——」
連我都被人說三道四啦？
是哥布達害的。都是他不好。

我才不要這種聽人出主意才會辦事的「四天王」，但觀眾們聽不見我的心聲。好悲哀。

戰況開始對哥布達和蘭加有利。

最後卡利翁自行出界，勝負就此揭曉。

「可惡。這次就算本大爺輸給你們的計謀。」

卡利翁看起來一肚子火，但他依然保有冷靜的判斷力。與其在這場遊戲中繼續出醜，還不如早早棄權。

前魔王在這種比賽上吃敗仗，要是被人知道問題可就大了，那算是正確的選擇。

而這次敗仗的原因都出在某個匿名人士留下不必要的信息。

若沒人先下通牒，哥布達也不會想到這種作戰計畫吧。

『結局教人意外，太讓人意外啦——！』

蒼華一聲高喊讓現場也跟著喧騰起來。

有怒吼有歡呼，還混著笑聲。

雖然抱怨一堆，但觀眾們似乎仍看得很開心。

「話說那位戴面具的仁兄，不過是被看到臉罷了，那反應未免太誇張……」

諸如此類，甚至有人出言袒護。

不過，哥布達似乎完全被人當成壞蛋了。話雖如此，他討喜的臉加上滑稽的行動，兩樣要素合在一起，應該不至於讓人恨之入骨。

總之可以肯定觀眾都很滿足。

蓋德跟卡利翁的對決夠精彩才受人讚揚。哥布達則會因他有趣的表現受世人傳誦吧。

這個世界沒什麼娛樂。
跟英格拉西亞王國那規矩一堆的大賽相比，本國的比賽無奇不有，似乎更能抓住觀眾的心。
雖說比得亂七八糟，但帶來的成果還是可圈可點。

事後——
「你擅自參賽，罰你暫時不准躲在我的影子裡！」
蘭加搖著尾巴回來，我則朝他宣判。
他好像以為會受我誇獎，被我的宣判嚇到……
我才想問，憑什麼認為我會誇你？
不過，看蘭加悲傷地望著我，我的心難免有些動搖。
「蘭加，剛才說要罰你，但會視明天的決賽結果調整。」
「——！」
「你要好好努力，畢竟是召喚獸，要乖乖聽哥布達的話，不可以亂來。」
「屬下遵命！」
蘭加跟紫苑很要好，有時會做過頭。若是沒警告他，恐怕他明天出賽會闖大禍。
只要他還記得自己是哥布達的召喚獸，應該就沒問題了。不至於對正幸做出太超過的事。
「哥布達，你要跟蘭加同心協力，在明天的決賽上努力表現！」
「是！」
這樣就能放心了。

哥布達會稱職地替我試探正幸的實力吧。
畢竟最糟的狀況就是蘭加在眾人環視中拿出看家本領，而且還徹底敗給正幸。
到時我就得被迫上場，難以靠談判解決。
不清楚正幸的實力固然令人擔憂，但可以的話，我希望避免紛爭。
若蘭加他們順利獲勝，問題就解決了。
總之一切都靠明天的比賽決定。

＊

就這樣，第二天雖然也發生意想不到的插曲，但還是順利地按預定結束了。
六場比賽順利打完，只剩明天的決賽。
正幸對哥布達，這對戰組合出人意表。
多虧興奮的觀眾們蜂擁而至，夜市的營業額似乎高到不行。
迷哥迷妹都在誇正幸，自認是行家的一群人則稱讚蓋德與卡利翁，而一些狂熱分子則對哥布達頗為認同。
大夥兒開開心心地聊著他們對本日比賽的感想。
吃晚飯時也一樣。
來賓們分成好幾桌，盡情享用套餐。聊天的內容當然都跟今日那些比賽有關。
那個叫凱的男人似乎挺有名，打倒他的哥布達則備受矚目。此外，人們看來也對明天的決賽充滿期侍。

我們那桌也是一樣的光景。

「好棒喔——！果然沒錯，正幸大人光是站著也很帥呢！」

「會嗎？我比較喜歡老師——！」

「蓋德先生真有兩下子。帥氣度爆表啊。」

「嗯嗯。被蒙面獅子猛攻的時候，他還滿不在乎地接招呢！」

「就是說啊！居然能抵擋那個蒙面獅子的攻擊！」

「那真的好厲害。蒙面獅子有很多讓人看到入迷的帥氣招式。我也想學呢。」

「蓋爾你也想學？我也是！」

「嗯嗯，還有我！」

艾莉絲只愛正幸。

克蘿耶對他沒興趣。

以劍也為首的少年軍團好像覺得蓋德很帥，但卡利翁似乎更受歡迎。

也對，畢竟蒙面獅子很像超級英雄嘛。

對孩子們的表現感到莞爾之餘，我一面享用擺在桌上的佳餚。

我們沒吃套餐，改吃炸蝦特餐。主菜是漢堡排、可樂餅跟炸蝦。是專門給小孩子吃的餐點。

雖然我也很愛吃就是了。

當貴族自然要有人服侍，然而來到這邊用不著在意那種事。

因為我們用隔音效果不錯的屏風把每張桌子圍起來。每天都要注意禮儀實在很累人，第二天開始便命人採取這類措施。

所以我們今天就開開心心地吃飯聊天。

孩子們都為了白天的賽事興奮不已。

能讓他們這麼開心，表示這項娛樂產業辦得很成功。

雖然對明天的比賽感到不安，但過於擔心也於事無補。

大概聽到孩子們的談話內容，我看到隔壁桌的卡利翁正在偷笑。

還有老大不爽的蜜莉姆。

對那些人用隔音板也沒用吧。

我們這邊在說什麼，感覺他們都聽得一清二楚。

不過我也能聽見他們的聲音。

「呵呵呵，看來他們被本大爺帥到。這些小傢伙有眼光。」

「你在說什麼啊！明明連這種比賽都贏不了。」

「哎呀，別這麼說嘛，蜜莉姆。本大爺已經展現從容了啊，游刃有餘。」

「真丟人。難道你忘了身為前魔王的驕傲？」

「哈哈哈，沒那回事。本大爺已經跟想交手的對象打過一架了，對優勝沒興趣。」

「聽起來挺讓人羨慕的。」

「沒錯。當初我也該隱瞞身分參賽才對——」

這是卡利翁、蜜莉姆跟米德雷的聲音。

要是蜜莉姆表態參賽，我會盡全力阻止。

「等等，那樣不行吧，蜜莉姆。」

「就是說啊，蜜莉姆大人。沒想到高貴的蜜莉姆大人竟說要隱瞞真實身分出賽。」

卡利翁跟米德雷都頗有同感，幫忙安撫蜜莉姆。

她哪來的高貴氣息，算了，不跟他們計較。

「不管那個了。明天我們一起去看決賽吧！」

「哦？迷宮那邊已經準備好了？」

「準備得萬無一失。明天我會跟利姆路他們一起行動！」

「那我也陪您過去吧？」

「本大爺就不去了。因為有幾位部下邀。不能參加決賽雖令人惋惜，但本大爺明天要悠閒地逛逛這座城鎮。」

蜜莉姆明天也要觀戰啊。卡利翁要跟三獸士同行，看來芙蕾要負責盯蜜莉姆。

還好只剩決賽。

蜜莉姆好像更期待之後的迷宮介紹，看樣子用不著擔心。

「不過話說回來，既然那場大賽這麼有趣，早知道我也該參加一下。」

「哈哈，對了，你今天做了哪些事啊？」

「呵呵，米德雷先生今天都待在歌劇院呢。」

照這樣聽來芙蕾也在現場。

她知道米德雷一直待在歌劇院裡，人八成在現場。

知道有人這麼喜歡聽，我國的樂團成員也會很開心吧。

「啊？妳是說昨天那個聽了就想睡的東西？」

「卡利翁……像你這種野蠻男子，看來不懂藝術吧——」

「芙蕾妳好樣的，用不著說得這麼難聽吧？」

「昨天那個是哪個？」

「是音樂會，蜜莉姆。就是讓克雷曼很自豪的那種樂團，能奏出美麗的音色，這個國家也有在培訓喔。」

「本大爺倒覺得比起克雷曼的樂團，這邊的更好。」

「哦——想不到你也有這種程度的認知。」

「這話聽起來不像在誇人吶，喂！」

「那還用說。因為我不是在誇你。」

「妳對本大爺還是一樣過分……」

「總之連魯米納斯也不例外，今天一整天下來歌劇院裡最好的位子都被她霸占著呢。我可不認為憑你那種水準能聽懂這些音樂。」

「真的假的，那個魯米納斯耶！話說那傢伙也來了？」

「吼，我也很喜歡音樂啊！」

如此這般，他們熱熱鬧鬧地聊個沒完。

聊得這麼開心真是太好了。

就這樣，我在聽大家聊天，聽著聽著——

「話說回來，要是跟那個叫正幸的男孩對上，你打算怎麼辦？」

日向突然找我說話。

居然無預警地切中要害。

「這個嘛，只能跟他打啦？」

「咦——利姆路老師要跟正幸大人打？老師是很厲害沒錯，但我覺得正幸大人更強。」

「哪有？我覺得老師比較強！」

聽到我跟日向的對談，孩子們開始爭辯我跟正幸誰比較強。

艾莉絲跟劍也是正幸擁護者，其他人挺我。

選我的多一人，那瞬間我覺得自己贏了。

「好吧。老實說，那個叫正幸的少年，連我都看不出他的實力。必須嚴加戒備不會有錯。」

日向對我提出忠告。

這跟日向的技能有關，所以她不能當場透露太多，但她似乎替我探查過正幸。

結果正幸似乎是連日向都難以判讀的對手……

「雖然十之八九會是我的手下敗將——」

日向出言挑釁，說完還笑了一下。

令人懊惱的還在後頭。

「真的。我覺得日向姊姊不會輸給任何人。」

「嗯。雖然不甘心，但日向姊姊好強。」

「我想沒人能贏過日向姊姊喔。」

「嗯。我也這麼想……」

「肯定沒錯。就連那個蒙面獅子一定都不是日向小姐的對手。」

沒想到孩子們居然一致認可日向的實力在正幸之上。

聊我跟正幸時意見分歧，換成日向倒有共識……

這瞬間我真的好懊惱。

「不、不過正幸跟某人不一樣，感覺他會願意跟我談談，我想用不著杞人憂天啦。」

所以我不小心對日向說了有一點點酸的話——

「——這話什麼意思？」

只是一句話，現場立刻風雲變色。

而且還是很醒目的地雷，被我整個踩過。

這下踩到大地雷。

「啊，沒什麼。妳別在意。」

「想打架我可以奉陪喔。」

日向小姐妳也太暴躁了吧！

發現自己失言的我交出甜點布丁，好不容易才平息她的怒火。

只不過說了句多餘的話，這下損失可大了。

「不過，正如你所說，正幸似乎滿好溝通的。優樹還說自己是對方的監護人，大不了我也出面說個情。但可能沒這個必要。」

「嗯？」

「明天的比賽，正幸可能會輸掉。」

「嗯——這點我不否認。不過，對手是哥布達……那傢伙老是在關鍵時刻失敗——」

照尋常方式來明明頗具實力，卻會突然想到鬼點子。然後就搞砸……

哥布達就是這樣的傢伙。

這次可能也會在決賽上幹些鳥事——

《…………》

嗯？

奇怪，剛才有一瞬間智慧之王拉斐爾大人好像欲言又止——是我多心了？

算了不管它。反正也不是什麼大不了的事吧。

比起那個，眼下更重要的是哥布達跟正幸將一決勝負。

哥布達可以召喚蘭加，按一般邏輯看來他處在上風。假如正幸能戰勝蘭加，那他肯定是個威脅。

但我就是不覺得正幸威脅性很大。

「在我看來，那個叫哥布達的孩子也有過人之處喔。」

「不，我承認哥布達很有戰鬥天分。但他畢竟是哥布達……」

乖乖打就能獲勝的比賽，哥布達也能做些多餘的事搞砸。

「好吧。期待明天的比賽。」

話說到這兒，日向不再聊這個話題。帶著興高采烈的孩子們去逛夜市了。

求妳別把孩子們寵壞——我在心裡拜託日向。

嘴上意見一堆，其實日向很擔心我吧。

很高興她有那份心。

要是哥布達輸了，到時再看著辦。我已經做好覺悟了，應該不至於慘到哪去。

比起那個，我更該好好享受眼下的祭典。

問題堆積如山，該做的事多如牛毛。

但我還是覺得每天過得很充實。

對此感到幸福之餘，我重振心情。

然後帶著煥然一新的心情，出發去找在這之後和我有約的蓋札等人見面。

中場　深夜會談

帶著紅丸、紫苑和迪亞布羅，我來到會客室。

摩邁爾早已帶著緊張的神情在那等待。

朱菜負責招待客人。發現我們到來，她便為大家準備飲品。

「蓋札大人說他馬上過來。」

朱菜的話才剛說完，隨著房門開啟，蓋札進到屋裡。

「等很久了嗎？」

「不，我們也剛到。」

我們互朝對方開口道。

招呼也打得差不多了，大家到位子上坐好。

「先從結論講起。我一早就聯絡母國，要他們籌措國內剩餘的金幣，但只集到一千五百枚，數量不多。總不能叫人民掏錢，而且要在明早之前準備出來，這已經是極限了。」

如果是正在流通的金幣，肯定無法相比擬。可是要拿出金幣又不至於對矮人王國的經濟造成影響，蓋札說頂多只能集到這些。

用不著說也知道，我拜託他拿金幣跟我們換星金幣，蓋札才願意幫忙。

「真抱歉啊。這數量比想像中還多，多謝了。」

「嗯，明天早上會叫人用天馬空運過來，應該傍晚就能送達。」

一千五百枚金幣的重量滿可觀的。要他們特地運來不太好意思，還是我開「空間支配」過去拿錢好了。這樣更安全、更確實。

「是我拜託你們的，我去拿吧。」

「……這樣啊，你好像會『空間移動』，這樣的確比較穩當。我明白了，再跟他們說一聲。這先擺一邊，來談正事吧。拿這些錢付商人夠嗎？」

「嗯──這個嘛……」

很可惜，其實還差一點點。

這次的開國祭是第一屆，所以辦起來預算尺度拉很大。因此需要的金幣超乎想像，要三千枚以上。

用我的金錢觀換算相當於三億日圓。對照這個世界的經濟規模，那可是浪費到令人驚恐的地步。

我們的國庫就是這麼富有。

星金幣有一千五百枚。換算成金幣相當於十五萬枚。所以我們才不吝使用，想說只是金幣兩三千枚。

並非我國沒錢，若能兌換就可支付。可是這次的交易對象都是小販，這招行不通。

這樣就得從我們的國庫湊金幣……

我國好不容易才導入貨幣經濟，金幣流通量捉襟見肘。

雖聚集了不少各式各樣的銀幣，矮人王國的金幣卻不到百枚。

加上我的私房金幣三百枚。

摩邁爾湊的金幣只有千枚左右。

加起來共約一千四百枚。

加上蓋札替我們湊的份，還是不到三千枚。

「不夠嗎？」

「我大概算了一下，還缺幾百枚。」

「算預算缺口算得這麼隨便，虧你能辦這種慶典……」

「就臨時想到嘛。再說期限又短，沒辦法嘍。」

「……害我不知該從哪罵起。」

蓋札盛大地嘆了一口氣，傻眼地看著我。

不，那是因為……大家意願都很高啊。

又沒人反對……

我很想大聲辯解，但說出口可能會讓蓋札的怒氣大爆發。

沒喝醉的蓋札還是有點可怕。我是聰明人，決定別在這亂講話。

「既然這樣，不夠的份就讓我來出吧？」

我們談到一半，突然有人插話。

納悶來人是誰的我朝那看去，結果是帶著艾拉多的魔導王朝薩里昂皇帝——艾爾梅西亞。

坐在我隔壁的蓋札見艾爾梅西亞露臉就顯得一臉厭惡。雖然只有短短一瞬間，但足以讓人察覺變化。

我有些提防，同時朝艾拉多提問。

「奇怪，艾拉多先生……為什麼皇帝也來了？」

「哎呀，這個嘛——利姆路閣下，我跑去跟陛下商量，結果她二話不說答應提供援助——」

艾拉多說明時，艾爾梅西亞臉上堆滿笑意。

至於艾拉多本人則是一副苦瓜臉。

我看出一些端倪。是皇帝逼他的吧。

這種時候最好別自找麻煩。

「這樣啊，不，這個問題就讓我方——」

「嗯——剛才不是還在哀嘆錢不夠用嗎？我只是為了奠定兩國今後的友好關係才提議幫忙喔。」

她笑容滿面，眼裡卻沒有笑意。

直覺告訴我——這下事情麻煩了。

「不，就說……」

我相信自己的直覺，決定設法拒絕她。

想換金幣的事確實不假，但我更怕欠艾爾梅西亞人情。

金幣不足的部分只差數百枚，大不了給幾個商人一點顏色瞧瞧。避免對方看扁我們就好，只要對手沒蒙受損失，應該不至於對我們恨之入骨。

基於這層考量，我才做此判斷，然而——

「你就死心吧。那個女人話一出口就會堅持到最後一刻。而且跟那個女人為敵比對付整群商人還要棘手。現在最好乖乖接受她的幫忙。」

換上跟艾拉多一樣的苦瓜臉，蓋札不屑地說著。

真教人驚訝，看樣子連那個偉大的英雄王蓋札都難以應付這位艾爾梅西亞皇帝。

「哎呀，蓋札小老弟。你是在替我說話吧？我好高興！」

艾爾梅西亞難掩心喜地笑說。

她叫對方蓋札小老弟，兩人的關係可見一斑。

「別這樣叫我好嗎？那不重要，閣下妳有什麼企圖？」

「妳還是一樣嚴肅耶。明明妳祖父是個自由奔放的人。」

「就因為祖父是那種人，先王吾父才那麼辛苦。別管那個了，妳還是快點講重點吧。」

蓋札的性格確實挺奔放，但他平常都扮演嚴格的君王。理由在於成長過程中將父親的辛勞看在眼裡。

仍由先王治國時，蓋札最後那段自由歲月似乎過得很盡興。據說他就是在那時碰到艾拉多跟艾爾梅西亞。拜白老為師大概也是這個時候的事。

如今艾爾梅西亞依然會提到當時的事。

也許就像隨時將舊事掛在嘴邊的親戚大嬸。

怪不得蓋札看到她就頭疼。

「性子真急。你以前有這麼急躁嗎？」

蓋札藏得很好，完全看不出來，但他似乎非常煩躁。我看不穿，卻瞞不了艾爾梅西亞。

看人臉色對王公貴族來說是小事一樁。

所以他們才會小心翼翼地戴著面具具互相欺騙……在我看來該叫蓋札一聲師父，艾爾梅西亞卻把他當小嬰兒看待。

難怪蓋札臉上充滿厭惡。

這時艾爾梅西亞說了聲「也給我來杯喝的」，從朱菜手中接過水果酒。看她大刺刺地就座，大概趕不走了。

蓋札與艾拉多視線交會，兩者同時發出嘆息。

這兩人看似感情差卻默契十足，而且在艾爾梅西亞面前都跟小孩子沒兩樣，也許他們很像。
當然，經驗尚淺的我跟艾爾梅西亞交涉毫無勝算可言，所以蓋札才要我死了那條心。
「哎呀，這個也很好喝。」
「不敢當。」
朱菜倒的水果酒似乎很合她胃口，只見艾爾梅西亞笑得燦爛。
每口喝起來都不一樣，這是朱菜的私房珍品。若她嫌這個難喝，要準備更棒的東西就難了。
我稍微鬆了一口氣，蓋札接著開口，重新強調一遍。
「好了，已經夠了吧。時間寶貴，可不能浪費在閣下妳的閒情逸致上。」
他再次催促，這下艾爾梅西亞總算有意談正事。
「好吧。要我幫你，我只有一事相求。若你還會企劃這種慶典，務必邀我參加。如果你以後都願意邀我，我便樂於換錢給你。」
瞞著我暗中策劃這麼有趣的活動，不可原諒——艾爾梅西亞如是說。
這讓艾拉多抱頭仰天。
蓋札則一臉苦悶。
「我很樂意。」
我答得乾脆。
聽我給出回覆，艾爾梅西亞開心地笑了。
前後落差太大，也許是我錯看她。
可是她喜歡慶典的狂歡熱鬧，還說要參與這類企畫，可說正合我意。

「王族可不是人民的奴隸喔。王族自由自在地生活，人民也會開心。我也開心。那樣皆大歡喜啊！」

「有道理。我也這麼想。有人跟我站在同一陣線令人心安，今後也請多多指教。」

我跟艾爾梅西亞笑著握手。

這下我跟艾爾梅西亞就是戰友了。

除了我跟摩邁爾，又多了艾爾梅西亞這名新成員。「壞點子三人組」在這瞬間成形。

雖然蓋札跟艾拉多渾身發抖，似乎有不祥的預感，但那不干我們的事。

接著艾爾梅西亞拿出魔法錢包。

「這裡只有我的零用錢，頂多金幣一千枚左右。還要更多的話，我再請人拿過來？」

「不，目前這樣就夠了。那我用星金幣十枚跟您換吧。」

我也答得雲淡風輕，但這個人到底在想什麼啊？

竟然面不改色拿著千枚金幣到處晃，只能說她的金錢觀有點怪。

看來是如假包換的大富豪，聽蓋札的話沒與她為敵是正確選擇。

「好啊。你要確實遵守約定喔。」

「當然！」

聽艾爾梅西亞這麼說，我笑著頷首。

接著她便乾脆地當場跟我換錢。

再來就等明天一早到矮人王國兌換金幣一千五百枚，就能湊齊必要枚數了吧。

這下問題就解決了，我放下心中那塊大石。

迪亞布羅對這樣的我說「太好了，利姆路大人」，又替我倒了杯茶。

看他也替蓋札和艾爾梅西亞等人倒茶，我一面開心地喝著。

「雖然有人想等著看利姆路大人的笑話，看您是否連規矩都無法遵守，然而這下對方的計畫將以失敗收場。」

紅丸也露出無畏的笑容。

某個人想贏過我、不讓我出頭，這下對方的計畫就告吹了。

我們不用跟小販們低頭謝罪，保住了顏面。

彷彿卸下心頭的重擔，心情變得好輕鬆。

這時艾爾梅西亞對我們幾個說出耐人尋味的話。

「但我想，就算來不及準備金幣，還是有人願意協助你們喔。」

「嗯，什麼意思？」

我有聽沒有懂，便開門見山地問了。

「想讓對方聽話，與其用恐嚇或威逼之類的強硬手段，還不如施恩給對方，這樣簡單許多，成功率也更高。」

艾爾梅西亞說完便露出微笑。

肯定沒錯，那是一國之君才有的笑容。

這句話讓迪亞布羅靈光一閃。

「原來如此。您是說有人會不請自來，想當和事佬？」

「是啊，這有可能。可是，就算這號人物出現，我猜也會是某人的傀儡。」

「咯呵呵呵呵，這想法真有趣。他們先引發問題，然後再替我們說情好施加恩惠。這計策確實可行。不過——」

「就算手邊沒有金幣，拿證明文件就沒問題了。讓各國重鎮看看你們多沒信用，並讓他們知道自己很有信用，這樣就能賣人情給你們。」

「真貪婪。真像人類會有的思考模式。讓我多上了一課。」

呃，也就是說？

為了賣我們人情跑去說服零售商，想拉攏我們的人可能會出現？而這個人只是聽令行事的小角色，隨時都能捨棄？

原來如此——若我們信任那個人，就拉攏我們。若是我們對那個人起疑，就捨棄這項策略是嗎？

當然，也許他們只想讓我方顏面盡失，但……總覺得艾爾梅西亞的預言會成真。

迪亞布羅似乎也覺得可能性很高，帶著讓人不寒而慄的笑容陷入沉思。

「這麼複雜的事我聽不大懂，但妳知道策畫人是誰嗎？莫非在那個——由西方諸國組成的評議會成員中，有人想試探我們？」

這問題來自紅丸。

他那粗魯的語氣並未惹艾爾梅西亞不快，只見她臉上浮現笑容。

「我也不清楚喔。因為本王朝沒有加入評議會。不過——如果是那位仁兄，應該知道些什麼吧？」

艾爾梅西亞說完就盯著某個方位看，視線前方是陷入沉思的摩邁爾。

「咦，在說我嗎？」

突然被人指名似乎令他很慌張。

但他馬上恢復平靜，有些苦惱地開口：

「我是聽過一些傳言。據說私底下還有一個委員會，西方諸國全任他們擺布。好像是評議會裡的高階支配者……但只是傳言啦。畢竟評議會成員都是各國代表。全都是王公貴族，身分掛保證。」

照摩邁爾的話聽來，商人之間似乎有某種傳聞。

他們說另有一幫立於權力中樞的支配者。

摩邁爾說這種傳聞已經跟陰謀論沒兩樣了，他個人是不信這套說詞……

「——若有可疑人物出面仲裁……就讓我調查他的身家，揭發他的背景。」

這時跪在我身旁的蒼影開口道。

都沒發現他在那裡……

我壓下驚訝的心，狀似昂揚地點點頭。

「嚇我一跳。連點聲息都沒有呢。」

「之前就跟您說過啦，陛下。這裡的居民都異於常人，親身訪問太危險——」

「呵呵呵。不過，這是很有趣的體驗。對了，利姆路先生，可以問你一個問題嗎？」

嗯？

事到如今還想問什麼？

「好的，有何指教？」

「朕想跟你們締結盟約。可是在那之前，要先聽聽你的想法——」

艾爾梅西亞散發的氣息頓時一變。

不再隱瞞剛才瞬間展露的王者風範，筆直地看著我。

一股龐大的壓力幾乎要將人壓到喘不過氣。

蓋札根本不是她的對手，這是——「英雄霸氣」。

「請說吧——」

既然這樣，我也用「魔王霸氣」抗衡。

我們互瞪，用眼力一較高下。

本人打算正面迎戰，所以我目不轉睛地看著艾爾梅西亞。

「你打算怎麼處置那個惡魔？那個危險至極的始祖——」

始祖？

雖然不知道艾爾梅西亞在說什麼，但惡魔是指迪亞布羅嗎？

他的確很強，但不至於危險成那樣吧……

「不，我沒什麼打算啊。迪亞布羅做事讓我很滿意，有什麼問題嗎？」

「……那我換個方式問。假如那個惡魔失控，你要如何負起這個責任？」

失控？

他確實有失控的疑慮呢。

看來都被艾爾梅西亞看穿了，知道我有多辛苦。

的確，迪亞布羅何時失控都不奇怪。

但這不只是迪亞布羅一人的問題。

雖然不願這麼說，但我家還有紫苑這個問題兒童。

她好像在擔心我，但這不是艾爾梅西亞小姐能解決的問題吧。

「這個嘛，我會在他失控前制止。為了避免出現傷亡，只能這樣了吧？」

若是有其他方法，拜託妳教教我。

只能在他失控前阻止。

聽我這麼說，迪亞布羅很是開心。

不，你是問題兒童的當事人之一。那麼高興要我該怎麼辦才好……

困惑的不只我一人。

「啊？那個——先等一下？雖然一不小心就變回本性了，但你說要阻止那個惡魔？要負起責任？」

「對。他確實很容易失控，但最近已經會把我的話聽進去，跟以前相比算是安分許多喔。」

我帶著滿滿的自信應答。

迪亞布羅跟紫苑，若他們繼續保持目前這樣就不會引發問題吧。

雖說紫苑一副事不關己的樣子，讓我有點不安……總之沒什麼好擔心。

聽我給出這個答案，艾爾梅西亞露出少女般的笑容。

「欸，艾拉多小弟弟，你聽到了嗎？魔王利姆路很有氣度，比你說的更大氣！」

艾拉多的苦瓜臉皺得更厲害。

你也不好混呢，要侍奉這麼自由奔放的主子——我在心裡安慰他。

「鬧夠了吧，艾爾梅西亞閣下。利姆路都這麼說了，我也支持他。要是出什麼事，本人蓋札・德瓦崗保證會助利姆路一臂之力。」

展現許久未見的可靠，蓋札出面聲援我。

艾爾梅西亞愉悅地看著我們。

接著——

「你在這方面有何看法，朕已經明白了。若你要與人類為敵，到時朕會盡全力阻止。希望我們能就此維持良好關係，加深兩國的羈絆。艾拉多——」

「在！」

「魔導王朝薩里昂與朱拉．坦派斯特聯邦國正式結盟，朕已經准了。之後的手續你看著辦。」

「是——！」

不愧是皇帝。

命艾拉多處理雜事仍充滿威嚴。

我也要好好學學。

「那麼，若出什麼差錯，就找我或蓋札小弟弟商量，千萬別失控喔。」

艾爾梅西亞這話是對我說的。

我不懂。

剛才還在聊迪亞布羅跟紫苑失控的事，話題怎麼不知不覺轉到我身上。

還叫我別失控……真失禮。

「我說，別看我這樣，本人做事很深思熟慮喔！別把我說得像會隨時失控一樣——」

「利姆路啊，那一時興起舉辦開國祭的是誰啊？」

蓋札的目光咄咄逼人。

問我這個人是誰，我只能答「就是我」。

「好像是摩邁爾老弟？」

「才不是，利姆路大人！」

果然不願對號入座……

「好啦，我知道了。下次我會好好跟人商量。」

「這樣才對，拜託你嘍。」

「照理來說不該對別國的王說這種話，但你是例外。可別怨我們吶。」

太嘮叨會變成干涉內政，蓋札這麼說。不過我有不少點子似乎很難被這個世界接受，希望我事先跟他們商量。

這不是好壞問題，而是在蓋札等人看來有那個必要。

這對我來說也沒壞處。為了抵禦天使族帶來的文明破壞，能得兩國協助算我幸運。

解決金幣問題後，不知為何演變成我遭人說教，這就算了吧。

艱澀的話題結束。

已經跟艾爾梅西亞約好，今後兩國會構築良好關係。原本只是無心找她商量，卻帶來意想不到的莫大成果。

原本打算就此散會，艾爾梅西亞卻說她話還沒講完。

她一臉認真地看著我，感覺有點拚命。

不曉得有什麼事，我也跟著緊張地回問。

「那個，還有什麼問題嗎？」

「不不不，沒什麼問題喔！這是我個人的請求……希望你替我引介吉田大師！」

「慢著，陛下，您在說什麼啊？趁亂說這種話未免太厚顏無恥！」

還在想是多大的難題，原來是這碼事。

看艾拉多一陣驚慌，其實事情沒那麼嚴重。吉田先生應朱菜的請求來到這個國家，目前仍發揮廚藝替我們做菜，但我沒問他慶典後有何打算。

我個人希望他留在本國，但決定權在吉田先生手上。

只是替艾爾梅西亞引介罷了，沒什麼問題。

「小事一樁。不過，請您別強迫吉田先生做事喔。」

我朝艾爾梅西亞說道，答應得很乾脆。

「那當然！」

艾爾梅西亞也樂得接受，等慶典結束再引介吧。

就這樣，在深夜舉辦的「超大國三巨頭會談」悄悄告終。

第四章

決賽與迷宮開放

Regarding Reincarnated to Slime

開國祭第三天早晨。

我出發前往矮人王國，拿星金幣換他們準備的金幣。

這下問題就解決了，接下來等著看落井下石的人做何反應。

有鑑於此，後顧之憂沒了，好好享受慶典吧。

首先是本日預定的行程。

正幸與哥布達將一決勝負。

圓形競技場熱鬧非凡。

大夥兒都熱衷預測誰是贏家，甚至還開了賭局。

摩邁爾也努力做莊，期待看到這將帶來多大收益。

賭博必勝心法——就是當營運人。

不管預測如何，一定會賺到錢。這就是所謂的賭博營運學。

我為了賺零用錢就跑去押哥布達，這絕不是為了爆冷門以小博大。

對，絕對不是——被賠率迷暈才砸下大把金錢。

喔，這種事不重要。

如今最重要的是聲援哥布達。

『接下來——終於要進入決賽了！今天能榮獲冠軍的究竟是哪位選手！是「閃光」正幸，還是以「四天王」候選人之姿崛起的小小鬥士哥布達？』
蒼華的播報也恰到好處。
不著痕跡狂讚哥布達，斷他的退路。不曉得蒼華她有沒有自覺，但這樣逼人實在很黑心。
這時迪亞布羅舉手，會場頓時鴉雀無聲。
怎麼了？好像有些女性觀眾看得一臉陶醉……
去想就輸了，還是當作沒看到吧。

若哥布達就此戰勝正幸，所有的問題都迎刃而解。
萬一正幸真的跟日向一樣強，哥布達就無勝算可言。
但我也能透過這場對決獲取情報。假如正幸跟哥布達打卻陷入苦戰，至少能確定他的力量並不構成威脅。
再說還有蘭加在，哥布達運氣又好。
要試探正幸的實力，這種狀況其實也滿理想的。
蒼華流暢地介紹兩名選手。
等她介紹完，比賽隨即展開。
好了，來看哥布達能將正幸的實力引出幾成。
一面想著，我靜待賽事開打——

正幸滿心焦急。

昨天看完哥杰爾對梅傑爾的比賽，知道接下來要跟這場比賽的獲勝選手對戰——

（完了。跟、跟那種怪物對戰，我會被牠宰掉！）

他頓時血色盡失。

當他設法耍嘴皮試探哥杰爾，成功讓對方放棄比賽時，正幸真想誇獎自己。

可是看完之後的比賽，正幸又身陷絕望。

（我怎麼可能贏得了！搞什麼，這個國家的武鬥大會盡是些怪物參賽嗎？）

他不禁萌生想如此咒罵的衝動。

明天決賽要跟他對戰的人，個個都是強過哥杰爾的怪物。

害他昨晚食不下嚥，抱著等待死刑的心情度過一晚。

（仔細想想，一切都太順利了……）

他對夥伴的實力過於自信，又被人們捧成英雄或勇者，所以正幸就想得太美，認為自己可以一路過關斬將。

至今都像這樣挺過難關，正幸便對此不抱任何疑問。

——不，該說他不願多想才對。

他毫無根據地確信自家小隊天下無敵，不管面對什麼樣的敵人都能戰勝。正幸就是依靠這種想法來維持內心的平靜。

（是說我怎麼會如此篤信這種愚蠢妄想……我想逃走。好想逃離這裡！）

他想逃的念頭已萌生不下數次……

「嘿，正幸先生。等你明天贏得比賽，要直接找魔王單挑嗎？」

迅雷這話問得毫無心機，害正幸很想怒斥「開什麼玩笑」。

都是魔王利姆路的錯。

都怪他長得那麼溫和柔弱，正幸才會不小心放鬆警戒。否則他會更慎重行事，以便保護自身安危。

「反正只是時間的問題。正幸大人會打倒魔王，解救這個國家。」

「跟魔王作戰前，是否該跟優樹先生商量？不過別因獲勝輕而易舉，明天就大意輸掉比賽嘍！」

「我說邦尼，這怎麼可能？」

「蒙面獅子很危險，但對付那個叫哥布達的滾刀哥布林輕而易舉。他還沒叫出那個棘手的召喚獸，賽就比完啦。」

最好有那麼容易。

正幸連該怎麼對抗敵人都毫無頭緒，腦裡能想到的就是自己將慘遭蹂躪。

可是看到同伴們投來信賴的目光，他就無法說出真心話。

只好對他們說句「總之我會努力啦」蒙混過去。

決勝時刻無情地逼近。

正幸去了廁所好幾次，避免比賽時不小心尿褲子，他確定自己能尿的都尿完了，這才上場。

（啊哇哇哇，怎麼辦？該怎麼做才能活著回去？）

站在他眼前的這名戰士有點駭人。名字叫哥布達，剛才負責播報的小姐說過。

雖然袞說滾刀哥布林不算什麼，但正幸可不這麼認為。

（滾刀哥布林？騙人！哥布林不是最弱的魔物嗎？怎麼會進化得這麼有看頭！）

『接下來，各位！第一屆坦派斯特武鬥大會的決賽即將展開！雄霸一方的是魔王利姆路陛下直屬幹部，狼鬼兵部隊的年輕隊長哥布達選手！對手是西方諸國的英雄，閃光的「勇者」正幸選手！兩人會為我們帶來什麼樣的比賽——？各位請看，他們在舞台中央互瞪。距離比賽開始還有——』

等她播報完，比賽就會開打。

（糟糕。時間真的所剩無幾。）

明明就尿光了，正幸卻緊張到快要尿褲子。

若他有更多餘力，實在很想看看播報小姐的尾巴根部長什麼樣子，但正幸沒這種閒情逸致。

他想起自己有某種力量。

想起獨有技「英雄霸道（天選之人）」——這個莫名其妙的能力。

當時曾聽見一道冷冰冰的聲音在腦內響起，告訴他疑似如此稱呼的技能名稱。

最近他才搞懂，這項技能似乎有各式各樣的效果。

他還得知大家會擅自做有利於他的解釋，將自己當英雄崇拜都是拜這項技能所賜。

反過來說，因為這技能擋都擋不住，才造就今天這番局面。

（——對喔。話說昨天那個叫哥杰爾的魔物，我的力量也對牠有效。總而言之，只要能平安挺過比賽……）

讓人們擅做解釋的技能——這是正幸的解讀，他決定這次也要拿它賭一賭。

確立方針讓他稍微冷靜些，正幸這才朝對手看去。

接著，該說是偶然嗎？兩人的視線撞在一塊兒。

仔細看會發現對方也一副坐立難安的樣子。

（咦？照這樣子看來，好像有搞頭……？）

在英格拉西亞舉辦的武鬥大會上，對手也是這副德性。自己在那幻想正幸比他強，最後自取滅亡，這種人何其多。

這時正幸有個念頭。

搞不好這次也能獲勝。

想到這邊，他的腳就不抖了。

（若是進展順利，或許這次也能不戰而勝。）

萌生些許餘力後，正幸便有此打算。

後來他馬上就體認到一件事，就是這個想法過於天真——

●

『那麼，比賽開始！』

蒼華一聲令下，比賽就此展開。

「唔喔——我要上了！」

首先是哥布達主動衝上前。

這傢伙該不會想在受重傷之前先棄權吧……我原本這麼想，但看來是白擔心了。

看來用釣竿當餌對哥布達來說具有莫大吸引力。

他跟正幸對決的模樣前所未有地認真，就像滑壘般滑向場外。看來就跟他昨天對戰卡利翁一樣，打算到鄰近界外的位置。

相較於對正幸充滿警戒的哥布達，正幸則沒有任何動靜。他慢慢朝哥布達轉頭看去，「呵」的一聲，嘴邊露出一抹冷笑。

『哦——長得帥果然比較強嗎！面對哥布達選手的奇妙行為絲毫不為所動，正幸選手充分展現從容——！』

蒼華的話真傷人。聽完她的轉播，不只是哥布達，對臉沒自信的人也要哭了。

正幸確實長得帥，但她未免誇過頭了。

「嘿、嘿嘿，跟我想得……一樣……那反應在說我做什麼都沒用吧？雖然很想靠自己現在的實力試一下，看能打到什麼地步……但八成傷不了他。那就讓我用這個，最新取得的究極力量吧——！」

啊，那小子……果然又想亂來。

那傢伙這麼做肯定會把事情搞砸。

事到如今我已經懶得阻止他耍笨了，但說真的，還是希望他正式上場時別瞎搞。

《告。昨晚個體名「哥布達」獲得獨有技「魔狼召喚（給我力量）」。推測原因在於個體名「蘭加」強行介入，

《追加技「同化」亦獲得整合，似乎能與召喚出的魔狼（蘭加）「合體」——》

什麼？

是說哥布達學會「魔狼召喚」，可以跟蘭加合體了？

怎麼會……咦，這麼說來，昨晚智慧之王拉斐爾大師似乎欲言又止，莫非是要講這件事？

《關於這件事——》

這件事是哪件事？

智慧之王拉斐爾大師支吾其詞，表示案情並不單純。

哥布達突然獲得強大的力量，光想就覺得事有蹊蹺。搞不好是它幫哥布達一把，讓他獲得技能。

面對我的疑問，智慧之王拉斐爾大師沉默以對。

它不會對我撒謊，但似乎也不打算說真話。硬逼它回答也行，不過沒必要做到那種地步吧。

總之事情進展對我方有利，現在就先靜觀其變吧。

「就讓你見識一下！魔狼合一（變身）——！」

空間扭曲，蘭加被召喚到哥布達背後。

接著——蘭加趴到哥布達身上，跟他「同化」。

結果全身上下不留半點哥布達因子。

簡單來說，他們變成可直立行走的人型蘭加。

要我老實說的話，這樣超帥的。

可惡，區區哥布達竟敢變身！——這是我的心聲。

「唔、唔哇——！好帥。這是什麼，帥爆了！」

蜜莉姆在我身旁大聲嚷嚷。

看到哥布達變身讓她好興奮。

唔，嗯。我懂她的心情。

哥布達這傢伙，沒想到會從外觀上變得這麼厲害……

『這、這是！哥布達選手大變身，變成另一副模樣……？』

『這個嘛，那是能讓召喚獸的力量寄宿在自己身上的稀有技能。』

『也就是說，哥布達選手將昨天那隻召喚獸的力量納為己用嘍？這招厲害！看來發生不得了的事情了！』

連在實況轉播的蒼華都跟著興奮起來，語氣變得很雀躍。

迪亞布羅則顯得極度冷靜。對蒼華的疑問淡淡地做出回應。

「表示哥布達那傢伙可以自由役使蘭加的力量？」

「對，真厲害。蘭加似乎將主導權交給哥布達，這或許是超乎想像的絕佳拍檔。」

「可是，那是哥布達耶。」

「呵呵呵。哥布達好歹是老夫的徒弟。身體機能不如人，以前卻曾和比他強的魔人作戰。若能徹底發揮蘭加先生的力量，也許會有意想不到的成長——」

我的輕喃一脫口，一起觀戰的幹部們便陸續說出感想。

此外，觀眾亦緊張地觀望。

「嘿嘿，接下來輪到我了！」

剛才也是你出手，正幸什麼都還沒做喔。

出於對哥布達的嫉妒，我在心裡吐嘈。

就在我眼前，哥布達突然消失。

——不，我自然看得到他。可是看在一般人眼裡，八成跟消失沒兩樣。

『哥、哥布達選手消失了！究竟到哪去——』

蒼華刻意發出驚叫聲。

她明明就看得見，真愛演。

就在蒼華的視線前方——

轟隆————！

伴隨一記轟然巨響，現場發生小規模爆炸。

爆炸地點位於觀眾席正下方的壁面。剛好就是我們待的貴賓席這邊。

所以我看得一清二楚。

——哥布達先是帥氣地放話，然後就朝正幸衝過去。可是卻沒有停住的跡象，直接從正幸身旁衝過，接著就撞到牆壁，這段經過我都看在眼裡——

所以我才反對哥布達臨陣胡來。

他還沒做，我就知道以失敗收場的機率很高。

『哎呀，哥布達選手沒有起身，他還好嗎？』

哥布達撞到牆，整個人昏過去。

在那之前，一衝出舞台就等同喪失資格，算他輸掉這場比賽。

哥布達這傢伙根本不懂得控制力道。變身後擁有蘭加的力量是不錯，但被那股力量玩弄才會落得這般下場。

簡單講就是「跑跑停」這個思考模式，他是以舊有的身體機能為基準來計算的。

哥布達的一秒跟蘭加的一秒有著天壤之別。

換句話說，他還沒意識到「停」這件事，人就已經狠狠撞上牆壁了——就是這麼一回事。

而且就如蒼華所說，哥布達遲遲沒有起身。並非因物理衝擊失去行動能力，而是嚇到昏倒。

不知該怎麼說他……

剛展現那副帥氣模樣，緊接著就以難堪的姿態示人。眼下這情形從某個角度來看，只能說「真像哥布達會做的事」。

「……」

我啞口無言。

「那個笨蛋……」

紅丸為之仰天。

「這才像哥布達。」

紫苑在那兒竊笑。

「——」

還有不發一語，額上浮現青筋的白老。

「嗯——原來父親大人的徒弟是這副德性。」

紅葉這話讓白老的怒火更盛。

氣氛好尷尬。

這一切都是哥布達自找的。

話說會場裡的觀眾們似乎也反應不過來。

這時有人明明看不懂卻硬要找出答案，他小聲輕喃。

「是無影捧嗎？」

那句話在安靜的會場內顯得格外清晰。

「說、說得對。只有這個可能。」

「果然有兩下子。不愧是正幸大人！」

「唔、唔喔喔喔，好強、太強啦！」

「根本看不見。這也太厲害了吧！」

一句句都是在誇正幸，那現象轉眼間擴散開來。然後大家似乎把那當真，場內歡聲雷動。

不等蒼華跟迪亞布羅審議，場內充滿正幸獲勝的熱烈氣氛——

在我身旁，有個人氣到發抖。

「那、那傢伙……這是在小看我嗎？好不容易變得那麼酷，怎麼會搞成這樣？」

難得來個酷帥變身，結果卻變成這樣。害蜜莉姆空歡喜一場，期待落空而熊熊燃起的這把怒火將會反噬到哥布達身上。

「妳、妳先消消氣。別看他那樣，他已經很努力了。」

「利姆路，你這樣寵他對他沒好處！」

「正是如此，利姆路大人。老夫對哥布達似乎有些過於放縱。今後要對他更加嚴厲才行。」

白老同意蜜莉姆的說法。

我另當別論，但白老太寵哥布達，這種話還是頭一次聽到。

「好！我來鍛鍊他。利姆路，你把哥布達交給我。這樣一定能把他培育成了不起的戰士！」

蜜莉姆用亮晶晶的眼神看我。

說話語氣彷彿抓到什麼稀有魔物一樣。

要是我在這點頭答應，哥布達就可憐了……想到這兒，我憶起某件事。

「我也有事要拜託妳，若妳願意接受，我可以考慮看看。」

「好啊。你說說看。」

「其實是這樣的，克雷曼的大本營裡有座遺跡。我認為不該隨意給人探索，最重要的是，它可能會變成探查舊時代的貴重資料，所以我命人維持原樣。」

「嗯。」

「我想調查那座遺跡，希望妳能許可。」

「為什麼要問我？」

因為那邊現在是妳的領土啊——我心想。

「蜜莉姆。那塊土地現在由誰管理？」

我還沒吐嘈，芙蕾就用平靜的語氣問蜜莉姆。

「對、對喔。那塊土地現在是我的領土了。嗯，這件事我當然記得！」

一聽到芙蕾的聲音，蜜莉姆突然間挺直背脊，慌慌張張地說著。

看來她好歹記得那裡變成自己的領土了。

「那──」

「當然OK啦！」

她乾脆地允諾。

也許蜜莉姆只是想轉移話題，但對我而言能獲得許可就夠了，其他不重要。

雖然對不起哥布達，但這是一樁好買賣，我很滿意。

他完全派不上用場，正幸的底細連一樣都沒摸清就自取滅亡了。所以至少在這種地方借我利用一下吧。

再說哥布達還能受人鍛鍊，一舉數得。

「對了，利姆路，你去調查的時候，應該會找我一起去吧？」

「嗯──這個要看情況。其實我有邀請自由公會的專家。若妳覺得沒問題，一起來也行。」

「好啊，真期待！」

「是嗎？那裡很乏味，或許沒那麼有趣喔。」

等判定結果出爐前，我跟蜜莉姆在聊這方面的事。

時間才過幾分鐘。

接著，蒼華跟迪亞布羅終於討論完畢。

『判定結果出爐！至今還未恢復意識的哥布達選手令人擔憂，但這場比賽的優勝者是——』

用不著聽也知道。

帶著這個念頭，我等蒼華發表結果——

●

「就讓你見識一下！魔狼合一（變身）——！」

跟正幸對峙的哥布達放聲大喊。

就在這瞬間，正幸發現自己想得太美。

（等一下！這是什麼？沒聽說有這招啊！）

還來不及阻止他召喚，哥布達已經變成另一個姿態。

這是正幸始料未及的。

對方散發強者氣息。

就連形同門外漢的正幸也知道對方非等閒之輩。就算他聽說現場備有回復藥，但那又怎樣，掛掉就沒用了。

（喂！要是被那種巨爪抓到，這身爛裝備根本直接就變廢鐵啦。早知道會這樣，當初就不該嫌重拒穿全身鎧甲……）

想歸想，正幸同時也抱著「用魔鋼製的鎧甲將全身包得密不透風搞不好也沒用」這種逃避現實般的想法。

這時哥布達朝他大叫。

「嘿嘿，接下來輪到我了！」

不等正幸回應，他便擅自行動。

先等等，我要棄權——正幸才想喊出這句。

事情演變成這樣，就要先把尊嚴擺一邊，保命要緊。

這是正幸得出的結論。

面對變身後的哥布達，勝利兩字一點也不重要。

然而情況急轉直下，把正幸撇在一旁。

正幸還來不及說出「我要棄權」——

現場便揚起一道「轟隆隆隆——！」的巨響。

哥布達自取滅亡了。

正幸一時間反應不過來，只是呆呆地站在那裡。乘著爆炸風壓飛來的石壁碎片令正幸頰側一陣刺痛。

這股疼痛讓他意會到那是現實。

（不、不是吧……那招我本來沒有要避開。人們好像會朝好的方向曲解我的話，不管做什麼都無法真實反映，該怎麼辦……）

照這樣下去哥布達會喪失資格，自己則會成為贏家。正幸心想：「可是這樣真的好嗎？」

就這樣在比賽中贏得勝利，對他又有什麼好處？

（獲得挑戰魔王的權利？開什麼玩笑。那肯定是種自殺行為！）

正幸不是笨蛋。

就此取得優勝，他就要跟魔王利姆路對戰。正幸知道這代表什麼。

像是剛才從眼前跑過的黑狼，還有昨天的蒙面獅子等人，正幸根本不是他們的對手。而魔王利姆路是那類魔人的頭頭，找這種對手打架只會被修理得慘兮兮。

（應該說我絕對會沒命啊！）

不是他的技能有用沒用的問題，而是雙方根本是不同層次的人，他哪打得過魔王。

就在這認輸吧——正幸已經下定決心，認為這樣最妥當。

說他使出無影捧？吵鬧不休的觀眾好煩人。

不快點做些什麼，這樣下去對手哥布達就會失去資格並輸掉比賽。

正幸絞盡腦汁，這是他生平最耗腦力的一次。

該怎麼做才能順利讓自己輸掉比賽——

『判定結果出爐！至今還未恢復意識的哥布達選手令人擔憂，但這場比賽的優勝者是——』

糟了。正幸立刻採取行動。

「——等等。」

他心中極度慌亂，可是表現出老神在在的樣子，伸手制止蒼華。

『怎麼了……？』

正幸默默地伸手，識相的蒼華便將備用麥克風遞給他。

『這場比賽，輸的人是我吧？』

拚命掩飾簡直要發顫的聲音，正幸開口說道。

接著蒼華便納悶地反問：

『這個——可是，正幸大人，剛才那個不管怎麼看都是哥布達選手自取滅亡耶……？』

『或許是吧。不過，我沒看穿他的攻擊。我覺得自己還有待加強，現在挑戰魔王，言之過早——』

正幸慢慢說避免吃螺絲，一面掩飾狂噴的汗水，把有些牽強的藉口說得理所當然，為其增添說服力。

之後便不再多說什麼，正幸頭也不回地離開現場。不管別人問什麼都無意做答，他選擇默默離去。

（我的力量會發揮效用，就算什麼都不說，觀眾也會天馬行空亂想，然後擅自掰一套說詞吧。比起那些，如今首要之務是逃離現場……）

正幸長這麼大第一次如此專心地移動腳步。

就這樣，正幸從生平最大的危機中華麗逃脫。

●

哥布達明明自取滅亡昏倒，正幸卻突然宣布自己戰敗。

「那傢伙在想什麼？」

「唔——搞不懂耶。」

「他應該不至於對哥布達心生畏懼才對，是有什麼目的嗎？」

紅丸跟紫苑似乎也一頭霧水，目送正幸離開會場。

這小子果然只是在虛張聲勢？

還是另有打算？

好吧，想破頭也沒用。

既然正幸都放棄跟我作戰的機會了，我想結果沒事就好吧。

觀眾們一開始也百思不解。

「……是當著魔王的面不便秀出真本事嗎？」

「不不不，他可是使出無影摔絕技呢。」

「嘴上說自己沒徹底看穿攻擊，卻毫髮無傷——」

「不，他臉頰上有一點小傷……」

「你說什麼？正幸大人的臉竟然受傷了——！」

人們開始像這樣七嘴八舌——

「原來如此，我懂了！」

這時某個男人大叫，事情出現轉折。

「正幸大人是不是給魔王時間猶豫？」

「什麼意思？」

「魔王說他想跟我們和平共處。這件事大家都曉得吧？」

「那還用說。」

「當然！」

「所以啦，剛才他做的事其實是在警告魔王利姆路。」

那個男人開始一臉得意地說著。莫名具有說服力這點總覺得讓人很火大。

可能是因為這樣，陸續有人認同男人的發言。

最後終於——

「原來如此，聽你這麼說我就懂了。這次正幸大人還是一樣，都沒拔劍吧？」

「算你眼睛夠利，就是那樣。參加這種大賽隨時都能取勝，這是正幸大人想對大家傳遞的訊息！」

「原來是這樣！而且還暗示魔王『敢做壞事可別以為我會坐視不管』對吧？」

「應該是那樣沒錯。不過，就算他真的跟魔王利姆路對戰，打倒對方也不至於取他性命吧。」

「甚至不惜矮化自己……這、這位大人真是太偉大了！」

「厲害。不愧是正幸大人。」

「對，他真的好帥！」

諸如此類，人們開始用令人驚奇的解釋自圓其說。

不知不覺間大家團結一致，開始異口同聲地誇起正幸。

『正～幸、正～～幸——————！』

他們在那大合唱……

這是什麼？某種宗教嗎？

總覺得心裡有點毛毛的。

面對他們的聲援，正要離場的正幸舉起一隻手回應。動作好僵硬，令人有些在意。

話說回來，正幸這傢伙真是不可思議。

為什麼大家把他捧成這樣？

《答。可能是個體名「本城正幸」擁有的獨有技效果。》

我才在想世上存在某些不可解的事，這時智慧之王拉斐爾大師對我做了不少說明。看來它夠精明，已經替我分析正幸了。

正幸的技能似乎能夠發揮特殊效果，受其影響的人，思考跟情感都會被刺激。

正幸之所以放棄冠軍寶座，是因為他親眼目睹哥布達的力量吧。這只是我的猜測，但他巧妙哄騙哥杰爾，就這點看來，八成是正幸認為自己贏不了對方。

以此為前提，再回想正幸的戰鬥方式，他面對敵手根本無法及時做出反應吧？怪不得從未拔劍。

結論就是正幸本身的戰鬥能力並不高，大概是這麼一回事。

日向似乎也看不出正幸到底有多強，那當然，因為正幸根本就不強。

話雖這麼說，正幸卻不容小覷。既然他有莫大影響力，與他為敵會帶來不少麻煩。

這號人物肯定不容輕忽，我還覺得必須跟他套好交情呢。

為了達成目的，我要對他說「咯咯咯，我知道你的祕密喔」來威脅正幸——開個玩笑罷了。

想必正幸現在正絞盡腦汁想著該如何對付哥杰爾，但又不能當著夥伴的面逃跑。

晚點再跟他搭話，說聲辛苦你了，然後提議雙方合作。

我可以巧妙將正幸包裝成勇者大肆吹捧，用來替迷宮攻略戰做宣傳。

「蒼影！麻煩你去跟正幸接觸，說我想見他。」

「遵命！」

「務必慎重以對，邀他一起共進之後的午餐。」

基於同為日本人，我也想跟他說說話。
再拜託白老，請正幸吃點壽司吧。
我腦中如此盤算著，祈盼自己沒料錯。

我正在想正幸的事，這時哥布達似乎也恢復意識了。
而蒼華跟迪亞布羅亦重新審議，決定接受正幸的提議。
『雖然發生一連串意外插曲，但因為正幸選手退賽的關係，優勝者為哥布達選手！』
會場各處傳出不滿的聲音。
這也難怪。眾人期待的決賽卻遇到哥布達自取滅亡，再加上正幸事後退賽。有付錢的人就算客訴要我們退錢也不奇怪。
不過，這些人只占少數。
畢竟是正幸本人也能接受的結果，所以大家似乎對我也沒什麼怨言。
哥布達的實力也算是有獲得大家認可，這也是不滿聲浪不至於太過猖獗的主因吧。
但哥布達是壞蛋這臭名聲並未消弭，人們好像都當他是卑劣的男人。
『來，哥布達選手！請說說你現在的心情？』
『咦、咦？真的嗎？我是冠軍？』
『沒錯。哥布達選手的活躍表現果真不同凡響！』
虧妳說得出口。
哥布達只是衝過頭撞到暈倒，蒼華卻猛誇他，助長他的氣燄。

總而言之，對決就此落幕。

之後我也來到舞台上，為各個選手進行表揚。

跟八名選手說話，誇獎他們的英姿。

至於正幸的夥伴迅雷，我則依約送一套裝備給他。凱見狀莫名其妙對我發牢騷，說「我也要一套」，但我沒跟他做那種約定，就當他是空氣。

正幸則答應會「回應邀約」。

他一副做好覺悟的表情，是不是哪裡搞錯了？

總之待會兒跟他坐下來慢慢談，把誤會解開就行了。

最後是哥布達。

『做得好，哥布達。從今天開始，正式任命你當「四天王」！』

雖說劇情發展令人意外，但贏了就是贏了。

這下按照約定，哥布達將加入「四天王」。

讓他當花瓶當之無愧。

就算打輸人，只要這麼說就得了——「咯咯咯，這傢伙是四天王中最弱的。是四天王之恥！」簡直搭到不行，由哥布達扮演這角色，我樂見其成。

適合到令人害怕。

『謝謝！我今後也會繼續努力！』

就這樣，第一屆坦派斯特武鬥大會順利結束。

——真能順利結束就好了。

哥布達的地獄現在才要開始。

「都辦得差不多了吧？那這個人就交給我鍛鍊吧！」

回到貴賓室後，蜜莉姆先是跟我們這麼說，接著就露出奸笑。

「嗯、嗯嗯。要適可而止喔。」

「放心吧。特訓會在迷宮內進行，死了也能復活喔！」

蜜莉姆笑瞇瞇的。

是喔，原來還有這種用法……

我不知這對哥布達來說是否有起到安慰效果就是了。

但有件事我敢斷言，就是他會死得很難看。

死了還無法脫身，光想就覺得毛骨悚然。

「哥布達，我們去那邊聊聊吧？」

蜜莉姆大步走向哥布達，單手將他舉起。

「呀！」

抓人的手勁很大，都快擠出喀吱聲。

蜜莉姆笑臉迎人，眼裡卻沒笑意。

「恭喜你獲勝。可是比得這麼難看，我說什麼都不能接受。所以我要鍛鍊你！」

哥布達的變身讓她喜出望外，所以才對之後的慘樣很火大。

把我剛才的期待和興奮還來——我彷彿聽到蜜莉姆的憤怒之聲。

「別擔心。我會親自當你的對手，馬上就能變強喔！」

「咦，蜜莉姆大人？我又沒拜託妳幫這個忙！」

這下哥布達慌了。

但我想你的意見不在考量範圍內。

「哥布達，這是個好機會，你要跟著蜜莉姆大人努力修行。」

此時白老帶著充滿魄力的笑容對哥布達下通牒。

「師、師父，你竟然把我賣——」

「吵死了！」

哥布達正想吐苦水，蜜莉姆則用鐵拳讓他閉嘴。

好狠。

「呵呵呵，別說那種招人誤解的話。哥布達，這一切都是為你好。」

白老在對哥布達說話，但他好像已經聽不見嘍。

再說不管從哪個角度來看，都是因為哥布達害他在紅葉面前丟臉，白老才挾怨報復吧。肯定不是為哥布達好。

就這樣，哥布達被蜜莉姆抓走。

再來是另一個。

「頭目，我幫助哥布達先生漂亮贏得勝利了！」

二話不說捨棄哥布達，蘭加朝我衝過來。

會有這種反應很正常。因為蘭加不想遭受波及。

但可惜了，他無法逃離蜜莉姆的魔爪。

「等等，你叫蘭加吧？少了你，哥布達的修行就無法完成！」

「！」

只見蘭加悲傷地看著我。

抱歉，蜜莉姆話一出口就不會聽他人勸了。

此外，是蘭加瞞著我擅自參賽，這次可說是他自作自受，所以我沒必要幫他。

「哇哈哈哈哈！我不會害你的，放心吧！」

留下這句話，蜜莉姆強拉哥布達和蘭加走人。

說真的，哥布達有時太過依賴運氣。

還有蘭加，他習慣憑本能作戰。

若他們兩人磨練自身實力並通力合作，那個「變身」就能發揮出可觀的力量。

蜜莉姆也發現這點，才想鍛鍊他們兩個吧。

希望他們按部就班修練，培養出可靠的實力。

懷著這份心願，期待哥布達今後有不錯的表現。

所以就讓蜜莉姆鍛鍊他們吧。

再見了，哥布達。

再見了，蘭加。

我會永遠記得你們的英姿！

希望你們在另一個世界安息。

我邊想邊目送三人離去。

＊

再來是午餐時間。

我跟正幸的餐會成真。

其實沒那麼誇張啦，但我說想跟他談談，就要其他人去別的房間待命。雖然跟正幸的夥伴們一度無法達成共識，但正幸出面緩頰讓他們應允。

「初、初次見面，用這個問候應該可以吧？我是被人叫閃光或『勇者』的本城正幸……」

正幸紅著臉說自己是「勇者」。

嗯。照原生世界的價值觀看來，最羞恥的莫過於自稱勇者。彷彿被人嘲笑、說他是腦袋空空的單細胞生物一樣，心境上就是這麼尷尬吧。

此外，正幸似乎很介意我跟他當初見面的反應。

雖說部分原因出在夥伴們亂講話，但他還記得自己發下豪語說要討伐我的事。也因為這樣，他看起來似乎很尷尬。

畢竟我是魔王。

正幸會覺得自己跟不得了的敵人對上，心裡充滿恐懼吧。

照理說心情很複雜。

但那些擔心都是多餘的。我個人打算將過去的事放水流。

只要他跟我共進事先命人準備的餐點，這樣心裡的疙瘩也會跟著消弭才是。

「這個嘛，我跟你不是第一次見面，但還是說聲初次見面吧？我是魔王利姆路。本名三上悟。以前是上班族喔。」

為了讓遲遲不敢用餐的正幸放鬆心情，我決定坦白告知。

時隔許久再次道出早已捨棄的名字，心情出乎意料平靜。我並沒有刻意隱瞞，只是沒機會報上名號罷了。

「——咦？難不成……你是日本人？」

正幸看起來半信半疑。

也是啦，我的外貌是美少女。他不信情有可原。

「算是吧。我們邊吃邊聊這方面的事吧。」

我用這句話催促他用餐，這時正幸總算拿起筷子。

「咦，這個……真的可以吃嗎？」

「當然啦。我特地要人為你準備日本料理喔。」

今次午餐的菜色是壽司跟天婦羅。

連那個日向都吃到感動萬分，我想正幸也會很開心。正幸沒有參加晚宴，我猜他很久沒看到壽司了。

「這該不會是最後的晚餐——？」

「不是啦。你看起來很好溝通，我想交你這個同鄉當朋友。」

看到排在眼前的佳餚，正幸似乎完全會錯意。不敢吃飯也是擔心這是他最後的一餐。

都跟他說我是日本人了，他好像還是有疑慮。

「那、那我就開動了——」

「請用，我要開動了。」

最後正幸總算開始用餐。

飯一入口，正幸突然不說話了。眼神也跟剛才不一樣，開始猛動嘴跟筷子。

由於正幸忙著吃東西，眼下氣氛不適合好好聊天。我只好等他吃完午餐。

「我知道了。就讓我當三上——不對，當利姆路先生的部下！」

剛吃完飯，正幸就說出這麼一句話。

正幸是弄懂什麼了？我丈二金剛摸不著頭腦。不過呢，很想吃日本料理，這點我能理解啦。

我連句話都還沒說，但正幸有他自己的想法吧。

「當部下？我說你啊……」

「不，沒關係。我對勇者這個稱謂一點都不留戀。其實聽人叫『勇者正幸』之類的，聽起來好丟臉。哎呀，這是真的，我還在煩惱要怎麼擺脫這種窘境呢。」

結果他跟我大爆料。

後來我就喝著茶，一面聽正幸說事情經過。

正幸在原生世界讀的學校是以升學率著稱的名校，看來他是個聰明的資優生。

還有不為人知的興趣，就是愛看漫畫跟輕小說，正幸認為事情會變成這樣都怪他太宅。

「我的力量好像叫獨有技『英雄霸道（天選之人）』吧？開什麼玩笑，真是的……」

看樣子他覺得自己太想當英雄才會到這個世界來。

正幸的獨有技「英雄霸道（天選之人）」——有什麼能力可想而知。

這股力量會對周遭眾人自然而然地施加近乎洗腦的思考誘導。

最終目的是將正幸塑造成英雄。

而且無視正幸的意願，求它停也沒用，效果會持續存在。

該說它好用，還是不好用……

「不過，你的力量真厲害。若沒退賽，贏的就是你喔。」

這次的大賽結果證明其效果如假包換。

贏的人原本是正幸。

「是啊，但這是種困擾。就算我什麼都沒做，大家還是會擅自誤解……在英格拉西亞也是這樣取勝的。」

所以自己才一不小心得意忘形——正幸這麼說道。之前擊潰「奴隸商會」這個犯罪組織時，他也只是被人供在那兒，自己什麼都沒做。

就算放棄個人意志還是會產生結果，說輕鬆是挺輕鬆沒錯。然而這次正幸似乎覺得走錯一步就會招致殺身之禍，所以才臨時決定扭轉方針。

在我看來這是正確的選擇。

因為「英雄霸道（天選之人）」對我的影響——

《答。對上究極技能，多數低階技能都會失效。》

就是這麼一回事，對我沒用。

我原本就打算放水，沒想到他形同門外漢。隨便輕輕打一拳八成就能讓正幸吃土。

「你在最後一刻做出正確的選擇。我想你可以感到驕傲喔！」

「是嗎？不過，就連那個叫哥布達的人都能變身，變得那麼凶惡。照理說不可能贏得了，這點我還是看得出來。」

這就不一定了，畢竟有不少人會主動找他麻煩。不過話又說回來，正幸確實做了正確的判斷。

我們就這樣天南地北地聊天，並說明彼此的狀況。

雖說我只稍稍提及自己的身世，接下來都在當正幸的聽眾。

正幸的夥伴似乎把他當神崇敬，不能跟他們敞開心胸閒聊。要吐苦水只能找優樹，但他是大忙人，兩人很難約時間。所以不滿跟壓力勢必愈堆愈多。

即使我沒問，他還是將至今遇過的事詳細說一遍。

「好了，我很想再跟你多聊一會兒，但午休時間差不多要結束了。那我問一下，你接下來有什麼打算？」

「打算是指？」

「沒什麼，你不是跟哥杰爾相約再戰嗎？要去挑戰地下迷宮？」

「啊！」

照這樣子看來，正幸把那個約定忘得一乾二淨。他好像打算當那件事沒發生過……

「該、該怎麼辦？」

「放心吧。哥杰爾負責把守地下五十樓。地下迷宮大到誇張，光是走到那就要花好幾天。」

「也、也就是說，我先假裝有在攻略地下迷宮，今天就能蒙混過去？」

「說對了。因為受邀前來的賓客預計明天回國。」

慶典預計辦三天。

我們預設明日街道將人滿為患，到時主要工作就是指揮交通。

後天才要著手進行會後收拾工作。預計等賓客都離開後再來處理。

對外公開地下迷宮只是要示範給來賓看。就是所謂的預先開幕，在正式啟用前暫時對外開放。

所以說，今天入夜前只有短短幾小時可用，應該只能攻略上部樓層。

此外，說到哥杰爾跟正幸的對決，這方面我有點想法。

雖然對哥杰爾不好意思，但正幸被打倒對我來說是種困擾。畢竟機會難得，我想讓正幸當活廣告吸客。

讓他率先攻略地下迷宮，藉此煽動挑戰者，挑起他們的鬥志。

「就是這樣，我想請你當活招牌，你覺得怎樣？」

「原來如此，聽起來讓人非常放心。所以你才給迅雷那套神裝吧？假使失敗也不會喪命，這樣我也能放心挑戰，求之不得！」

正幸爽快應允，答應幫我的忙。

雖說我送迅雷禮物並沒有這層用意，但事到如今的確適時派上用場。套著上半身幾近全裸的裝備潛入地下迷宮無疑是種自殺行為。

「我會偷偷放攻略情報給你。你就靠那些資訊順暢攻略吧。還有，假如你發現需要改善的地方或其他事項，不用客氣儘管跟我說。」

但五十樓以下已經過我方認真設計，所以我不打算提供攻略情報。我給正幸忠告，要他特別注意這點。

話雖如此，有道具在手就不會死掉，應該沒問題。

「我知道了！好像遊戲測試員喔。」

「對……被你這麼一說，確實有像。總之今天不用太勉強，就跑個五層吧。」

遊戲啊。

很有趣的著眼點。

「好。可以跟利姆路先生聊天真是太好了。不安的感覺也沒了，開始覺得這個世界沒那麼糟糕。」

正幸帶著爽朗的笑容說道。

至今他似乎靠技能效果過爽爽，但還是有不少疑慮。我答應他會在背地裡提供協助，這樣他就不用擔那些心了吧。

再說我國走在文化最前線。

連澡堂跟廁所都準備完善，旅店舒適度為他國望塵莫及。此外，正幸似乎還為種類豐富的餐點及其美味感到震驚。

「我們有樂團，也讓大家學習繪畫。我打算過陣子再將戲劇推廣出去。我自己也很期待，這方面的投資將不計成本。」

「利姆路先生，我真的好欽佩你！該不會還有漫畫——」

「呵呵呵，當然啦，正幸？雖然到那個境界還有很長一段路要走，可是放棄就沒戲唱了！」

「唔喔喔喔喔！我要永遠追隨利姆路先生！」

正幸決定留在本鎮。我打算跟他私下保持聯繫、分享情報。

之後再找他聊天吧。我也想多聽聽讓人懷念的另一個世界的事。

再說還要從他的記憶裡挖出漫畫來。

正幸也對我的蒐藏集興致盎然，今後想繼續當好朋友。

就這樣，我得到新夥伴。

＊

午後終於要對外展示地下迷宮。

慎重起見，我去做開放前的最後確認。

來到迷宮最底層的大廳，今天也活力十足的菈米莉絲飛到我肩膀上坐好。

「等一下就要開幕了，準備得怎樣？」

「哼！你以為我是誰啊？」

菈米莉絲答得充滿自信。

從房間出來的維爾德拉也一臉跩樣。

「嘎——哈哈哈！別擔心，利姆路。我辦事你放心！」

糟了，突然有種不安的感覺。

「喂喂喂，沒問題嗎？今天的開放參觀可不能有閃失啊！」

「呵呵呵。安啦——！包在我身上！今天各種安全裝置都會啟動。」
「咯咯咯。不過，明天就是凶惡迷宮的覺醒之日！」
菈米莉絲跟維爾德拉互看，露出一抹邪笑。
沒問題嗎？不安的感覺揮之不去……
「我再跟你們慎重地說一次，迷宮再過不久就要先關閉了喔。」
「什、什麼！」
不是吧，那什麼反應？
這事已經說過很多次了，但維爾德拉好像都沒聽進去。
我打算今天先看看情況，再來調整難度。所以要將迷宮關閉兩三天之後再重新開放。
而且我們還沒決定迷宮的入場費用等事宜。
以及負責販賣入場許可證「迷宮卡」跟各種道具的櫃台等等，也須配置經過培訓的職員。
最近忙翻了，哪有閒工夫培訓這類人才。我打算等慶典的善後工作結束再來跟摩邁爾商量這些問題。
將迷宮後續交給這兩人全權負責，現在回想起來似乎不大妙。雖說菈米莉絲跟維爾德拉做得很開心，我也忙得不可開交，那是沒辦法下的辦法。
開會時也沒認真聽。
他們倆焦急的心情，我感同身受，所以並不生氣。
「沒關係，你們冷靜點。我會盡力而為，讓它快點正式營運，等那時再享受也不遲。」
「我知道了！」
「我相信你，利姆路！」

這樣就沒問題了。
看來今天應該能順利度過。
喔對，都忘了。
還要問另一件要事。
「對了，蜜莉姆有來嗎？」
「她來嘍。」
「嗯。她過來硬是跟我要了兩個拿掉次數限制的『復生手環』喔。」
「是嗎？話說給那傢伙準備的樓層是九十六到九十九樓，附帶地形效果的魔龍小屋嘛。」
「對。她花很多心思弄呢。」
「嗯嗯。還有蜜莉姆捉來的龍，牠們的支配權都讓給我了！她說好好培育就會進化成龍王，有足夠的智慧，能聽懂我的命令呢！」
菈米莉絲還說「蜜莉姆也是有優點的嘛——」，看起來很開心。
之前蜜莉姆抱著抓到的龍飛回來，看到的人似乎都被嚇個半死。最初那兩次聽說有人抱怨，但第三次開始就見怪不怪了。居民們不慌不忙，把那當成一種日常光景。
蜜莉姆共抓到四隻，分別是火焰龍、冰雪龍、烈風龍、地碎龍。
如她所說是具屬性的高階龍族，目前的智商媲美家畜。
據說當寵物用心飼養，或許還能跟人溝通。
「哦——那這四隻也有戴項圈嗎？」
「目前有戴。但牠們是我可愛的僕人，之後要跟牠們構築堅定的主僕關係！」

原來如此，菈米莉絲都設想好了。

那就這麼定了，回歸正題。

「那蜜莉姆現在在魔龍小屋裡？」

「嗯。她怕我的僕人運動量不足，去幫牠們準備玩伴喔！」

「對方好像是之前一起釣魚的小夥子，不曉得要跟龍玩什麼？」

不知道才好。

我只想弄清蜜莉姆在哪裡。如果待在迷宮底層那一帶，想必不會對觀摩會造成影響。

「知道了。那她應該不會來礙事，沒問題。等一下就要開放迷宮，你們也要一起來貴賓室嗎？」

「嗯！我要去。」

「我就不去了。在這等挑戰者到來也是迷宮之王的職責！」

……我說，最好是有人只花一天就能打到這裡啦！

就算你等上好幾天也不會有客人來這裡喔。

──想是這樣想，不說出口也是一種體貼。

「是嗎，我明白了。那你加油！」

我用這句話激勵維爾德拉，帶著菈米莉絲「轉移」至貴賓室。

＊

午休時間結束，大批人潮回歸觀眾席。

在那之前，我跟菈米莉絲也趕至貴賓室。

「歡迎回來，利姆路大人。」

迪亞布羅帶著笑臉相迎。

他的裁判工作告一段落，剛才好像一直在找我。

我輕輕地點頭回應。然後重整心緒，開始確認各階段是否到位。

待會兒要公開地下迷宮，背後有各種盤算在裡頭。這是主打企畫，將成為今後的國營事業重心，希望盡量吸引更多來賓參觀。

幸好午休過後沒人就此歸國。貴賓室也幾近客滿狀態，這下就能做充分的宣傳。

我朝會場看去，蒼華跟摩邁爾就站在那兒。

摩邁爾跟迪亞布羅輪班，當接待員做轉播工作。

時間到了。我朝他們兩人打暗號。

『好了，時間已到！接下來要跟各位介紹開國祭第三天的最後一項活動！』

『各位來賓，讓你們久等了。待會兒要向各位做部分展示的機構，就是本魔國聯邦引以為傲、攻略難度極高的地下迷宮。是魔王利姆路陛下對各位冒險者開放的最大難關。是否有人能突破這座迷宮呢——？』

位在舞台中央的摩邁爾單手拿著麥克風開始說明。跟蒼華不同，多少有些生澀，但還是有模有樣。

內容則是——

召開觀摩大會是還好，但地下迷宮太危險，不適合帶一票人類進去。

光王公貴族就有數百人。將鄰近居民一併算入，人數破千。

這麼多人一起擠過來，也無法好好導覽。

所以我才想到靠巨型螢幕公開多個隊伍的攻略狀況這一招。

問題出在技術層面——

武鬥大會的戰況也是靠巨型螢幕讓觀眾能清楚觀看。這次的觀摩會也利用了相同的技術。

裝設了能在螢幕上投影的放映機。這是戈畢爾跟培斯塔製作的裝置，可以用在各種場合。

剛才那些戰鬥場面也是透過該裝置映在螢幕上，放映機裡裝著具攝影機能的水晶球。

這個水晶球還加上了魔法通訊的刻印。這樣就能接收在遠方拍下的影像，傳到現場放映。

如此一來觀眾們就能待在安全處觀看挑戰者的一舉一動，當成一種休閒娛樂。

萬一害哪位達官顯要受傷，問題就嚴重了。所以我們才推出只讓代理人實際體驗這座迷宮的企畫。

『那我們這就來募集挑戰者！可有哪位勇士想挑戰我國引以為傲的地下迷宮？』

這時蒼華開心地呼喊，要徵求挑戰者。

她一出聲，我們也跟著展開行動。

坐在我肩上的菈米莉絲出動，於舞台中央召喚通往迷宮的幻門。其實只要走地底階梯下去就解決了，但凡事都講究演出。

「「「噢噢——！」」」

看吧。就像我們期待的那樣，觀眾大吃一驚。

與此同時，觀眾私底下都很興奮。因為來參觀的冒險者都在觀望彼此的動靜。

這次我們只開放自願者參加，但還是希望藉此機會吸引大批人馬。

題外話，就算沒人自願，還是有正幸小隊撐場。剛才我之所以跟正幸交涉，就是為了讓他當其中一隊挑戰者。

正幸已經說服同伴了，現在正等著出場。

為了避免有任何閃失，我給了他一到五樓的地圖。期待他能當個稱職的宣傳人員。

那麼，會不會出現挑戰者呢？

擔這個心似乎是多餘的。

「嘿嘿，誰知道這魔王迷宮是真是假，看我們摘下它的面具！還辦什麼武鬥大會弄得那麼誇張，誰輸誰贏早就講好了。想欺騙我們對大夥兒施壓，那怎麼行！」

「就是嘛！巴森大哥說得對！」

「若不是街道大塞車，大會冠軍肯定是巴森哥！」

「呵呵呵，怎麼把我給忘了？」

「別這麼說嘛，葛梅斯。這些人也認可你的實力。有我跟你聯手，我們的隊伍『豪雷』就所向無敵啦！」

嗯？

還在納悶來者何人，好像是挑戰者？

看來這個叫巴森的男人是遲到才無緣參加大賽。

不過實際看完戰鬥過程就能摸清選手的實力吧……某些比賽遭逢選手棄權，賽事品質參差不齊。

跟這個巴森一樣，相信自己才是最強的人會不斷出現吧。

不過這樣也好。

我早就猜到有人會不信邪。這些人就是我們今後的客人（肥羊）。

「勇者正幸其實也沒什麼大不了的嘛。我認可他的實力，但他不敢對敵人痛下殺手，還對這個國家的魔王討伐設下猶豫期，天真過頭，令人作嘔！」

啊，嗯，原來他認可正幸的實力……

「這座迷宮只是紙老虎，巴森跟我會揪出它的真面目！」

巴森一行人發下豪語。

「竟對利姆路大人多有得罪，不可原諒。」

「我去讓他們稍微安靜點——」

「別這樣！」

真是大意不得。

紫苑老大不爽，迪亞布羅則瀕臨失控邊緣。

我趕緊制止他們。但他們這次沒說要殺了對方，光這點就值得慶幸。

「他們只是自信過剩吧？這種人能帶來更多樂趣。」

雖然感覺滿白痴的，但來得正好就採用吧——聽我這麼說，紫苑跟迪亞布羅都能接受。我愈來愈會應付他們了。

光頭戰士巴森。

黑斗篷魔法師葛梅斯。

外加四名小嘍囉。

就決定讓他們六個當第一批挑戰者。

緊接著是一群意想不到的人物。

「我們也要挑戰！」

一隊三人組喊完這句就跳出來。

好像在哪看過——咦，是愛蓮他們？

之前曾要他們三個協助尤姆建國。拜託他們去跟舊法爾姆斯的自由公會打交道，替尤姆助陣。

B級冒險者已具備相當程度的威權，但愛蓮他們升格至B^{+}。可以無視國境任意行動，最適合擔起這項任務。

他們沒跟尤姆一起回來這邊，我還以為是返鄉去了……

不料他們幾個有這種打算。應該是怕艾拉多公爵反對才偷跑過來的吧。

「咱們真的要闖嗎？」

「當然要闖啦。最近都沒冒險，就等現在這一刻！」

「借問一下，我這個隊長有決定權嗎？應該有吧？」

「沒那種東西。這已經是既定事項了！」

真亂來。

卡巴爾好可憐。

我好像聽到隔壁房間傳出艾拉多公爵的慘叫聲，「咻砰」一聲後再也沒有任何動靜。

那裡發生什麼事不難想像，但我還是不想了。希望可憐的艾拉多再次大鬧前，愛蓮他們可以趕快退場。

第三個登場的是我們的正幸同學。

他悠然地走到舞台上，朝觀眾們露出笑容。

「正～幸、正～～幸——！」

夠了啦。我知道了啦。

盛大的加油聲讓人很想這麼說。

正幸真受歡迎。

連同正幸在內，該小隊共四人。

原先有穿跟沒穿一樣的迅雷已經換上了我送的鎧甲。

這是葛洛姆製作的魔銀全身鎧，是相當於稀有級的高級貨。

比尤姆的骸甲全身鎧更重，性能較差，耐久力卻跟那不相上下。這樣的好貨還附帶毒氣淨化效果。

我還送了正幸一把細劍。

因為我問他怎麼不拔劍時，正幸便鬆口說出「因為，太重了嘛……」。這話聽了連我都嚇到，原來你真的是花瓶啊。

他好像練過劍道，但真劍很重。尤其這個世界的主流又不是像日本刀那樣揮砍，用來重劈的劍才是主流，所以當然會有一定程度的重量。

憑正幸的力量光要長時間穩住姿勢就很吃力了。

我叫他多少要鍛鍊一下，同時給他一把較輕的細劍。

這把細劍是以前要做禮物送日向時所衍生的失敗作。重量和強度與原劍相仿，卻沒成功重現「第七次攻擊將確實殺死對手」的特殊能力。

反正他光要舉起這把劍就很費力了，就算沒賦予那種高規格能力也沒什麼問題。而且這把劍還具有消除疲勞的功效。正幸只須做做樣子就好，這把劍夠他用了。

話說大家都沒發現他們換了裝備，四人沐浴在盛大的歡呼聲中。

時限預計是三小時。反過來推算的話，今天最多只能闖到五樓吧。

正幸他們有地圖，會比其他隊伍有利。

要努力做宣傳喔。

這樣就三組了。

雖然覺得有點少，但要去可疑的魔王迷宮，大多數人都會感到猶豫吧。

得靠本日宣傳活動剔除他們的不安才行。

那麼，差不多該——我才剛想到這兒——

「等等。我也要參加。」

這話一出，有名一身黑的男子出現在舞台上。

是「華麗的劍鬥士」凱。

「靠無聊的假動作和小技倆，虧你能害我落入圈套啊。咯咯咯，魔王的爪牙『四天王』盡幹些齷齪事。我知道你怕我拿出實力，但太天真了。不管你有什麼陰謀，我都會粉碎你的野心！」

還在納悶他來做什麼，凱就做出如上說明。

看來他不能接受自己被蘭加打倒，還以為中了什麼圈套。而且認為我開這個迷宮另有所圖，這才出面阻止，是這樣說的吧。

我確實另有所圖，卻跟凱想得不一樣。

「這次看我乾脆地——」

「嗯。去吧，迪亞布羅！」

「去什麼去。還有紫苑，妳別模仿我說話啦！」

這兩個傢伙……真是的，怎麼會這樣？

對於說我壞話的人還真不留情面。

紫苑的花招愈來愈厲害，看來得認真想想對策了。

總之現在先不管那個。

凱好像要單槍匹馬參加，沒問題嗎？

是說我在這擔心也沒用。

應該換個角度想，可以靠他得到獨自一人潛入迷宮會有什麼下場的樣本。

就這樣，凱以第四名挑戰者之姿參戰。

*

挑戰者也湊齊了，事不宜遲，這就開始吧。

令人引頸企盼的地下迷宮開放了。

我們沒什麼時間，迷宮攻略採多線同時進行。蒼華則留在現場，螢幕上會映出各隊的現況，她負責做實況轉播。

迷宮內的接待員一職找樹妖精正合適。他們還兼任魔法通訊員，隨各隊一路同行。

除了德蕾妮的姊妹德萊雅和德莉絲，還有其他為數不多的樹妖精。她們年紀尚輕、沒什麼戰鬥經驗，但魔力豐碩。如今有菈米莉絲加持，是當迷宮管理員的不二人選。

『那麼——這四位就是此迷宮的管理者。平常不會配給挑戰者，但這次要回傳各位攻略迷宮的訊息，所以每隊將各派一名跟隨。』

當蒼華唸到她們的名字，她們便一一向大家打招呼。

分別是阿爾法、貝塔、珈瑪、戴兒塔。

沒名字不方便，我就隨便替她們取了。雖然這麼說，但沒有消耗魔素。因為樹妖精是高階魔物，所以她們消耗了自己的魔素。這些人都是菈米莉絲的部下，我只是幫忙想名字。

對了，這幾個姊妹長得很像，光靠視覺情報難以區分。

魔物意外地都是靠魔力波長來區分個體，然而這對人類而言有難度。有一部分也是因為如此，我才替她們取名以降低識別難度。

『若是遇到什麼麻煩事，儘管找她們商量～！那我們來說明規則！首先要給各位這些東西！』

蒼華說完就舉起幾樣道具向大家展示。這時阿爾法她們便將同樣的東西分給每個人。

『這個是預計在大家進迷宮時販售的道具。各位都拿到了嗎？』

配合蒼華一番話，各種道具在螢幕上擴大放映。像這種時候，有這組放映器材也格外方便。

映出的道具分別是高階回復藥十個、完全回復藥一個，還有「復生手環」與「回歸哨子」。

這次要讓大家嘗鮮，當然免費發送。

是我們拜託大家參加迷宮封測，他們要當報酬帶回去也行。

為了以防萬一，我們也要隨行的阿爾法等人帶上備用道具，要是出問題就能立刻回來。

裡面占地廣闊，最後連一層都沒突破的可能性很高。就算他們在沒迷路的情況下來到階梯處，換算成直線距離仍超過兩公里。而我們將其弄成迷宮，要走完得花更多時間吧。

接下來這三小時，若他們能好好努力讓觀眾看得盡興就再好不過。而我們預計時間一到，就讓他們用道具回到地面上。

當然還有其他報酬。

一方面是為了做宣傳，我們還準備了一些會開出性能不錯的裝備等東西的寶箱給大家當伴手禮。正式開放後預計從二樓以下開始放置，這次算大放送。

對這些內情絕口不提，蒼華只進行必要的說明。

講到最後，她開始解說最重要的事。

『那麼，請各位看看這些道具。這個叫「復生手環」，請大家進入本國迷宮時務必購買這項道具。它的效果竟是——能死而復生！』

蒼華這句話一脫口，會場便一陣譁然。

這怎麼可能——類似的話聲此起彼落。

『請各位稍安勿躁～！這是很重要的事，大家要仔細聽喔！這項道具只在我國的地下迷宮內有效！拿去外面是沒用的，請各位務必牢記，若錯用就慘了。在外面無效這點也懇請各位多多包涵！』

這是最大的重點。

若是會錯意在外面使用，那可不是一句哎呀失敗了就能了事的。

要是把責任推給我們就麻煩了。那完全是當事人該負的責任。

不過呢……這個世界上有一種人叫奧客……

為了讓那些人也能接受，這點一定要說清楚講明白。

我們跟大家講解注意事項，以免大家搞錯，以為在迷宮外也有用。為了讓笨蛋也不會搞錯，想說在外面還能復活。萬一發生事故，那就不是我們該負責的。

什麼事都推給主辦單位、要我們負責，我可不想這樣。

在前世的世界裡，感覺大家太愛把責任推給店家了。我認為打破規矩亂來的笨蛋就算死了也是自作自受。

然而只要怠於說明，就是我們的責任。這點必須多加注意並審慎行事。

『——就是這樣，請各位千萬不要在外面使用喔！』

蒼華講解得很透澈，讓大家都能明白。

這樣就好了。

還未解決的問題只剩找個人實際體驗死亡。一般來說碰到這個問題，是人都會躊躇。「復生手環」經過菈米莉絲改良，判定死亡時可以剔除痛感或痛苦。

而且死亡後被傳送到地面的間隔大約十秒，我們刻意這樣安排，讓人可以趁這段時間用適當手段復活。

話雖如此，能使用神的奇蹟「亡者復活」這類高階魔法者少之又少。

順帶一提，雖然完全回復藥不能讓靈魂復生。可是在迷宮內，靈魂會一直留在肉體之中，其實用完全回復藥修補肉體就能使人復活。

可是這樣我怕大家在外面的世界產生誤解。所以我們設計成未透過正規手續復活，十秒一過就會將肉體傳到地面上。

就像正幸說的，攻略迷宮好像在玩遊戲。

說明到此結束。

再來就要找人實地測試「復生手環」。

『那麼，有人想實地體驗一下嗎——？』

我想應該沒有，但蒼華還是開門見山問了。看來她的神經比想像中還要大條。

「哼，在迷宮內不會死？這玩笑還真可笑。相信你們的說詞害人嗝屁，我可不想這樣！」

光頭壯漢——巴森這話一出，其他人也跟著點頭，就像在說「這是當然的」。

愛蓮他們也不想報名。

「呵，這還不簡單。那位仁兄，就你來做個示範吧。」

「華麗的劍鬥士」凱說完就指向摩邁爾。

自己不上反而叫別人試——好吧，做這種要求理所當然。

只是說話方式讓人不敢苟同。

『我嗎？你的提議合乎邏輯，我就接受這提案吧。』

被人指名的摩邁爾似乎早就料到事情會變成這樣，看起來不為所動。

是說我們早就讓人實際體驗了。

紫苑的部下「紫克眾」當過數次實驗品，所以摩邁爾相信這很安全。

有過實際經驗便不會感到害怕。摩邁爾帶著從容不迫的態度套上手環進入迷宮。

於此同時，多名挑戰者也隨之入內。

『那麼，我要對這位摩邁爾實際發動攻擊——』

蒼華單手拔劍，她打算出手攻擊摩邁爾才這麼說。

然而凱打斷她的話並採取行動。

「別以為能騙得了我。喝！」

他說完就出劍砍去，把摩邁爾的手砍掉。

『——等等！』

蒼華趕緊出聲制止，但為時已晚。

『唔啊！』

摩邁爾邊叫邊按住手。

有了減輕痛楚的效果，他不會休克死亡，但自己的手被砍掉難免不快。

「哈哈哈哈！你看看你，也該取你性命了！」

那個混蛋竟敢愚弄摩邁爾……

我差點失控發飆，卻看到摩邁爾嘴邊浮現一抹笑意。

這一看讓我頓時冷靜下來。同時凱用劍砍過摩邁爾的頸子——摩邁爾的身體當場化成光珠消失。然後就像什麼事都沒發生過，人來到地面、出現在舞台中央的臨時入口旁。

就連摩邁爾穿在身上的衣物也全數化為光珠，復活後依然是他原本的樣貌。

這些景象被阿爾法等人拿的水晶球記下，資訊傳到放映機內，映在巨型螢幕上。

『各位請看，我好手好腳平安無事呢！』

只見摩邁爾若無其事地站在那裡。被切斷的手也恢復原樣，為我們帶來最棒的演出。

「噢噢噢——！」

觀眾發出盛大的歡呼。

甚至有人大喊「這是奇蹟」，我們的目的可以說是圓滿達成。

若有人懷疑這也是障眼法就麻煩了，但凱的過剩舉動反倒令人們心生信賴。

做到這種地步還是不信邪的人，就只好請他們實際體驗了。不過，該機制再怎麼說都只是用來以防萬一，不死就沒事了。慎重行動就沒問題，用不著逼人體驗。

所以只要等挑戰過迷宮的冒險者放出風聲就行了。

某些怪怪挑戰者會想親自試一下吧。其實這也無妨。

重點是讓大家勇於挑戰地下迷宮。

多虧摩邁爾，該企圖才能得逞。

不愧是摩邁爾，膽識過人。這結果就是我要的，所以我才忍著沒計較凱幹的好事。

害摩邁爾扛下爛缺，晚點得好好慰勞他。我邊想邊朝螢幕看去。

＊

『接下來，要開始探索迷宮了！進去之後是一片未知的世界。這些勇敢的挑戰者究竟會遇到什麼呢——』

蒼華開始在舞台上實況轉播。

巨型螢幕映出各組情況。轉播順利進行，照出迷宮的內部模樣。

蒼華的解說很有臨場感。我心想「真是鉅細靡遺」，同時追蹤各組行動。

首先來看巴森小隊。

迷宮牆面是整齊劃一的石砌風格。

巴森他們正在一樓走著。

還以為他們會派人畫地圖，隊上卻沒人有畫地圖的打算。也沒在牆上做記號，而是一邊談笑一邊大剌剌地走在通道上。

這樣沒問題嗎？

這個世界好歹有洞窟探索活動，或是託人去森林深處等地討伐魔物的委託吧。像這種時候，他們都是怎麼到目的地的？該不會每次都花錢請人帶路……

「嘖，走來走去都是一樣的路！搞什麼，全都是四角形啊！」

「老大，這條路剛才也走過吧？」

我的擔憂沒傳達給他們，這幫人一下子就迷路了。

我們一開始說明時也有提到這裡占地遼闊，他們是都沒在聽嗎？

「巴森，這下不妙！這座迷宮超乎想像的大……」

啊，我懂了。

光這座迷宮的第一層就大到四邊各長兩百五十公尺。我們有說這裡很大，但這些傢伙好像以為它會更小一點。

一聽到是圓形競技場地底的人造設施就覺得沒那麼廣，是有這個可能。

好吧，那就算了。能達到宣傳效果就好，沒問題。

可是剛進一樓就死掉，那怎麼行。要是他們亂來搞得好像這迷宮難到很黑心，今後就沒人敢挑戰了。

希望他們能攻略到某個程度。

反正就算死了也能回來，手環亦備有求救機能。

利用這項機能就可脫離迷宮，但會視同陣亡。阿爾法等樹妖精會過去救人。

這次還跟在各位參加者身邊，能立刻將他們強行送回地面。

所以我希望他們放心、認真攻略，從現在開始認真也好……

聽到夥伴焦慮的話語，巴森一臉不爽。

「你們幾個腦子裝屎啊？從沒聽說有那麼大的迷宮好嗎？這是那個魔王的障眼法。用魔法或其他手法擾亂我們。」

「是、是喔！」

「不愧是巴森大哥！」

「的確，這一帶的魔素濃度很高。可能如你所言，是幻覺或幻術之類的。」

「就是嘛，葛梅斯。我們一直都選擇向右轉。所以說啦，大不了循原路回去。」

不行，問題不是出在難易度上。

乍聽之下好像想得很周到，實際上卻不是那樣。

有用紙等物品做紀錄倒還好，但一路上接連不斷都是類似的牆壁，不可能記住。

有十字路或T字路，還有死路。

地形複雜外加相似的景色。

就算是一樓也沒簡單到持續右轉便能攻破。

挑戰者太過愚蠢。

看樣子最好別對這幫人抱持期待……

才剛想到這兒——

巴森他們忽然消失。該說是掉到下一層才對。

『哎、哎呀——！這是掉落陷阱嗎？』

耳邊聽蒼華這麼說，我心裡同時浮現問號。

一樓有設掉落陷阱嗎？

「菈米莉絲——」

「嗯、嗯嗯。什、什麼事？」

「——沒什麼，這層是我設計的，好像沒動那種手腳，妳該不會擅自更動吧？」

我笑瞇瞇的。

免得嚇到菈米莉絲。

還把她的身體抓得牢牢的，以免她逃掉，對她提出這個疑問。

「這、這個嘛，因為我們想提昇迷宮的完成度……」

菈米莉絲帶著討好的笑容稟報。

經我追問後，她才自首說自己設了為數龐大的掉落陷阱。

我朝菈米莉絲怒斥「妳這個笨蛋」。

這位小姐，遼闊的樓層不需要掉落陷阱好嗎？應該說目的是讓人們迷路，藉此削減體力，設掉落陷阱讓他們抄近路只會造成反效果。所謂的陷阱必須效果與目的一致才有意義。

「可、可是，下面還有更凶殘的掉落陷阱嘛。所以我才想說你是不是忘了設，真的是一片好意喔。」

多管閒事。

雖說一開始設這個不太好，但妳好歹也弄個針山。

菈米莉絲、維爾德拉、蜜莉姆，我早就知道交給這三人弄會被亂設陷阱。所以我才特地親自設計第一層的……

我趕緊確認其他隊伍的狀況。

再來是愛蓮一行人。

卡巴爾原本是代表，但現在主導權都在愛蓮手上。

這些人是路痴，我猜他們連走完一樓都有難度。然而我的預測只猜對了一半。

愛蓮他們沒有被掉落陷阱騙倒，小心地攻略。而且令人驚訝的是，他們乖乖在紙上紀錄相關情報，恪守堪稱典範的攻略法。

「哦？愛蓮他們好認真。沒有踩到掉落陷阱，還避開了我設的其他陷阱。而且已經開第三個寶箱了。應該說他們進展得也未免太順利了……」

「——欸嘿嘿。」

怎麼了？

好像有古怪？

為何如此順利？

還有一點令人在意，就是菈米莉絲現在的笑容似乎在掩飾些什麼。

「……喂，菈米莉絲。」

「什、什麼事？」

「我很信賴妳。想必妳不會對我有所隱瞞吧？」

「當、當然啦，利姆路！」

「那我問妳，妳該不會對愛蓮他們做過什麼吧？」

光看螢幕沒什麼不對勁，但那種成績實在太過可疑。話說我設置的寶箱，理所當然地多為空箱。可是他們卻連續三次開到道具，作弊的嫌疑很大。

「這、這個嘛……」

又來了？

「妳做了什麼？」

「啊，是。愛蓮他們有送慰勞品來，後來我們就和和氣氣地聊了起來！然後——」

…………

愈聽愈頭痛。

之前菈米莉絲他們努力打造迷宮時，聽說愛蓮送來一堆蛋糕。

是來自吉田先生的試做品，肯定好吃。送著送著愛蓮就跟這群樹妖精混熟，從他們身上一一套取跟一樓有關的情報。

半路上菈米莉絲也發現事有蹊蹺，然而蛋糕的魔力讓她難以抗拒……

「又不能怪我！不只是我，師父跟蜜莉姆也說沒關係啊！」

結果她惱羞成怒，開始主張自己是對的。

面對這徹頭徹尾的賄賂行徑，連我都傻眼，竟然這麼快就腐敗了。

話雖如此，其實用不著想得那麼嚴重。

我有調低這次慶典期間的攻略難度。

再說才一樓。真正好的寶箱沒放在這層。

『卡巴爾小隊從剛才開始就順利尋得寶箱呢。』

『沒錯。據利姆路陛下所說，小房間等處有時會放置寶箱。其中不乏一些陷阱，須多加留意。』

『原來是這樣啊～！那裡面也有放貴重道具嗎？』

『較深的樓層似乎有配置這類物品。呃——話說……寶箱好像分成三種。分別是銅、銀、金三個顏色。好像只有銅的會設陷阱。』

寶箱共有三種，內容物不同。

第一樓只會出現銅寶箱。

銅箱頂多只會放特上級物品，多半是回復藥或銀幣等便利品。其他就是黑兵衛徒弟打的失敗作，即一般級裝備。既然對方要的是這個，損失並不大。

『他們的目的果然是金色寶箱吧？』

『應該是。這個嘛，關於金色寶箱的出現地點，都是樓層為十倍數的關卡魔王房間喔。』

『這代表什麼呢？』

『是這樣的。這座地下迷宮第五十樓的守護者是哥杰爾大人。我想大家都知道了。以此類推，四十、三十、二十、十這些十倍數樓層的階梯前都有個房間，由「樓層守護者」把守。打倒這些強敵的人才配開金色寶箱。據說有時還會開出稀有級裝備呢！』

摩邁爾唸著我給的小抄為大家做說明。這次的目的是宣傳，有這個機會就要善加利用。

這些話聽起來就很可疑，很像在替深夜節目宣傳。連我這個共同謄詞人都感到羞恥，那些話儼然是在刺激大家的慾望。

它似乎發揮莫大效果，「稀有級裝備」這個字眼在會場內引發軒然大波。

『哥杰爾先生的實力諸位有目共睹。那位強者正在等著各位挑戰者，對自身實力有自信的人務必挑戰看看！』

『還有一件事。各位現在也看到了，每個樓層都非常廣闊，希望大家做好攻略起來要花上好幾天的心理準備。』

就這樣，摩邁爾針對蒼華的疑問給出答覆。兩人分別扮演實況轉播員跟解說人員，是絕佳組合。

我又確認一次，一樓只會出現銅寶箱這件事。

「──妳沒有連寶箱內容物都動手腳吧？」

「這個你大可放心！」

那就好。

畢竟他們的攻略方式算得上是典範，對宣傳有幫助。雖然介意愛蓮等人要賤招，但這點小東西當報酬送他們也行。

雖然這次給他們地圖又說出陷阱位置算是犯規，但就睜隻眼閉隻眼吧。

我已經知道愛蓮一行人不會有事。

來看有我放消息加持的正幸……

『噢噢──這就厲害了。居然已經進入第四層──！人稱「閃光」當之無愧，攻略速度快得驚人。』

──噗！

怎麼會？距離攻略開始連三十分鐘都不到，為什麼已經到第四層了！

正幸他們看似刻意踩進掉落陷阱，輕輕鬆鬆地朝下層挺進。

至於觀眾的反應──

「正～幸、正～～幸──────！」

不用看也知道。

看巴森等人掉下去便哈哈大笑的觀眾遇上正幸卻給予讚揚。

未免太扯，但這就是正幸的力量。

如今正幸心裡大概很恨我，想說我給他的資料都不對……

抱歉。那不是我的錯，但現在說什麼都像藉口。

來到第四層後，道路上開始有魔物徘徊。雖說只靠一張多了掉落陷阱這種不確定要素的地圖想必讓正幸感到惶恐，但我還是暗自祈禱，希望他好好努力。

來看最後一人──凱。

這人正活用高度身體機能在迷宮內疾馳。

戴兒塔為了追上他拚命飛來飛去。她是半精神生命體，可以靠草木「轉移」。可是這樣一來就不能傳送影像，所以她才努力在空中飛著追趕對方吧。充滿工作熱誠，著實令人敬佩。

戴兒塔怕落後一直很拚，但凱對此不屑一顧，按照自己的步調在迷宮內前進。絲毫沒有迷路的他直奔階梯，看來是用魔法或其他手段掌握方位。

《答。這是元素魔法「地圖生成」的效果。》

原來手邊沒地圖還有這招可用。

似乎是以前「大賢者」用過的那種，該魔法可以在腦內顯示方位資訊。若他能讓這個魔法常駐，看來不只會使劍，還擅用魔法。真有兩下子。

我問過費茲，結果凱果然是為數不多的A級人士。

怪不得有這等實力。

他目前正在二樓移動，再過一會兒就要來到階梯處。繼續維持這個速度，再過兩個多小時應該會到五樓。

速度比我預期的快上許多。沒想到攻略速度這麼快。

但有件事令我在意。

就是凱那不尋常的眼神。

他的嘴大幅度歪曲，眼裡充滿血絲……

就算來到三樓，他挺進的速度依然不減。

然而不同於一二樓，他連小房間都沒放過，一一確認是否有寶箱存在。

應該反過來說——他彷彿確定該處有寶箱似的，順利找出放有寶箱的小房間。

而且還專挑銀箱。

「那傢伙……他是用什麼方法？」

我不禁喃喃自語。

智慧之王拉斐爾大師沒回應，看來連大師都不曉得。

「總覺得那個叫凱的傢伙慾望特別強。大概靠那種嗅覺聞出錢的味道吧？」

菈米莉絲漠然地說著，我聽得似懂非懂。

總之凱肯定不是泛泛之輩。對摩邁爾做的事也讓人不快，可以的話盡量不想跟這號人物扯上關係。

就這樣，凱的迷宮攻略亦有進展。

*

兩小時過去。

巴森等人又發現了隱藏房間。

「巴森大哥！這裡也有房間耶。」

其中一名夥伴偶然發現那扇門。

「該不會又是陷阱吧？」

巴森問得一臉狐疑。

剛才他們都在跟我設置的麻痺毒、催眠瓦斯寶箱苦戰。還碰到很弱的假寶箱怪，現在一看到寶箱就起疑。

「喂，菈米莉絲。那個房間的寶箱放什麼啊？這樣下去根本起不到該有的宣傳效果，我開始覺得他們有點可憐，也差不多該讓他們抽到好東西了……」

該怎麼說，看到這幫人害我想起以前玩遊戲十連抽全都是垃圾的回憶。

連續抽到那麼多爛貨，連我都跟著內疚起來。要是他們完全失去幹勁，以後就不會再來光顧……所以我才覺得也該給他們大獎。

「別、別擔心。是那些挑戰者太糟糕……雖然由我來說也不太對，但真沒想到他們這麼莽撞。可是可是，那個房間有一隻魔物和銀色寶箱喔。雖然我不記得裡面裝什麼，但這次一定會抽到大獎！」

好，那就沒問題了。

希望他們至少能在今天碰上一些好事──

「唔喔！果然是陷阱，裡面居然有魔物！」

「嘖，先撤退吧？」

「不行啦，巴森。牠已經盯上我們了！」

「怎麼是巨熊！要逃確實不容易……」

這時雙方開始互瞪，觀察彼此要出什麼招。

──咦，什麼？

只是出現一隻魔物罷了，用不著慌成那樣吧。

一樓的魔物出現率確實沒那麼高。二樓也不會出現強力魔物。可是這個隱藏房間放的銀箱裝了高級品。

為了守護寶箱才配置較強的魔物……這個隱藏房間確實放了二樓的大獎。

裡面有一隻巨熊。

只是C級魔物罷了，整隊加起來達B級的巴森等人大可輕鬆剷除。然而巴森跟葛梅斯看到那隻巨熊卻臉色大變。

「巴森大哥，裡面有寶箱！」

「還是銀色的。」

「搞不好又是陷阱，但現在只能上了。好，大家做好覺悟！」

「收到！」

「上啊上啊！」

看來巴森等六人總算下定決心要作戰。

跟巨熊互瞪之餘，大夥兒慎重地舉起武器。

「我來當誘餌，你們趁機攻擊！」

巴森很有領隊風範，打算當個稱職的前衛。他衝進房內大聲吼叫，將巨熊的注意力引到自己身上。

巴森跟巨熊正面對峙。

『哦！巴森一行人似乎要跟魔物展開對決！對手是巨熊嗎？據說牠的巨爪一揮就能輕易奪去人們的性命──』

聽到蒼華的解說，我才發現自己搞錯了。

對喔，這不是在玩遊戲。

巴森他們好歹是專業冒險者，不希望自己人受傷。一點點的差錯都可能害他們丟掉小命，當然會避免討伐不具利益價值的魔物。雖說在這不會真的死掉，大家用不著擔憂，但要讓人們接受這種觀念似乎還要花點時間。

如此一來，我或許得重新審視這座迷宮的宣傳手法……

緊接著，戰鬥開始。

巴森上前讓巨熊攻擊。

表情很拚命。他身上的裝備是一套用舊了的硬革鎧。保護範圍並未遍及全身，手跟側腹等處毫無防備。

對抗實力不如自己的對手仍令人捏把冷汗。

大斧雖能劈出別具威力的重擊，卻不適合接熊爪，所以巴森巧妙運用圓盾將巨熊的手擋開。

他的夥伴負責掩護巴森。基於安全考量，陸續瞄準巨熊的眼和腳跟處，並發動攻勢。名叫葛梅斯的魔術師則用風切大魔斬取其性命。

『就在這一刻，他們與巨熊的死鬥就此落幕！打得非常漂亮！』

『說得對。行事符合邏輯，沒有過於深入，是老手才有的作戰方式。』

耳邊聽著蒼華和摩邁爾的實況轉播，我一面回想剛才的戰鬥過程。

的確，他們合作無間。結果巴森隊上無人受傷，約五分鐘就成功討伐巨熊。

可是我只覺得頭痛，因為問題浮上檯面。

「喂喂喂，連對付實力遠不及自己的對手也要像這樣慎重作戰啊……」

「唔──我也很驚訝。不過一般來說都是這樣吧？」

「好像是喔。雖然看到他們沒畫地圖就覺得不妙，但他們跟我方的認知差距似乎大到超乎預期。」

「對吧、對吧。光是要突破一樓或許就得花上三天……」

「嗯——這麼說來，我們最好想想該怎麼調度食物……」

沒想到我們的計畫會被這種事打亂……

巴森一行人的個別等級雖參差不齊，整隊加起來卻相當於B級。

至於巴森跟葛梅斯這兩人，搭配精良裝備似乎有相當於B級的技量。沒想到這六人團隊竟在二樓陷入苦戰，真是始料未及。

只看結果是他們全面獲勝，但花五分鐘未免太長。

不過，身為職業冒險者當然會考慮安全性……

也許該讓他們學學別的作戰方式，徹底履行「一點小傷就靠回復藥治療」的戰法，提昇戰鬥效率。

不知我在為此擔憂，巴森他們朝寶箱靠近。

『看樣子這個房間似乎有寶箱，而且還是銀色的。裡面究竟放了什麼呢……？』

蒼華的話讓場內氣氛一度緊張。其他隊伍也開了好幾次寶箱，但大家就是對這瞬間很感興趣，看都看不膩。

巴森隊上的一名成員直接將寶箱打開。

喂喂，好歹該防範陷阱吧？

銀箱沒有設陷阱，但巴森他們又不曉得……

剛才還中過麻痺毒，在那之前是催眠瓦斯。他們似乎會依序換人開寶箱，但這又不是懲罰遊戲。

開箱手段太過粗劣，連我這個觀眾都覺得害怕。

這方面看在我這個遊戲老玩家眼裡，只覺得他們很外行。

這邊的人大概很不習慣迷宮裡有寶箱吧……所以他們才能輕易做出有勇無謀的事？

這樣看起來愛蓮他們還好一點。隊上有基多，目前從寶箱取出道具的過程中都沒遭陷阱暗算。巴森他們的問題出在隊上沒有盜賊吧。

專職討伐的冒險者大多是保鑣類型，不習慣應付這種場合。那他們應該聘用探索型隊員才對。等等？

搞不好迷宮難易度比我們預想的還高。

原以為問題出在巴森他們不夠在行，但目前看來多數人都不擅攻略迷宮，攻略腳步勢必快不起來。

總之事後要針對這方面做個檢討。

「噢、噢噢噢！巴森大哥，是劍耶！」

讚！

他們好像順利抽到大獎。

而且還是超級特大獎。

獎項有很多種，例如高級回復藥或古代金幣、精良的裝備等。我們還設定二樓開始會以極低機率送出稀有級物品。

巴森他們就抽到相當於稀有級的劍。

「對了，師父說二樓以下的寶箱內容物事先做過設定，有提高獎品出現率喔！」

「是、是嗎？可是他們一直到剛才都每抽每爆……」

難得維爾德拉如此識相，卻被巴森他們的衰運搞砸。不，假如維爾德拉沒更改機率，他們搞不好會一直抽到爛貨。

話雖如此，抽到稀有級就整個大翻盤啦。

這下會有不錯的宣傳效果，巴森他們也會很想試手氣才對。想到這裡就得對維爾德拉說聲「幹得好」。

「這個判斷以維爾德拉來說算是下得很棒。若是不給他們留些美好回憶，會對今後的迷宮戰略造成影響。」

晚點再去跟維爾德拉道謝吧。

巴森他們交替看劍，還吹起口哨。

似乎對寶物很中意。

「你們幾個，就照這個步調拚下去！」

巴森將大斧收起，換拿那把劍。

下一間小屋出現三隻D級牙蝙蝠，全都被他一刀斬斷。劍的性能或許起了加成效果，處理速度似乎變快了。

這是黑兵衛他家徒弟打造的一把劍，勉強算是稀有級。但是對巴森等人來說還是形同寶劍。

凱也不例外，聽說就算是A級的菁英，要湊齊一身稀有級裝備還是很困難。怪不得巴森他們這麼開心。

像要追回之前落後的份，這夥人開始意氣風發地挺進。

此外好像還獲得了滿多從魔物身上掉下的「魔晶石」。

「這把劍不錯。這下肯定有賺頭，賺得可能會比想像中更多喔！」

「對。等這個迷宮正式對外開放，一定要來闖闖看！」

他們開心地聊著。

如此這般，巴森等人繼續攻略下去——

再來關注愛蓮小組。

他們待在一樓，要發掘稀有級並不容易。基於安全考量，這夥人審慎行事，說他們過度謹慎也不為過。

也因此用順到不能再順的步調海撈一樓寶箱。不料這時出現轉折。

「都收得差不多了吧？」

「真的要去嗎？」

「那個……不問問我嗎……？」

「當然要去啦！我們要賺大的——！」

卡巴爾的意見徹底遭人無視，愛蓮一行人開始朝樓下去。剩下一小時不到，看來他們打算從這開始一決勝負。

剛才之所以待在一樓努力似乎都是為了蒐集藥水類。而且他們還活用菈米莉絲給的情報，一口氣將目標定在十樓。

『哦，卡巴爾一行人似乎有動靜了。一改剛才的謹慎攻略風格，要一鼓作氣往下層去啦。』

『嗯——這種作戰方式是為了獲取更棒的寶箱吧？不過，光靠運氣就想找到寶箱並不是件容易的事……』

『可是就像剛才的巴森小隊那樣，銀箱好像也會開到稀有級物品呢？』

『那不是想要就能得到的東西。看看凱先生，雖然開了超過二十個銀箱，到現在稀有級還是掛零。』

『也就是說想確實開到稀有級物品只能找金箱嘍？』

『正是。但金箱只會在特定位置的關卡魔王小屋內出現，不然就是……』

『還有其他地方？』

『唔——……迷宮內好像會隨機出現名叫區域魔王的大魔物。據說由這類魔物守護的房間有時也會出現金箱。』

聽著蒼華跟摩邁爾的對話，我猜到愛蓮想幹嘛了。

「喂，菈米莉絲。」

「在。」

「妳走漏的風聲包括區域魔王會在哪出現嗎？」

「這個嘛……」

「有還是沒有？」

「——唔！好像有包括在內！」

哇靠。

不，我該朝好的方向想。

放好玩的區域魔王可以起到宣傳效果——我要這樣想。

印象中我放的位置好像在四樓。被打倒就會換位置，但目前應該還在那裡才對……

在不懷好意的魔物小屋裡，會出現好幾隻C⁺的吸血蝙蝠。不知情的人會遭大量魔物偷襲，然而事先知情就能應付吧。

不過，會讓人覺得他們一開始就知道房裡有什麼，這問題更大吧。

——原本還很擔心，結果是我多慮了。

愛蓮她們刻意利用掉落陷阱直奔五樓，假裝受傷好宣傳回復藥的效用，然後又假裝在找休息的地方，一面朝目的地前進。

做得盡善盡美，好會演。

「大哥、大姊頭，經過這個轉角有個小屋。咱們去那休息吧。」

「好啊！對了，卡巴爾，你還好嗎？」

「嗯、嗯嗯。這個回復藥真有效。雖然我已經完全康復了，但多撈一票前還是先休息一下吧。」

只有卡巴爾的台詞唸得很生硬，然而觀眾都沒發現。他們正看螢幕看得入迷，這時基多將那道門打開。

「唔喔！裡面有吸血蝙蝠！」

「別慌，卡巴爾，拜託你嘍！」

「……但我不想被吸血耶。」

卡巴爾的抵抗都是一場空，戰鬥開始。

他舉起鱗盾，然後躲到盾後面，以一己之力承受吸血蝙蝠的攻擊。

乍看之下似乎很危急，但卡巴爾老神在在。因為吸血蝙蝠敵不過盾的強度，所以他從容不迫地抵擋攻擊。

趁卡巴爾吸引魔物的注意時，愛蓮準備好發動魔法。

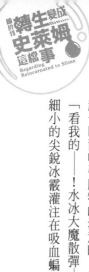

「看我的——！水冰大魔散彈——！」

細小的尖銳冰霰灌注在吸血蝙蝠群身上，在狹小的房間裡無處可逃。愛蓮的魔法威力因樹妖精之杖獲得增幅，吸血蝙蝠遭她一網打盡。

「嗯——這樣看來好像太簡單了。」

「是啊。換成巴森他們的隊伍，這就是一場攸關生死的死鬥了……」

「這樣就給他們金箱，好像有點吃虧。」

「不過拿愛蓮他們當基準是有點那個啦。」

的確，菈米莉絲說得有道理。

而且仔細想想這次是因為他們作弊才變那麼簡單，一般情況下可沒這麼好混。在迷宮內四處奔走，最後若能發現金色寶箱，大可獻上祝福、說他們是幸運兒。

『剛才這一仗打得真漂亮。』

『是的，不愧是老練的冒險者團隊。打起來游刃有餘。哦，基多先生要開寶箱了？』

『噢噢！是金色箱子。真的會出現稀有級物品嗎？』

我邊聽兩人解說，眼睛朝基多的手邊看去。

肯定會出現稀有級物品，但究竟會開出什麼呢？

「這是……劍……」

「人家想要魔法師專用的防具啦～」

「你說劍嗎？太好啦，看來上天知道我很努力！」

三人三樣情。

基多意興闌珊，愛蓮一臉懊惱，加上剛才那些沒勁表現全一掃而空的卡巴爾。每個人的反應都很有趣。

『噢噢，真的跑出武器呢，摩邁爾先生！』

『哎呀，那是當然的吧。金箱裡面都有好東西，這是魔王利姆路大人希望我轉達給各位的。』

我不記得有請他轉達這種話，但摩邁爾也挺會煽動人的。

這個金箱開出暴風長劍。

大家好像以為它是稀有級，其實這是如假包換的特質級武器。

跟我送基多的暴風短刀一樣，是黑兵衛拿暴風大妖渦（Charybdis）鱗片鍛造的名劍。

可能是維爾德拉將大獎開出率調高的關係，愛蓮他們以百分之一的機率開到頂級貨。

目的一達成，愛蓮他們馬上準備回歸地面。

該說這幾個傢伙太現實嗎……

「這次獎品好像送大太，就算了吧。」

對於愛蓮等人的勇猛表現，我也只能苦笑以對。

就這樣，愛蓮他們在時限前早早回歸。

另一方面，來看正幸小隊跟凱。

雙方就像在比賽一樣，爭著往樓下去。

然而差距一目了然。

正幸他們的速度快到嚇人，兩小時過去，一夥人已經來到地下九樓。

「那些傢伙也太快了吧……」

「抱歉。我沒想到掉落陷阱會被人用那種方式利用……」

「但我想正幸他們不是故意利用的。」

在我跟菈米莉絲對話的這段期間，正幸他們正在攻略第九樓。然後時間還剩五十分鐘以上，他們已經到十樓了。而且靠掉落陷阱抄近路的結果，就是落到鄰近地下十樓最深處房間的絕佳位置。

會這樣也是受正幸的好運加持吧。

「沒想到不用三小時，他們就能抵達那裡……」

這速度快到令人除了傻眼還是傻眼。

來到這一帶的樓層，某些魔物會出現在通道上。有時還會成群結隊出現，但正幸的夥伴們有夠厲害。

他們並沒有陷入苦戰，一擊便讓魔物歸西。

除了掉落陷阱外，其他都與我給的地圖情報相符。所以正幸一行人邊看地圖，邊在通道上前進。

他們終於抵達最深處的房間。

打倒這個大廳裡的關卡魔王，通往地下十一樓的階梯才會出現。

而這裡的樓層守護者是難度相當於B級的大蜘蛛。

那威容令人懼怕——

「喝啊！」

只見迅雷奮力揮刀，大蜘蛛便下地獄去了。

可、可惜啊。

面對正幸一行人，區區一隻大蜘蛛似乎奈何不了他們。若是沒有掉落陷阱，至少在他們來的路上可幫忙拉長不少時間……

正幸他們確實打開了金箱，拿到相當於稀有級的短劍。還很精明地找了記錄點登錄。

看到這一幕，我決定撤掉所有的掉落陷阱。

打倒關卡魔王後，正幸等人便直接用「回歸哨子」返回地面。繼愛蓮小隊之後，他們是第二個回到地面上的隊伍。

當正幸他們從大廳消失，原本緊閉的門扉便再次開啟。

『正幸先生跟他的隊員回來了，然而這次換凱先生要挑戰關卡魔王了呢。』

『凱先生憑一己之力攻略到這邊。沒有踩到掉落陷阱或是被其他陷阱暗算，以驚人的速度跑過那些通道。』

『速度那麼快，掉落陷阱還沒開就跑過去了吧。雖是讓人意想不到的攻略法，但一般人學不來。』

聽摩邁爾這麼說，一些像冒險者的觀眾認同地點點頭。單刷就這麼快了，若是組隊更不用說。

凱好歹是不辱A級地位的菁英冒險者。不可能在這些淺層關卡陷入苦戰，也不知用了什麼樣的手段，甚至還狂開銀箱大拿特拿。

這傢伙真是史上最爛的測試員。

想歸想，眼下這種情況又不能拿他怎樣。

「嘖，被那個爛勇者超前了嗎？算了。快點讓那個關卡魔王復活！」

凱高高在上地下令。

雖然火大，但我是成熟的大人，我忍。

『對了，摩邁爾先生。像這種時候會發生什麼事呢？』

『唔嗯。關卡魔王好像會花三十分鐘復活。』

『那當然也包括金色寶箱吧？』

『聽說是這樣沒錯。否則會發生爭打魔王的狀況，利姆路大人似乎曾為此擔憂呢。』

『原來如此啊。那凱先生的時間就不夠用嘍～』

『大概吧。時間所剩不多，想必這次的挑戰就到這裡了。』

離預定時限三小時還剩十五分鐘。

聽人說時間不夠用，凱本人不爽地發起牢騷。

「開什麼玩笑！這是在對本大爺下令嗎？我知道你們無能，但我沒必要配合你們！馬上讓關卡魔王復活！」

凱的雙眼因慾望充血，在那自說自話。

戴兒塔原本還淡然地聽著，當那是耳邊風，凱接下來的話卻讓她神情一變。

「哼！無能的主君就是無能。你們這群無能人士訂定的規矩，老子根本不需要遵守！」

啊，他說了。

竟然當著迷宮管理者的面大言不慚地說要無視規則……

無論凱再怎麼叫，規則也不會改變。但迷宮管理者是否會放過他，答案只有一個。

「您的發言明顯違反我等訂定的規矩。若您願意謝罪便不追究，但若繼續口出惡言，就不能坐視不管了。」

「妳說什麼？區區一個招待員還這麼囂張。別笑死人了！」

戴兒塔對凱淡淡地做出警告。

凱則把她當白痴一笑置之。

「已確定有明確的違規行為。接下來將要行刑。」

「哼，妳說行刑？就憑妳也想對老子——」

下一刻，地面伸出一些藤蔓綁住凱的身體。

「——什麼！」

「已解除『復生手環』的痛覺阻隔機能。您想謝罪了嗎？」

綁住凱身體的藤蔓冒出細小尖刺。這些刺穿過鎧甲縫隙等處刺穿凱，似乎帶給他劇烈的痛楚。

戴兒塔不經詠唱就發動精靈魔法「蔓棘束縛」。

「可、可惡！就憑這點程度也想贏我？」

「最後一次警告。您想謝罪了嗎？」

「別小看我！這種爛魔法才——」

凱叫到一半突然沒了聲音。

因為戴兒塔用她的纖纖玉手砍下了凱的頭。

凱挑戴兒塔當對手真是挑錯人了。

他確實有A級水平，然而戴兒塔是樹妖精。雖然沒有戰鬥經驗，但光靠種族特有的本能就強到突破災害級。今後累積經驗，就會跟德蕾妮小姐她們一樣變成災厄級吧。

凱這種貨色哪贏得了。

看到在武鬥大會上活躍的凱被好好小姐戴兒塔打倒，觀眾們也難免動搖。

他們一直深信凱是強者，他卻在來不及抵抗的情況下瞬間被人殺掉。親眼目睹這樣的景象，怎麼可能不吃驚。

似乎感受到現場氛圍，摩邁爾開始以平緩的語氣講解。

『對了，迷宮管理者的話等同這座迷宮內的規矩。一旦無視規則就會像剛才那樣，遭迷宮管理者制裁。』

只要守規矩就不會有事，摩邁爾如是說。

『好、好可怕。那凱先生會有什麼下場？』

『其實也沒什麼大不了。只是沒收他這次在迷宮內獲取的所有道具罷了。但「復生手環」的痛覺阻隔機能已經被解除，想必他會感受到極大的痛楚吧。』

講是講罰則，其實也沒什麼。

就是將當事人剛才在迷宮內的活躍表現全數作廢，沒別的了。

若當事人太過惡質，我們可能會禁止他進入迷宮……但要先看看情況再做檢討。

『啊！凱先生到外面了，但好像跟摩邁爾先生不一樣，已經昏厥過去了。』

凱被人砍頭的當下就化作光珠，在地面上重新活過來。不過，人一直處於昏厥狀態。

畢竟這次的懲罰意味濃厚，戴兒塔行使專屬權限限制「復生手環」的機能。可以肯定凱就算遭到懲處仍安然無恙，但要從死亡帶來的衝擊中恢復還須一段時間吧。

舉凡對待摩邁爾的方式，還有看不起戴兒塔的態度等等，凱這個男人真的很討人厭。所以我有種一吐怨氣的感覺。

這下凱多少會反省一下吧。

『只要遵守規則，「復生手環」的安全裝置就萬無一失。可是凱先生打算無視規則。在這座迷宮內禁止冒險者互相爭鬥，還得聽從迷宮管理者的建議等等，有許多細部規定。正式開放後預計發放須知手冊，接待員會為不識字的人講解。為了避免大家跟這次的凱先生落得相同下場，還望各位確實遵守規矩。』

『結果變成這樣，對凱先生來說或許有點遺憾。可是正式開放後，只要等一下，關卡魔王就會復活！冒險者之間起紛爭也違反規定，大家要守秩序，正正當當地攻略迷宮喔！』

蒼華朗聲解說。

正正當當地攻略迷宮是什麼意思？她沒回應這個問題。

觀眾之間的氣氛有點尷尬，但還是被蒼華用力帶過。

在這期間，凱也恢復意識。然後他想起自己發生什麼事，既驚愕又懊惱。

看到凱復原，觀眾們也逐漸恢復冷靜。

太好了、太好了。

看來觀眾也明白摩邁爾那番解說都是真的。

凱雖然討人厭，但觀察他獲得的情報頗有助益。

只要重新檢討對策，以應付專門來開寶箱的高階冒險者，我們就不會損失慘重。一方面也讓大家明白不守規則有什麼下場。

就這樣，我個人很滿意凱的挑戰結果。

＊

情況就是這樣，各隊陸續結束迷宮攻略，最後只剩巴森一行。離預定結束時間只剩十分鐘左右，差不多該讓巴森他們結束這回合了。

才想到這兒便聽見「呀——！」的一聲尖叫，巴森的一名夥伴倒下。八成被房裡的魔物暗算，他的右眼遭箭貫穿。

所以我才說嘛，隨便開門很危險。

房間裡面有一隻骷髏兵拿弓狙擊想進房間的人。

倒下的第二人則是被射中眉心。跟凱不一樣，經過十秒後才變成光珠消失。迷宮攻略活動即將結束，他死得正好，剛好可以體驗死亡。

骷髏兵馬上被剩下那四人打倒。

『什、什麼！到這裡都無人出局，現在卻出現兩名犧牲者。不過各位大可放心。剛才死去的人都會到地面上平安復活！』

蒼華針對巴森小隊的狀態進行實況轉播。

摩邁爾忙著配合她。

巴森等人的作戰方式充滿臨場感，觀眾全都看得目不轉睛。或者說是別具魄力的戰鬥場面映在巨型螢幕上使然，他們似乎也感覺身歷其境。

每次有魔物出現就會發出慘叫，這些反應也相當有趣。

或許就像在看恐怖電影。

當死者出現，甚至有人陸續發出悲鳴，一副感同身受的樣子。

播映迷宮攻略情況或許是一種有趣的活動也說不定。隨意放映可能會出問題，我們可以試著跟挑戰迷宮的冒險者商議放映事宜。

如此這般，我想到這個小點子。

這些之後再想，時間也差不多了。體驗上已經很足夠。多虧有巴森他們在，場面才會搞得這麼緊迫，就結果而言是很棒的挑戰者。

剛開始還囂張地貶損正幸，說要揭開迷宮的真面目、說廣大的迷宮只是障眼法，在那大言不慚，但他們現在好像忘了這些事，忘我地攻略迷宮。

那夥人現在正流下男兒淚，呼喊死去同伴的名字。

不僅愛照自己的意思妄想，還把人家的話當耳邊風呢。但好像有不少冒險者都是這種人。若是把這群挑戰者當範本，可以說非常具有參考價值。

「那麼各位，現在這個時間點也差不多該回歸了。」

負責跟隨巴森等人的阿爾法很不識趣地宣布。

巴森被阿爾法這種態度惹毛，但她不當一回事，強制啟動所有人的「回歸哨子」。

「混帳！」

這句怨言從巴森嘴裡脫口而出。

然而一回到地面上，巴森就將這句話吞回去了。

「啊，巴森大哥。我好像真的復活了耶。」

一臉錯愕的同伴過來迎接他們，讓他怒氣全消。

「好威啊——！你真的復活了？」

「是啊，我也以為自己完蛋了呢，但沒想像中那麼痛，復活得很順利喔。」

「說什麼呢，是真的還得了？會復活魔法的人不多，但有這個手環就沒問題啦！」

巴森一行人邊聊邊確認死而復生的同伴是否安然無恙，並分享喜悅。

「可惡，我的右眼——」

「那要不要用這個試試？」

右眼被箭射穿的男人也靠回復藥治好傷口。

「這個好厲害。對身體就是資本的我們而言，這麼好的環境真是求之不得啊。」

「真的啊？那以後要再拚一點！」

不不不，你們從一開始就衝過頭啦。

對陷阱一點戒心都沒有，這樣去陷阱重重的樓層哪挺得住。

想吐嘈的點堆得像座小山，但我忍住了。

觀眾的反應才是重點，他們將巴森等人的攻略過程盡收眼底，似乎已十分了解這座地下迷宮有多安全。

這次的宣傳活動可說十分成功。

挑戰者們並列於舞台上。

我也走向舞台，在他們面前站定。為了替這次地下迷宮公開秀做最後的致詞。

『不知大家覺得如何？是否有從中找到樂趣呢？這座地下迷宮預計再過不久就會正式開放。保證安全，有興趣歡迎來挑戰。而成功闖過地下一百層的人，將有權挑戰我！』

麥克風在手，我用這句話收場。

感覺很不賴。

之前的決賽也讓大家興奮不已，但觀摩迷宮內的情況似乎還會讓大家有身歷其境的感覺。

就這樣，地下迷宮公開秀也平安落幕。

——若是到此結束就完美了。

『利姆路，情況怎樣了？挑戰者一直沒來，我要等到什麼時候？』

顯然沒把人家的話聽進去，這個笨蛋迷宮之王維爾德拉用「思念網」聯繫我。

好心情都被他給破壞了。

『吵死了，都跟你說過多少次！聽好，現在不會有挑戰者去最底層啦！』

『什、什麼？怎麼跟你說的不一樣！』

『明明就一樣，大笨蛋！人家講的話要好好聽進去啊！』

之後我們又吵了一陣子。

在慶典上挨罵，真的有這種屁孩呢。

興奮過頭把事情搞砸，這是常有的事。

所以這次我一直苦口婆心斥責維爾德拉，直到他反省為止。

第五章

祭典過後

Regarding Reincarnated to Slime

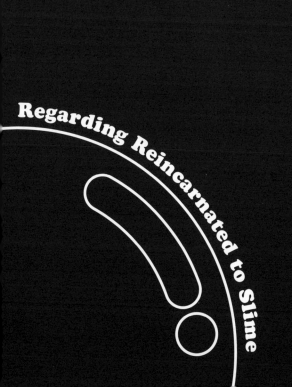

開國祭最終夜。

今天是壓軸，將召開由我國主辦的盛大晚宴。

朱菜跟吉田先生拿出看家本領，提供讓人為之驚嘆又極盡奢華的料理。

這都是為了讓大家留下好印象。

大概是在這三天混熟的吧，我還看到貴族們有說有笑。

有別於第一天的夜晚，這次的晚宴和樂融融。

目前維爾德拉、菈米莉絲還有蜜莉姆正待在迷宮內。除了他們，卡利翁、芙蕾跟米德雷也聚在那裡，大家正一起度過愉快的夜晚吧。

德蕾妮小姐跟長耳族人都卯起來準備佳餚，我晚點也要帶些甜點當伴手禮過去露個臉。

鎮上也沒閒著。

來訪的商人、冒險者、附近的農民以及鎮上居民正融洽地享用酒菜。去所有的店消費都不用錢，今天大家又是喝酒又是唱歌的，場面熱鬧非凡。

他們似乎都降低戒心，不分魔物與人，正開心地享受這個夜晚。

現場還有音樂流淌，一些人隨著音律唱歌。

還有人跟隨節拍開開心心地跳舞。

想到這段時光即將結束，讓人感到既不捨又扼腕……

明天開始，大家又有自己的工作要做。

想到就覺得憂鬱，同時又充滿幹勁。
心情很奇妙。
這麼想的應該不只我一人，但大家的表情還是很愉悅。
那就是所謂的幸福吧。
看到如此幸福的景象，我衷心期盼這份和平能長久持續下去。

如此這般，這天夜晚即將過去——

＊

世事無常，慶典結束了。
今天一早街道就擠得水洩不通，塞滿歸國人士。
利格魯代替哥布達指揮警備部隊，從天亮前就開始忙進忙出。
「慶典隔天會想睡到中午吧？」
「哈哈哈，利姆路大人。容易喝酒誤事的愚蠢之人哪能當警備隊員！」
利格魯很認真。
不愧是利格魯德的兒子。
這種時候，換成哥布達一定會說「慶典隔天會想睡到中午嘛」。這點我有同感，所以好像會不小心就寵他，但還是別說比較妥當。

跟哥布達不一樣，利格魯毫無怨言，俐落地指揮部下。

多虧利格魯指揮，沒出什麼重大問題，來賓們開始移動。

街道相當寬敞，只要路沒被馬車堵住，總是有人來來往往。似乎早就料到今天會塞，某些人打算多留幾天，客訴沒預期多。

街道的整頓工作就交給利格魯，我回去處理自己的工作。

今天就是支付金幣的最後期限。

我讓超過百名的商人聚在大會議室裡。

目前正由利格魯德跟摩邁爾出面說明，但我也差不多該上場了。

我知道接下來是重頭戲，便打起精神前往現場。

來到大會議室後，裡頭有爭吵聲傳出。

「就跟你們說我方一定會付款了，請各位稍安勿躁！」

「你想用這些說詞誆騙我們嗎？」

「我們已經等到慶典結束。快點把該給的東西交出來！」

「先等一下。你們說得很有道理，但能不能賣我個面子？」

「說得是。我等將你們介紹給吾友摩邁爾，這是想害我們顏面掃地嗎？」

「話不是那樣說，大人。但我們也希望對方確實支付價金嘛——」

「所以才要你們先等會兒。這個國家既不會逃也不會躲，他們說除了矮人金幣，還能透過其他管道支付。這次就不能看在我們的面子上將就收取嗎？」

「我們不相信那些！」

「沒錯沒錯！好了，快付錢——」

看來摩邁爾的友人——那些大盤商正在安撫小販。

也許他們只是在貫徹商人的道義，但我非常開心。這表示摩邁爾確實很有看人的眼光。

「好了好了，各位，何不先冷靜點？我是卡斯通國王的代理人莫查，就算是魔國的人也不敢賴那些人的帳。對吧，摩邁爾。我說得沒錯吧？」

看來有大人物在。

卡斯通國王的代理人——也就是說他來自鄰近英格拉西亞王國的商業國家卡斯通，是該王國的貴族嗎？

「是的，莫查公爵大人！您說得是。不過——」

嗯。雖然不是大國，卻也是頗具規模的卡斯通王國的公爵啊。貴族本來就高貴，至於公爵更是大貴族。

「那希望能快點讓這些人安心。按照西方諸國評議會訂定的國際法走，盡快支付。」

看來莫查公爵不僅是位高權重的貴族，交涉方式也很紳士。

摩邁爾雖是我國要人，目前卻沒賜他爵位和地位。身為我的代理人只握有臨時權限，立場上接近食客。

儘管身旁跟著大臣利格魯德，但對方不僅記住摩邁爾的名字還親自跟他對應，可以說是最高等級的待遇。

貴族竟會記住平民的名字——雖說大多記不住，但就算記得，一般而言裝作不知情才像貴族。這都是摩邁爾告訴我的，我想現在最驚訝的莫過於他本人。

「請、請等一等，莫查公爵大人。一開始訂契約時就說按慣例支付便可。而慣例自然是——」

「摩邁爾啊。我不管那些瑣碎的事。接下來要說的對商人來說也是如此，國與國交流最重視的就是信用。而彼此都遵守約定才會萌生信用。是這樣吧？」

「您說得沒錯。可是——！」

「住口！這些人相信你們才願意做交易。你們該不會打算踐踏這份信賴吧？」

「當然不會。可是我們也有苦衷——」

「呵呵，原來如此原來如此，是這麼一回事啊。摩邁爾啊，幸好我有辦法解決那些煩惱。那位利格魯德先生要一起來也行，要不要跟我單獨聊聊？」

——啊，這下確定了。

事情發展就跟艾爾梅西亞說的一樣。

彷彿考試時看到題目都在事前預習的範圍內，我心裡好像出現這種難以言喻又踏實的從容了。

這下能輕鬆戰勝對方。

「您、您這話是什麼意思？」

摩邁爾繼續用很刻意的方式演戲。不愧是見多識廣的商人，除了膽子大還很會演。明明就跟我一樣，已經察覺真相，卻繼續跟對方交談，沒表現在臉上。

繼續把事情交給如此可靠的摩邁爾，問題似乎也能順利解決。然而如此一來，我嚥不下那口氣。

那就來展開行動吧。

繼續在這偷聽也不是辦法，快點把這場鬧劇結束掉。

這時迪亞布羅大力推開門扉。

「用不著勞煩您。」

我邊講邊穿過這扇門進屋。

紅丸和紫苑跟在我後頭，最後是迪亞布羅進屋，將門靜靜地闔上。

「等很久了嗎？話說剛才吵得有點激烈呢。」

這話說完，紅丸朝那些商人瞥了一眼。

商人們看我現身全都一臉驚訝，這句話讓他們血色盡失。想必他們以為我會把事情交給利格魯德等人處理，本人不會出現吧。但我卻帶著幹部前來，害他們似乎不知該如何對應才好。

「魔王利姆路大人駕到。還不行禮。」

利格魯德說話時狠瞪幾名商人，其中幾人趕緊起立行禮。然而半數以上的人只是一臉困惑地看著我，坐在椅子上窺探情況。

也罷，小販並沒有受過跟貴族應對的相關教育，臨時反應起來就是這樣吧。

連莫查公爵都趕忙從座位上起身，我便出聲制止。

「用不著拘禮，利格魯德。」

我笑著說完，接著環顧會議室內部。

利格魯德遵從我令，在現場靜靜地待命。

待在這的不只是商人，還能看見少許變裝後的記者。看來我國一旦失態，對手就會讓他們去各國報導此事。

看我們會哭求說本國付不出金幣，還是用暴力讓那些商人閉嘴。不管我們如何對應，他們都會報導得很滑稽吧。

但我們早就知道這件事了。沒想到事前已有親切的記者去向迪亞布羅告密。

咯呵呵呵，這份心意真教人感念——迪亞布羅用那句話誇記者們，但他們的笑容似乎嚇到僵掉。他們以前八成有過很可怕的體驗，絕對不要跟迪亞布羅敵對——他們的反應讓人感覺到這股強烈意志。

他們可能遭受某種威脅，但這是記者跟迪亞布羅之間的事。

我出面插嘴未免太不識相。

「原來是魔王利姆路陛下。很高興見到您。現在才跟您打招呼，實在對不住。」

莫查公爵很有貴族風範，優雅地鞠躬。見到我只慌了一秒，馬上又找回從容。臉上浮現柔和的表情，代表在場眾人向我問好。

「你就是卡斯通王國的莫查公爵吧。為什麼來這裡？這件事應該沒你的份才對？」

我也笑著道出事先準備的說詞。

沒有因對方是貴族就畏畏縮縮，對應起來很流暢。預習跟複習果然重要。

「是這樣的，有些人這次是頭一回跟貴國做買賣，他們來找我哭訴，說自己的正當權利遭人藐視，守護我國子民也是貴族的職責，所以明知失禮仍像這樣前來，欲為此事做仲裁。」

還真好意思裝得這麼清白。

這傢伙骨子裡根本是黑心鬼吧。

雖然我這麼說，自己卻不輸他，不過本人是史萊姆，清澈透明。

「哎呀，真是勞煩你了。但是真奇怪呢。那邊那位摩邁爾說我國預算足以支付，但付款過程卻有所延滯，怎麼會這樣呢？」

「是，關於這點，是因為他們只接受以矮人金幣支付——」

摩邁爾也很會演。假裝對我的質問感到惶恐，試圖解釋。然而卻被莫查公爵打斷。

「那是當然的嘛。摩邁爾啊，若你以前也是隸屬布爾蒙王國的正規商人，應該很熟商業方面的國際法吧！跟自由公會那些邪魔歪道不一樣，這些人只信任矮人金幣。」

莫查公爵語氣平緩地述說，替聚集在此的商人撐腰。

一直堅守善意的第三者立場，然後再藉機行事當和事佬，想賣我人情吧。所以他的態度乍看之下很公正。

但這只是在強迫別人遵守他們的規矩吧。

我朝迪亞布羅使個眼色。

迪亞布羅則心領神會地笑著，朝我點頭回應。

這下就準備妥當了。

「原來是這樣啊。聽說這裡聚集了各國記者，我還在納悶所為何事，原來只是為了這點小事。」

「所以利姆路大人，這次就交給我對應吧……」

看到紅丸施壓，某些商人因此感到害怕。

似乎都按我們的計畫進行，對方認為我們在施壓好逼他們就範。

「紅丸你別激動。聽完他們的說詞，不難想像商人們為何如此擔憂。」

我用這些話安撫紅丸，他露出有點意外的表情。事情順利進展到一半卻遭人潑冷水，看起來就像這副不滿樣。

「可是，利姆路大人。我覺得很疑惑，就算沒矮人金幣，我們也有古代金幣。如果這也不願收，就給他們等量的我國特產就行啦。為什麼不接受？」

「我也這麼想，但商人有他們的苦衷吧。」

我們就這樣你一言我一語，一面觀察莫查公爵的反應。看樣子公爵他也在找時機插話。

他想當說服商人的那個人，才可以賣我人情。

「那不然這樣如何？現在就先信賴我國，像紅丸大人說的那樣，用證書或實品來支付可好？」

為了在此時一口氣做個了結，摩邁爾開出第一槍。

若是對方答應，那就好說。事情可以和平落幕。

不過，假如他們拒絕這項提議……

我人都在交易現場了，還不給面子，到時我們也只好痛下決心。

「這、這種東西叫我們怎麼相信！」

「說、說得對。」

「就因為這裡是魔物王國，我們才要求用矮人金幣這種令人放心的通貨支付。望貴國體諒我們的心情，務、務請寬容以對——」

看來不只是來不慣這種場合的商人，也有會應付貴族的人。可是他們說的話都很自私，完全沒替我們著想。

啊啊，可惜了——我心想。

莫查認為時機已經成熟。

他原本還怕受魔王威逼後，這些商人會感到害怕，可是他們似乎按計畫走，都聽從莫查的指示。想也知道。

莫查是卡斯通王國的公爵。

雖然年紀尚輕，才三十五歲，但他跟偉大的羅素一族有些關聯。是西方諸國的支配者之一，身分地位特別崇高，這種人為數不多。現實就是敢違背他命令的人少之又少。

本次計畫出自羅素一族長老的聖命。

他命莫查「對魔王利姆路施恩，博取他的信任」。還答應他辦成這件事就准許他晉升五大老。

五大老──他們立於這個世界的頂點。

莫查很開心。

並誓言要動用自己所有的力量，無論如何都會遂行這道命令。

他答應那些見錢眼開的商人，表示會助他們飛黃騰達，將各國記者拖下水以確保自身安全，莫查親自與魔王利姆路對峙。

那是因為，唯獨這項工作不能交給其他人。

據說魔王利姆路才誕生沒多久就宰了人稱冷酷無情的魔王克雷曼，自立為新魔王。據傳言指出，他更是與殺光兩萬名士兵的「暴風龍」有交情，這魔王令人聞風喪膽。

雖然很怕跟這名魔王利姆路直接碰面，但是將這跟未來加身的榮耀放在天秤上一秤，他便能輕易克服這份恐懼。

莫查也是唯利是圖的男人。

也因為這樣才會遭人利用，但他本人沒有察覺此事。

一切都如艾爾梅西亞・阿爾・隆・薩里昂所料。

魔王跟那群幹部竟然會親臨這種場合，說真的莫查也很意外。

他本來想先攻下摩邁爾這個男人，再要求覲見魔王。

雖然事情發展跟莫查的盤算有些出入，但可以說是替他省去不少工夫。現場就有記者，樓下大廳據說還有一大票記者蜂擁而至。

那一切就安排妥當了。

當商人們拒絕魔王的提議，莫查的計畫就等同宣告成功。

再來就剩安撫商人，由他掌控全局。

光這樣就足以讓魔王利姆路感謝他才是。

莫查確定自己會成功，用平穩的表情開口道——

「不知您意下如何，利姆路陛下。若您有任何困擾，可願與敝人莫查商量？相逢即是有緣，我也想幫陛下的忙——」

該說如我所料，還是這場戲演得太爛呢。

莫查公爵如此提議。

排在我身後的幹部們皆冷眼盯著這個公爵瞧。

似乎察覺他們的目光，莫查公爵臉上浮現焦急神色。好像發現某些事不如預期，但為時已晚。

好了，差不多該收線了。

「難得你有這份心，但沒那個必要。進來吧。」

蓋德聽從我的命令進到房間裡。手上拿著一個盆子，裡頭放了堆積如山的金幣。

「什麼？」

「怎麼會……」

「這些都是……？」

房內一陣譁然。

一看到那些金幣，莫查公爵的臉色便明顯驟變。看樣子他發現自己的作戰計畫失敗了。

「要我們付款是吧。好。就用矮人金幣回應你們的支付請求。」

利格魯德對外宣示。在此同時，室內一片鴉雀無聲。

「請、請您……請等一等，利姆路陛下！」

莫查公爵陷入慌亂。

事到如今才知道慌。

「什麼事？」

聽我冷聲問完，莫查公爵一臉拚命地問我：

「這、這些都是矮人金幣嗎？用假幣可是徹底違反規矩喔！」

嗯——你居然敢對我說這種話？

這還真是相當失禮啊，莫查老弟。

「敢對利姆路大人不敬——」

迪亞布羅說完便跨步上前。

紅丸也露出憤怒的表情，紫苑則開始在我背後散發危險氣息。

由於事情會變成這樣，我才希望他別亂講話。

「恕、恕我失言。可是，這真的是——？」

「若你懷疑，請人鑑定也可以喔。」

我笑著開口，莫查公爵為之生怯。

「那就恕我冒犯，容我用珍貴的魔道具調查。」

看我跟莫查公爵對談還敢插嘴，原本算是無禮的行為……算了，用不著斥責。

這個商人大概是莫查公爵養的奸細。他太過慌亂，才會忘記好不容易培育起來的教養吧。

反正這傢伙不是真貨，只是裝出來的。但我也一樣，還不是當王的料，沒資格說人家。

總之繼續往下談吧。

「利姆路大人，多位記者說他們想將交涉過程寫成新聞報導。您意下如何？」

我用「思念網」傳話給朱菜，她照我們商量的結果行事，在門的另一邊出聲詢問。

外頭那些記者按迪亞布羅的要求聚集。只要我下令，他們就會闖進來當證人。

「既然如此，那不正好？要鑑定金幣的真假，就讓記者來現場當證人吧。」

紅丸配合朱菜做出回應。

接著就照預定計畫，記者們進入會議室。

「這、這是真貨──！」

那名奸細驚愕地大叫。這是我們辛辛苦苦集來的，當然是真貨。

「確實不假。這些金幣挺有看頭的。有些甚至年代久遠，想必沒在市場上流通。」

其中一名看似見多識廣的記者如此評判。

大概是跟艾爾梅西亞換的那些。

那個人好像能存多少就存多少。

連記者都跑來鑑定金幣，這下奸細再也無能為力、愛莫能助。記者們很有用處，可以避免對方在這將金幣換成假貨。

不過，假如他們真的做出那種事，暗中監視的蒼影可不會默許。

「好了，已經夠了吧？那些商人似乎也很擔心款項的事，快點把錢付給他們。」

當我高高在上地說完，利格魯德跟摩邁爾便點頭說了聲「是！」。

然後他們邊確認文件邊付錢給這些商人。

接著──

之後沒出什麼差錯，在記者的監視下，款項支付進行得很順利。

「看樣子你是最後一位啦。」

到這就順利支付完畢。

這次開國祭上所有的交易就此完成。

「哈、哈哈哈，不愧是利姆路陛下。竟然能籌到這麼多矮人金幣，您究竟是怎麼籌的……」

莫查公爵僵硬地說著。在我們全數支付完畢後，他眼前堆了一座金幣山，數也數不清、金光閃閃。

商人們的表情有點困惑。事情進展跟預定計畫不同，他們不曉得該怎麼辦吧。

這時，剛才那個疑似奸細的男人開口了。

「好吧，只要貴國遵守國際法規，我們就毫無怨言。今後也請貴國多多關照——」

「哦，這就免了。」

答這話的人是我。

聽到這番話，商人們全都驚愕地看向我。

我底下那些幹部也一樣。

「這、這是什麼意……」

「跟你們的交易到此為止。不會再有下次，就是這個意思。」

我一臉理所當然地宣示。

幹部們滿臉驚訝。

唯獨迪亞布羅樂呵呵地笑著。就只有這傢伙能看穿我的心思，真拿他沒辦法。

「小的不太懂您話裡的意思……」

「你、你有何打算？既然都付錢了，你們對我等來說就值得信賴啊？」

「因為我們是小販就狗眼看人低嗎？沒人四處走賣，國與國之間就不能自在交流喔！」

看樣子腦袋總算反應過來，商人們開始接連叫囂。

「你們幾個，利姆路大人貴為本國君王，這樣回話未免太過無禮了吧？」

紫苑帶著暗潮洶湧的怒意開口，大概覺得這下不妙，商人們全都閉上嘴巴。

既然他們都安靜下來了，就來把事情結束掉。

「拐彎抹角很麻煩，我就直說了，你們之前吵吵鬧鬧說我國沒『信用』吧？所謂的信用是建立在雙方互信上，不是逼一方接受另一方的說詞，這是我的看法。摩邁爾拜託過你們好幾次，請你們信任我方吧？」

「這、這個……」

「可是……」

「不過，我也不是不懂你們的心情啦。畢竟我們是魔物，就算我們說本國想跟西方諸國交流，你們也不確定我方是否真的會遵守人類訂的規矩──就是這種心情吧。」

「就、就是那樣！所以──」

「不過啊，我們也因此妥協，說要拿東西交換，或用古代金幣支付對吧？是你們不屑一顧。」

「──！」

「唔……」

摩邁爾拚命交涉，跟對方低頭懇求無數次。在場這些商人卻將之拒於門外。

這點我無法原諒。

「就如你們只想跟值得信賴的對象做買賣，我們也只想跟可信的對象交易。所以你們今後不准在我國做買賣。我不會禁止你們入國，但別妄想獲得營業許可。」

我的宣言似乎讓商人們發現事態嚴重。

在這塊未來極具發展潛力的新天地裡，已經沒有他們的立足之地了。

莫查公爵聽完疑似驚覺自己的計畫告吹，一臉蒼白。

「怎、怎能如此胡來！這些人只是基於國際法主張正當權利——」

忍無可忍的莫查公爵開始大叫。

不能跟我國做買賣就麻煩了，他這麼想吧？

的確，這塊土地預計成為巨大的經濟重鎮。就算整個西方諸國加起來也比不上。

所以他才想先來跟我攀交情吧——既然看得那麼遠，就不該耍這種手段。

因為我對付敵人絕不手軟。

「權利是吧。你好像搞錯了，所以我訂正一下，我國尚未加入西方評議會。我國是想加入沒錯，但不行就算了，其實也無所謂。」

「什麼——？」

「因為啊，這個地方肯定會成為巨大的經濟重鎮，那已經是不爭的事實了。畢竟我想那麼做。」

「您在胡扯什麼？只憑個人意志，竟敢說出那麼傲慢的——」

「一點也不傲慢。大家會團結朝同一個目標邁進，一起努力。那樣肯定會做出一個結果。我只是推一把罷了。」

我講得很好聽……但事實上只是將我想要的東西擺第一，讓它實現罷了。所以他說我傲慢，我也不否認，但我還是理直氣壯地回嗆。

「我也想跟西方諸國評議會構築對等關係。可是若想打壓我國，那就免了。用不著勉強配合，透過自由公會就行了。這樣你懂了吧？」

再說如果有必要，可以像我們跟布爾蒙王國或矮人王國締約那樣，立下專屬兩國的協議。只要跟互相信賴的國家個別訂立協議就行了。

還有那些招數可用，沒必要慌。

大可磨練我國，提昇其重要性，願意信賴我們的國家必定會出現。

這想法在我心裡已經變得非常堅定了。

「我、我明白了。那就讓我當溝通橋梁，替你們跟評議會牽線吧。看來似乎出現可悲的誤解，但我希望對利姆路陛下有所助益。」

莫查公爵還真是拚命呢。

沒辦法。假如他早早收手，我原本不打算說到這個地步。

「嗯——我沒辦法找莫查先生你當仲介耶。因為你已經失勢啦。」

「什麼？」

這讓莫查公爵一臉錯愕，一時間沒會意過來。

反正事情都結束了，我本來不想親口對他說，但事已至此，徹底解釋給他聽也是一種體貼吧。

「在這裡的所有記者各自回國後會把這件事寫成新聞報導。說我國舉辦開國祭，背後卻有一場角力賽，跟付給商人的款項有關。他們會釐清事實關係，寫出很有趣的報導吧。」

「…………」

看樣子莫查公爵正被那些事搞得暈頭轉向，想到之後的事，臉色變得愈來愈難看。所以我才不想說啊。

「商人們對我國的請求不屑一顧，只收矮人金幣。奇怪的是明明跟這件事無關，卻有個大貴族跳出來說要安撫那些商人。當人們看到這種新聞，不知他們會做何感想？」

「這、這個……」

其實這都是迪亞布羅暗中安排的。

他找來一票記者，讓他們鉅細靡遺看個仔細。這樣就能證明我國站在理字上，覺得商人背後藏了什麼陰謀。

我也贊同他的看法。

所謂的情報要正確使用才有意義。與其讓人捏造亂講一通，我更希望一開始就將事情正確、原原本本地傳達出去。

只不過，都是聽了蓋札跟艾爾梅西亞的意見才想出這種對策。

迪亞布羅也表示「我還有得學」，對他們兩人心懷感激。這次受他們諸多照顧。下次有機會要好好謝謝他們。

「就是這麼一回事，沒你出場的餘地。還有被你小看的摩邁爾，我對他百分之百信任，甚至願意把我國的財務交給他全權管理。比你還要有用呢。」

「唔──！」

莫查公爵的臉因屈辱扭曲。

商人們露出絕望的表情。

比預料中還要開心的記者群跟他們形成對比。因為被害人不是他們，甚至有人充滿幹勁地記下交涉過程。還有人帶著用來記錄影像的高價魔法道具，這次事件肯定會在各國間傳開。

他們為了保身才把記者叫來，卻成了致命傷。

「剩下的事就交給你了。」

「包在我身上，利姆路陛下。」

摩邁爾畢恭畢敬誠惶誠恐，我拍拍他的肩膀，同時小聲說「拜託你啦，摩邁爾老弟」。之後就帶著那群幹部離開房間。

我彷彿看到摩邁爾在苦笑，但他沒表現在臉上。接著他又用商人特有的精明眼神看向莫查公爵，然後環視那幫商人。

想必摩邁爾這副可靠的英姿也深植在幹部心裡了吧。

就算我命摩邁爾當財務總理，大家也不會有怨言才對。

「那麼交易已順利結束，平安落幕。有請各位移駕——」

摩邁爾威嚴的聲音自門對面傳出。

這下事情真的隨著那句話宣告落幕了。

＊

將莫查公爵一干人等趕跑後，還有其他問題在等著我們。

就是例行性反省大會。

我們不去接待廳，而是常去的大會議室。開國祭結束的隔天夜裡，大家在此聚集。

以訪客身分與會的有蓋札、艾爾梅西亞、尤姆一行人、費茲，連優樹、日向跟正幸都座上有名。另外還有幾名稀客，他們應我的邀約前來聚會。

幹部也齊聚一堂，人數眾多。

我沒把蜜莉姆等一干魔王叫來。

要是人數一不小心多過頭，會就容易開不完。特別是這次還發生不少事情，議題堆積如山。

唯一令人在意的是維爾德拉。他好像在房間角落鬧彆扭，肯定會插嘴說些什麼吧。八成是「挑戰者都沒來」之類的，發這種沒用的牢騷。

最好不要把事情弄得更複雜，這就來舉行反省大會吧。

「呃——首先要和各位說一聲，這次辛苦了！」

我開口慰勞大家，會議就此展開。

沒想到率先開口的人居然是紅丸。

「不過我很意外。沒想到利姆路大人連那些商人都會處罰。」

幹部們聽了紛紛點頭。

大部分的幹部似乎都認為把錢付完就沒事了。看我對付他們的手法如此嚴厲，大夥兒全都意外地露出驚訝的樣子。

「沒錯。我也沒想到您會做這麼嚴厲的處置。」

這話是利格魯德說的，他認同紅丸的說法。

在一旁聽我們說話蓋札興致盎然地問我。

「什麼？利姆路，你是怎麼處置他們的？」

被他一問，我便道出事情原委。

「竟然狠下心斷得這麼乾脆……」

聽完那些話，蓋札傻眼地說著。可是他沒生氣，反倒對我的應對方式頗感認同。

「呵呵呵，我覺得這樣做是正確的。人要以牙還牙。當然，之後的事你都想好了吧？」

真是敗給艾爾梅西亞了。

她的洞察力強到令人發毛，似乎已看穿我的想法。

「這話什麼意思，利姆路大人？」

既然紅丸都問了，我只好講出自己的看法。

「就如我之前所說。我不打算看西方諸國評議會的臉色。只是可以的話，希望跟他們站在對等立場上友好相處。」

「這點小的明白。所以小的以為，我們也要做出某種程度的讓步。」

我朝利格魯德點頭回應，繼續說下去：

「聽好嘍！那個莫查公爵正如艾爾梅西亞小姐所說，只是別人的走狗。我們遵守對方的規矩，還拒絕了莫查。所以說，下次只能換他的頂頭上司親自出馬。」

「可能性很高。」

「——也就是說，我們能跟對方再次交涉？」

「對。到那個時候，對方已經失足在先，我們就能用有利的條件跟對方交涉啦！」

「原來如此……」

「我想，對方並不想跟我們明著對幹。所以才想在我們脖子上套項圈，拉攏我們，如今他們失敗了，必須把我方當成跟他們平起平坐的對手。那樣一來——」

「看他們是要發動經濟戰爭，還是要再度交涉吧。若要發動經濟戰爭，雙方的準備都不夠充裕。因為雙方就算沒有對手也能自組經濟圈，十之八九是這樣。」

蓋札接在我後頭繼續把話說下去，做補充說明。這次交涉一結束，一切就到此為止。但在這種情況下，我方非常有利。

「如此一來，我們就不受西方諸國評議會訂的國際法拘束，可以自行併吞各國。但這不是戰爭，更像是經濟面的侵略行為吧。」

「咯呵呵呵，交給我吧。到時我會將西方諸國全獻給利姆路大人！」

不需要啦。

我要的又不是那個。

迪亞布羅的話令我頭大。

「你啊，要是幹了那種事，之後只會變得更麻煩吧！」

駁回啦，駁回。

「恕、恕我得罪。」

「你這個茶僮。少在那多說廢話，快點去幫利姆路大人重新斟茶！」

迪亞布羅一陣沮喪，紫苑對他補刀。

紫苑也讓我頭頂三條線，但現在先不跟她計較。

「剛才迪亞布羅的提議，我想花點時間是有可能實現，但現在那麼做一點意義也沒有。若是爭端頻傳倒能考慮看看，但那樣會很辛苦。只是要構築友好關係，說真的我不想幹那種麻煩事。」

聽我說明，大家都能接受。

我們光是要讓自己的國家變得更好就費盡心力。

首先要在這塊土地上構築穩固的經濟圈——這是首要之務。

「也對，除了跟對手交涉別無他法。但我有點同情對方。不能靠進出口做經濟制裁，在軍事面施壓也沒用，要談到好條件不容易呢。」

艾爾梅西亞在那貓哭耗子。

但怎麼看都覺得魔導王朝薩里昂也是這樣啊……

不過，她說得很對。

這下對手能出的招就很有限了吧。

「原來如此，關於這點我已經明白了。那麼，對商人如此嚴厲，背後也是另有打算嗎——？」

蓋德朝我提問。

他可能也覺得我太過嚴厲。

並非大家都是奸細，也有些人是被莫查公爵給抓住把柄了吧。我一視同仁地懲罰他們，這點似乎最讓大家感到意外。

當然，那也是有原因的。

我撇嘴一笑正想說明，但笑容滿面的摩邁爾搶先開口：

「呵呵呵，其實這很簡單，各位。就如艾爾梅西亞皇帝陛下所說，我們要以牙還牙。」

「這是什麼意思啊，摩邁爾？」

「你說要以牙還牙？」

「嗯，我光聽這些還是不懂……」

看來不管是紅丸也好、利格魯德跟蓋德也罷，光聽這句還是不得其解。

迪亞布羅好像聽明白了，但他只是靜靜地沏茶。看似還未從剛才的打擊中恢復，感覺有點消沉。

明明是惡魔，這精神面未免太脆弱了吧？

「利姆路大人說之後的事交給我處理。換句話說，要我對那些無處可去的商人施恩，讓他們變我的人馬。」

摩邁爾真厲害。

我猜他有聽出來，沒想到理解得這麼透澈。原本想說晚點要確認一下，看來沒那個必要了。

——想讓對方聽話，與其用恐嚇或威逼之類的強硬手段，還不如施恩給對方，這樣簡單許多，成功率也更高——

這話是艾爾梅西亞說的，而我將它付諸實行。恐嚇和威逼也隨貨附贈，大致上是那樣沒錯。

「原來如此，利姆路大人果然厲害。」

「是這樣啊。那我也能認同。」

「那麼，摩邁爾先生。我們能成功吸收那些商人吧？」

「呵呵呵，保證不會失敗。我說會替他們說情，已經賣人情給那些商人了。多虧利姆路大人威脅他們，事情辦起來意外簡單呢！」

露出奸商表情的摩邁爾喜孜孜地報備。

能成功自然最好，但這樣搞得我好像壞蛋大頭目一樣。雖然有點難以接受，就算了吧。

如此這般，既然大家都達成共識了，我們就繼續談下一個議題。

＊

與其說是下一個議題，不如說根本是正題。

「那幫商人的事就如剛才所說的，由摩邁爾老弟包辦。連日來令人苦惱的問題也解決了，我想請大家針對這次的開國祭發表一下感想。有什麼想法都行，不用客氣儘管說說你們的意見！」

我的話一說完，蓋札立刻乾咳幾聲，接著插話。

「利姆路，我身為同盟國君主，有件事想跟你說一下。昨晚也針對你的失控行為發表過意見，這次還是一樣。你搞那個是什麼意思？」

「咦，那個？」

他的話本人是有聽沒有懂，但蓋札的表情不爽成那樣，我可能又闖禍了。

可是，我毫無頭緒。

硬要說的話，就是剛才提到的商人處置，但看起來好像又不是這樣……

「你沒自覺是吧。所以我才得一直盯著你！培斯塔，聽說開發放映機的是你跟戈畢爾先生吧？將它做進階運用，連遠方的資料都能回傳放映，這也是你們的主意？」

「蓋札王，關、關於這件事……」

培斯塔臉上寫著「糟了」。

這個大叔是不是愛做研究做過頭，忘記向蓋札王稟報？

凱金也傻眼地嘟噥「這傢伙還是那麼粗心」，看樣子應該沒錯。

「蓋札王，不是那樣。我跟培斯塔先生開發的東西確實如您所說，然而提議將魔王克雷曼所遺留下來，可記錄影像的魔法道具跟放映機結合的人，正是利姆路陛下！」

戈畢爾是出了名的白目，他二話不說將這件事稟明。

這讓培斯塔一臉尷尬，我則是露出困擾的表情。

「——果然是這樣。要公開之前，我希望你至少跟我說一聲，找我商量一下。」

看上去很疲憊的蓋札對我提出不怎麼好聽的忠告。

對我們來說，它的價值就是夠方便、是不可或缺的娛樂用發明物，但是看在初次目睹的西方諸國王公貴族眼裡，似乎完全不是那麼一回事。

「這玩意兒可運用的層面太廣，大到難以言喻。至少在場眾人都看出它的利用價值。」

蓋札不悅地說道。

我只覺得能用大畫面清楚觀看武鬥大會和迷宮內部的擴大影像，又頗受大家好評，真是太好了……

但是對各國重鎮而言似乎是不小的文化衝擊。

「有了那種東西，連戰爭的概念也會跟著改變吧。」

蓋札的友人潘才剛說完這句，德魯夫先生也頗為認同地頷首。

他們說馬上會讓人想到可運用在軍事上。

可以在安全的地方指揮軍隊，這是一大好處。

軍隊裡的高層不須冒任何危險，可派強行偵查部隊去探查敵情，然後迅速反應在軍隊本體上。

比起一對一的「魔法通訊」，透過這種方式可傳送多達數倍的情報。大家能共享同一筆情報，可想而知傳令精確度將大幅提昇。

我們隨意公開的技術在這個世界裡稱得上超文明，似乎是種革新技術。

原本只是想說「有這樣東西就好了」，才命人製作該裝置，結果卻弄出不得了的東西。

害我不小心碎唸「那種事情拜託你早點說嘛」，結果被蓋札瞪外加怒斥「這句話是我要說的！」。

我有在反省，但開這場會議不是為了反省那個啦。

世事豈能事事順心。

「可、可是，要用這個須具備高度魔素量，使用者的魔力不夠高就開不起來。傳送距離跟情報量也視使用者的力量而定，我想要普及應該沒那麼容易啦！」

總之先用這句話蒙混過去。

其實針對這些不便之處，好像能開發魔素儲放系統來改善，但我覺得現在還是少說為妙。晚點再偷偷找蓋札商量吧。

「總而言之，疑似可用於軍事的東西別隨意公開。會想將它用在娛樂層面的也只有你了……」

傻眼的蓋札對我這麼說。

還以為到這就結束了，結果這次換艾爾梅西亞插嘴。

「若是還有其他類似的發明物，我可以收購喔。在你們的世界裡，那個好像叫『專利』吧？我願意付出相應的代價購買權利，麻煩你讓我優先使用。」

「啊，那小艾，拜託妳也引進這個國家的衛浴設備吧！」

「我知道，愛蓮。我跟吉田先生的交涉也很順利，之後要多來我家玩喔！」

「當然啦！」

我還來不及回應就被愛蓮插話，開始點東點西。然後艾爾梅西亞也樂於應允。看兩人並排坐在一起就像感情要好的姊妹一樣。

是說愛蓮面對的好歹是皇帝，就算有血緣關係好了，未免太過隨性。

只見身為父親的艾拉多臉色大變，極度慌亂地大叫：「愛蓮妳在搞什麼！」

「陛、陛下！雖然她是我的女兒，但請您別把愛蓮寵壞！還有愛蓮，妳不可以叫皇帝陛下『小艾』！」

「艾拉多好囉嗦。」

「真的，爸爸總是很誇張耶。」

讓這兩人混在一塊好像很危險……

我覺得艾拉多有點可憐。

愛蓮跟艾爾梅西亞的默契好到令人驚訝。

那副要好樣不是裝出來的，她們真的很要好吧。還互相拍了下手，完全感受不到身分的隔閡。

就連西方諸國的王公貴族想見都見不到她——照理說皇帝艾爾梅西亞．阿爾．隆．薩里昂是這樣的一號人物，但眼前這番光景實在讓人難以聯想。

在艾爾梅西亞後方待命的皇帝護衛騎士團也不例外，看到這樣的景象似乎很驚訝。

「各位魔法士團成員！剛才你們看到的事相當於國家機密，絕對不能說出去！」

雖然艾拉多出面圓場，但有多少效用不得而知。

艾爾梅西亞懶得管艾拉多等人，想說什麼就說什麼。

「有鑑於此，希望你也派技術人員到我們的國家。當然，這算正式聘約，我們會付正規的技術指導費用。」

「也就是說，你們會負責找底下的人手？」

「這個嘛～我很想這麼做，但你們若想防止核心技術外流，必要器材希望我們以進口成品的方式來處理也沒問題。」

「嗯嗯。這麼說來，有必要運送我國製造的組件。」

要回應艾爾梅西亞的要求，必須滿足許多條件。

像是廚房、浴室、廁所之類的用水設施的管線都是靠凱金等矮人貢獻技術並加工製成的產物。不確定薩里昂的技師能否徹底重現，讓他們學習技術又會花太多時間。

如此一來，將我們製造的備用物件送去薩里昂還比較快。

「既然要送，希望你們開通那個叫列車的東西。我會提供資金，拜託你們早點開發好嗎？」

艾爾梅西亞說這番話彷彿已看穿我的心思。

蓋札具備讀心類技能，難道艾爾梅西亞也有？

目前沒那類跡象，但還是別大意比較好。

有沒有姑且不論，這項提案值得考慮。

「我們還沒開發列車本體。所以說，你們那邊的魔導科學專家若是願意提供協助，將會如虎添翼。」

「當然好！艾拉多——？」

「是！我馬上去辦。」

艾拉多對艾爾梅西亞忠心耿耿。那副模樣不像位高權重的貴族，倒像方便的小侍僕。

看艾拉多這樣，蓋札朝他投以憐憫的目光。蓋札也說他在艾爾梅西亞面前抬不起頭，想必是看了艾拉多心有戚戚焉。

如此這般，魔導王朝薩里昂這邊有皇帝艾爾梅西亞本人願意提供協助。

我們遲早會簽訂技術協議，正式展開共同研究。一邊是薩里昂引以為傲的魔導科學，一邊是德瓦崗培育的精靈工學。這不是夢，它們將在這塊土地上結合。

至於魯米納斯派來的「超克者」，視情況讓他們參加也行。是什麼樣的人要等看了才知道，但搞不好會提出有趣的點子也說不定。

「這可是為我打了一記強心針呢，艾爾梅西亞小姐。這下開發工作就有眉目了，想必『魔導列車』很快就能上路。」

「哦？它的名字是『魔導列車』嗎？」

「對。搭載運用精靈製成的動力爐──『精靈魔導核』，再用魔導科學構築可將之完善操控的魔法術式。很完美吧？」

「哼，說得那麼容易。」

「好有趣！真是太有趣了。希望你快點讓它成真呢。」

雖然蓋札說我太過樂觀，但他臉上帶著笑容，一副確定我會成功的樣子。看來這個人不會再對我說三道四下指導棋了。

艾爾梅西亞的表情則像孩子發現新玩具一樣，表情閃閃發光。跟憂鬱的艾拉多形成對比，令人印象深刻。

總而言之，這下開發進度肯定會一口氣突飛猛進。

「那就先鋪通往薩里昂的軌道吧。可以跟道路施工同時並行，我們也省事。」

既然讓我國主導，要統一規格易如反掌。先進行軌道的鋪設工程也不至於出問題。

我基於上述考量才那麼說。

「等等！有關之前紅丸大人提出的『隧道』，這是未來不可或缺的嗎？」

這問題來自意想不到的地方。

是紅葉。

她問我們「隧道是否不可或缺」，意思是說願意考慮讓我們挖山？

「可以的話，希望將來能挖隧道。首先預計在布爾蒙王國設中繼站，然後經過法爾梅納斯王國，再連到武裝大國德瓦崗的西門。以此類推，為了讓人們從布爾蒙王國南下，我們預計鋪設通往魔導王朝薩里昂的街道。若要經過西方諸國，光要取得土地使用權就很困難，開闢沿著山繞遠路的路線，又會蒙受不少損失。但妳討厭的事，我不想強行推動。」

「我知道了。就相信利姆路陛下的話。若你保證不會對聖山造成影響，我可以考慮准許你們挖『隧道』。」

「真的嗎？」

「真的。可是我有個請求，希望你們派紅丸大人當負責人——」

只見紅葉雙頰泛紅，嘴裡道出這句話。用不著說到最後，我這個男人很識趣的。

「紅丸老弟！」

「等一下！利姆路大人是想出賣我？」

「話怎麼說得這麼難聽。蓋德現在忙著應付大案子。要說誰最擅長帶人，非你莫屬嘛！」

蓋德對我的話點頭表示贊同。

相對的，紅丸則一臉呆愣。

「就說我不行了。而且說到底，我根本就沒有施工的相關知識啊！」

好吧，這麼說也對。

「說得也是，果然還是不行……」

我原本想犧牲紅丸促成這件事。事情果然無法盡如人意。

是說我也沒有讓紅丸長期外派的打算，這件事一開始就不可能成立。

「很遺憾，紅丸是我的左右手。若是讓他跟我同行，偶爾去那視察倒還可以——」

「啊，這樣也無妨。到時請來我們的村莊坐坐。」

此時紅葉笑容滿面地說出這番話。

看到白老面帶笑容、一副詭計得逞的爽樣，看來他們一開始就覺得能靠此事促成美談。

「紅丸老弟，我看你就放棄吧？」

「我不會放棄的，但是當利姆路大人的護衛陪您去視察倒還能接受。」

聳聳肩，紅丸做出回應。

以紅丸來說，這已經是他最大限度的讓步了吧。就算是這樣，紅葉也開心，再說我又不想逼人就範。

再來就看他們當事人的造化了。

如此這般，我只須從中牟利。

「那麼紅葉大人——」

「直接叫我紅葉也行，利姆路大人。」

白老都點頭了，看樣子用不著那麼拘謹。

「那麼紅葉小姐，我想做個調查看是否方便鑿通隧道，這樣可以嗎？」

「好的。這方面沒問題，但希望你們調查得仔細點。」

言下之意是調查後沒問題就能鑿隧道。

長鼻族的應對態度一口氣軟化，看來工程能順利進行，真是太好了。

下次也去跟紅葉的母親楓小姐打聲招呼吧。

到時再找白老一起去。

「就是這樣，艾爾梅西亞小姐。還望您批准我方穿越國境進入薩里昂，並恩准我們調查——」

「全都准了。艾拉多，你就照著辦。」

這就是我理想中的典範——艾爾梅西亞凡事都推給別人的態度甚至令我萌生上述想法。

「遵命。利姆路陛下，我會替您開許可證。只不過，關於在我們國內施做的工程，希望您准許我國準備土木工程師。」

艾拉多好像愈來愈累了。在這麼自由的皇帝底下工作，不優秀也難。可是艾拉多對重點仍不願妥協，不忘附加這項條件。

由我們負責所有的工程，對他們來說諸多不便吧。我個人沒有異議，便接受他的提議。

雙方約好發生狀況會互相支援，事情就此敲定。

原本打算開反省會，重要議題卻陸續有了著落。

原因在於重鎮齊聚於此，所以我們可以跳過繁瑣過程直接敲定，快到令人吃驚的地步。

好吧，主要都得歸功於艾爾梅西亞。

在這種情況下，之前都默默聽我們說話的尤姆有話要說。

「少爺——不對，利姆路大人。我有個問題，方便問問嗎？」

在大人物齊聚的會議上，光要陳述意見就需要相當的勇氣。尤姆似乎也脫胎換骨了，成長不少。

「什麼事，尤姆先生？」

「我想親自說明，只可惜才疏學淺。想請妻子代為說明，這樣可好？」

妻子？在說繆蘭吧？

若他納妾就教人吃驚了，但這種事不會在尤姆身上發生吧。

看來我的擔心是多餘的，接下來起身的人果然是繆蘭。

「別來無恙，利姆路陛下。」

「彼此彼此。繆蘭——小姐，妳看起來過得不錯，真是太好了。」

「利姆路陛下對我有大恩，直接叫我的名字也沒關係。」

那怎麼行。

現場正以艾爾梅西亞為首瞎聊一些瑣事，要是被帶壞還得了，但現在說這些好像太晚了。

那就留著當今後的課題，現在還是先輕鬆對談吧。

「那麼繆蘭，你們想問什麼？」

「回您的話。這問題和利姆路陛下您方才提過的——從布爾蒙王國出發，中間途經我國再通往德瓦崗的道路整頓案有關。以前您曾提過一個構想——構築新的人魔共榮圈，可以把開發案當成該構想的一環吧？」

人魔……共榮圈？

這個詞聽起來滿順耳。

「就當是那樣吧。話說回來，人魔共榮圈這個稱呼真不錯。一聽就知道背負什麼理想。」

人與魔物將建立共存共榮的關係。

魔物也分成許多種類，雖說許多人該稱之為亞人，但那姑且不論。那個詞正道出我的理想。

以我國魔國聯邦為中心，東有武裝大國德瓦崗。西臨布爾蒙王國，南方則有蜜莉姆率領的一大魔物勢力圈。

更有一大片以布爾蒙王國為起點的人類生存圈。北方鄰接法爾梅納斯王國，南下會遇到由魔導王朝薩里昂支配的廣大領土。

此外——布爾蒙王國還是連通西方諸國的窗口。

若是這些國家攜手合作，稱之為人魔共榮圈便當之無愧。

「多謝回覆。那我要問了。為了實現這個理想，我國將盡全力協助利姆路陛下。幸好我國的貴族都受那位迪亞布羅大人脅迫——說服，變得非常聽話——非常願意幫忙，只要是我們倆的意見都願意聽。因此，為了跨出身為新興國的第一步，我們打算辦國營事業。有鑑於此——」

該做什麼才好？這就是繆蘭的問題。

「當、當然是像之前說的那樣，經營農業——」

「這點沒問題。一切進展順利，已命人著手種植特定農作物。」

「我想想，那其他就是——」

嗯——其他還有什麼可做？

我試著拿想到的點子回問她，這些她全都安排好了。

迪亞布羅已經將貴族掌控得服服貼貼，尤姆則獲得國民大力支持。在軍事方面也因為誰強誰弱已經很明顯了，國內已有共識。

舊法爾姆斯滅亡，新興國法爾梅納斯誕生。第一步就是要平息國內的混亂局面，但那似乎已經達成了。除此之外還跟國民詔告，今後會慢慢將重心移到農業上……

背後肯定有迪亞布羅操刀安排，但延續該方針的繆蘭也是超乎預期地優秀。

「那可以幫忙把沒工作的人找來嗎？」

「謹遵利姆路大人之命。可以的話，其實我們早就想靠自己的力量進行鐵道鋪設工程。那將會成為我國農作物的運輸手段，想必該交通網會是一大命脈吧？」

「嗯，應該會。因為你們不只種自己在吃的量，今後會栽種更多農作物。趁它們還沒腐敗趕快運給需要的國家，我想這會是貴國一個重要的工作。」

以前法爾姆斯王國會轉賣矮人王國的商品，貨物多半是工藝品或裝備，沒有腐敗的疑慮。這些東西由商人負責搬運，國家這邊只要課徵關稅就能輕鬆賺取利益。

今後可不能這樣。對貨物負責的不再只有商人，國家也會被迫提昇自己的信用。

接下來是國家要保障物流體制合理化的時代。

「期待『魔導列車』在大草原上奔馳的那天到來。今後商人也會改變他們的型態吧。為了追上這股潮流，我們也要持續學習。」

「它比馬車還快，原本要花一星期運的商品，之後只要三小時不到就能送達。而且搬運量八成會高出一百倍以上。」

「「「什麼！」」」

蓋札跟艾爾梅西亞似乎已經料到了，所以處變不驚，其他人卻不是這樣。大概太出人意料，每個人都嚇到僵掉。

至於優樹、日向跟正幸，他們臉上分別浮現意有所指的乾笑。

「總之，要趁現在收購鐵路用地，我想盡可能策劃走直線又有效率的搬運路線。蓋德的部下，還有來本鎮學習的獸人，他們就快學會測量了。我會做最終確認，剩下的就交給他們試試。繆蘭，妳找來的勞工將由他們指揮。請妳讓識字的人當領隊，將他們分成幾個班。」

「遵命。總覺得令人迫不及待呢。」

繆蘭說著便接受我的提議。

看來他們原本就想為我方提供助力，事情順利解決。

再來換費茲舉手。

「因為聚集在此的盡是些重量級人物，所以我拖到現在才打招呼。」

他說完面露苦笑。

費茲似乎從前夜祭就開始參與，但看到聚集在我四周的人就望而生怯，遲遲不敢跟我攀談。

其實我也發現了，但找不到適當的時機，一直無法跟他交談。但他似乎在慶典上玩得很愉快，所以我打算晚點再跟他打招呼，卻把這件事忘了。

「哎呀，抱歉。我原本想叫你一聲。」

「利姆路大人看起來很忙，沒關係。對了，今天我朋友說他想跟您談談。好巧不巧，正好跟你們剛才談的內容有關。」

費茲說完就向我引介連我也熟識的貝葉特男爵。

我記得他是不容輕忽的幹練男子。

「我是貝葉特。今天硬要過來與會。先對利姆路陛下道聲謝。還有在場各位人士，請大家多多指教。」

他用漂亮的姿勢立正站好，優雅地一鞠躬。很會打招呼，看起來一點也不像小國的低階貴族。

「那麼，就由我代表本國布爾蒙的君王德拉姆陛下，在此問個問題。」

貝葉特瞬間朝隔壁座位瞥了一眼。

剛才提及名諱的布爾蒙國王夫婦就坐在那兒。原來你們在喔？存在感稀薄到讓人不禁做此感想。

我跟德拉姆王說之後預計辦個正式會談，這下就不需要了。因為現在就等同那個會談。

雖然他笑瞇瞇一副老好人的樣子，但我不禁想「這樣好嗎」。暫且不管這個布爾蒙王德拉姆，貝葉特開始說話。

「據費茲所說，利姆路陛下提過的事與我國布爾蒙今後發展有關。德拉姆王也說預計要讓我國成為物流重心。那是怎麼一回事，我已經照自己的想法推論過，聽完你們剛才說的那番話，我總算明白了。也就是說，陛下想讓我國當物流集散地，對吧？陛下說的『魔導列車』一旦出現，將顛覆物流常識。既然要在我國打造中繼基地，各式各樣來自世界各地的貨物必然會在此聚集。如此一來便需要管理那些東西的人。此外，您也希望我們去調查各國欠缺哪些東西，再做適當安排吧。利姆路陛下，您是否希望我國扮演這個角色？」

不愧是貝葉特，跟費茲不一樣，腦筋動得很快。

他將我腦中所想的事漂亮地道出。

「就是這樣，但你們願意嗎？雖然用不著我說，但只提供場地也行。我答應你們，到時每年都會繳納一定比例的稅金當土地使用費喔！」

「您真愛說笑。竟要將我國剔除在該體制外，只靠衍生的利益過著怠惰生活，小看我國人民也該有個限度。我們會從現在開始培訓，以備未來的不時之需！」

糟糕。

這傢伙到底看多遠啊。

我身上還有可靠的智慧之王拉斐爾大師，但這傢伙只靠一顆人腦就跟上對話腳步了？

那已經不是眼光夠遠了，這個男人聰明得可以。

想必布爾蒙王國將會出現戲劇性的變化，顛覆先前的價值觀。其他國家也不例外，但可以想見布爾蒙王國將會經歷天翻地覆的改變。

貝葉特早就看清這點，才放話要從現在開始準備。

這男人不得了。怪不得我被他擺了一道，這號人物果然不容輕忽，正如我提防的那樣。

他不是敵人甚至讓我鬆了一口氣，真是的。

「那麼請你們務必幫這個忙。麻煩你們調查各國的進出口品項，打造一套系統，將必需品送到需要的地方。貴國擅長蒐集跟操作情報，這類工作正好是你們拿手的吧？」

「哎呀，利姆路陛下真是不容小覷。好的，我答應您會將這件事帶回去做更詳盡的檢討。」

我心想「你也沒資格說人吧」，朝他點了點頭。

原本只是想針對開國祭辦個反省會，卻被搞到精神耗弱。

但有那個價值，因為我們跟布爾蒙王國也交涉成功。原以為要花更多時間進行困難的交涉，幸好貝葉特男爵在。

還不知道是好是壞，但都走到這一步了，就請他們好好協助吧。

想到這兒，我開始暗自煩惱之後要拜託貝葉特什麼事。

*

好了，剛才都在談跟今後國家營運有關的艱澀課題，現在則要展開反省大會。

我換個心情，聽聽大家有什麼意見。

「接下來——還有其他意見嗎——？」

聽完我的話，有人迫不及待地站起。

是維爾德拉。

我有不祥的預感，原本打算裝作沒看到……

「利姆路，那算什麼？」

問我「那算什麼」是要我怎麼回答？

「什麼事？」

「迷宮啊！這還用問。我一直很期待，結果都沒人攻進地下一百樓！」

剛才都把他臭罵一頓了，他根本沒在反省吧？

這傢伙真的都把人家的話當耳邊風。

枉費我還練習講台詞——維爾德拉在那碎碎唸，讓人很想回他「那又怎樣」。但我沒講。這話一旦說出口，他肯定會超級失控。

「這個嘛，關於那部分我也不是很滿意。」

「對吧？還是你值得信賴。那今後打算怎麼調整？」

又不是問我怎麼調就馬上會有結果。

至少可以確定沒根據冒險者的實力做個別規畫就免談。

「總之，照目前這樣下去肯定沒搞頭。那些冒險者好歹有中上水準，算是比較優秀的挑戰者了——」

「算是優秀……」

「俺覺得這話好失禮……」

「可是又無法否認呢……」

卡巴爾三人組變得好黯淡，但你們只顧著找寶箱，讓我小酸一下也不為過。

「你們別洩氣嘛，像我只是一直走，不知道為什麼就走到地下十層。回過神發現夥伴們已經把關卡魔王打死了……」

正幸八成想安慰他們，但這聽起來就像在挖苦人。但愛蓮並沒有因此受到打擊，也許在三人組聽來沒什麼大不了。

看起來意外的平靜，丟著不管好像也沒差。

「——所以說，你目前就當自己沒出場餘地吧。」

至於維爾德拉這邊，或許他永遠沒有出場的機會。

「什麼！那我跟菈米莉絲還有蜜莉姆的努力又算什麼？」

拜託你也把我算進去好嗎？想歸想，還是別跟他計較。

「放心吧。這次的迷宮展示秀對各國算是很有宣傳效果。」

「哦？」

「摩邁爾老弟，你來說明一下！」

在我一聲令下後，摩邁爾接著起身。

然後他開始用自信心十足的表情對維爾德拉解說。

「有鑑於這次公開迷宮內部的影像，各國都很感興趣。從某個寶箱開出稀有級逸品帶來莫大的宣傳效果。」

「是我的功勞嗎……」

嗯——也可以這麼說……可以嗎？

「各國貴族看到這一幕想必會將他們底下的冒險者統統派來這裡！」

摩邁爾的說明如上。

據說很多貴族會請冒險者或實力了得的傭兵當護衛。也就是說，那些人一旦得知這座迷宮會開出金銀財寶，八成會派大批冒險者來奪取財富。

摩邁爾還說貴族們為了拿到挑戰者獲取的財寶，大概會支援那些挑戰者。

除此之外，沒人僱用的冒險者們也想一攫千金，應該會重複挑戰迷宮。

看了那個叫凱的人就一目了然，要弄到稀有級裝備非常困難。

我不會在這掀底，但摩邁爾其實在盤算更齷齪的事。

就像彩券一樣，他打算準備一些中獎人來刺激人們的抽獎慾。刻意讓大家看到他們獲得高價道具，因此產生競爭心態。

他的作戰計畫就是動些手腳，讓冒險者跟貴族變成我們的俘虜。

而且摩邁爾還有其他腹案。

「不只這些，我還想設置獎金制度。先告訴大家打到地下一百樓——也就是攻破這座迷宮的人能獲得豐厚獎金，可以想見許多貴族都會金援冒險者跟其他挑戰者，將他們送來這邊。」

摩邁爾說到這兒便奸詐地笑了一下。

只要讓人們認為來這可獲得莫大利益，嗜財如命的貴族也會上當。

如果是能幹的冒險者，馬上會有人出面僱用他們吧。然後會贊助他們裝備等物，用更好的條件挑戰迷宮。

這些貴族就是所謂的出資者。

麾下的冒險者有活躍表現，身為貴族也顏面有光。而且獲取龐大利益的可能性又高。

也就是說，這些理由足以促使貴族行動。

不僅如此，身為金援者的貴族會在我國逗留，享受各種娛樂。

利用圓形競技場放映迷宮攻略情況好像也很有趣。我們還會做各式各樣的企畫，用各種手段吸引人潮。

話說回來，出資者是吧。

聽到這項提案時，我又對摩邁爾刮目相看。他在我心目中原本就是狠角色，卻沒想到他看得這麼遠。

的確，自己金援的挑戰者若有活躍表現，出資者也會很開心吧。

他想得果真是面面俱到。

最後還有一件事。

我跟摩邁爾商量好幾次並訂立計畫，想找自由公會幫忙。

維爾德拉似乎也被摩邁爾的氣勢鎮住，變得安分許多。覺得現在是個好機會，摩邁爾開始發表意見。

「自由公會總帥神樂坂優樹大人，其實是這樣的，有件事想拜託您，或該說有個提案才對。」

「提案？是什麼呢？」

「正如我剛才說明的那樣，我國預計為迷宮攻略提供獎金。想請自由公會管理這部分。」

「為何？」

「最大的理由在於宣傳效果。貴公會在各國都設有分會，能做快速又廣效的宣傳。」

「原來如此，有道理。那其他理由是什麼？」

「是。為了對挑戰者進行管理，我想運用冒險者身分證。」

「原來是這樣。真是的，虧你想得到……」

也不知優樹是佩服還是錯愕，他深深地嘆了一口氣並陷入沉思。

其實也可以由我國發行迷宮入場證，但那樣要費不少工夫。將必要經費壓到最低，再借用自由公會的人手。這種利用他人的作戰計畫，其實正是摩邁爾那項提案的真髓。

「可是這對自由公會也有好處。」

「嗯？」

「因利姆路陛下下令，朱拉大森林的魔物已被控管。與朱拉大森林相接的綿長國境線今後將由我國管理吧。如此一來——」

「我懂了，是說討伐魔物的工作也會變少嗎？」

「正是。不過，這方面沒問題。可想而知往後迷宮內部會出現大量魔物。討伐那些魔物就能獲得『魔晶石』或毛皮、利牙和爪子等物，將能定期獲取魔物素材——」

「——！」

「到時公會的收益也會增加吧？」

討伐魔物就能弄到相應素材。

冒險者將素材賣掉，藉此獲得報酬。

或是自由公會出面收購再將素材賣給需要的店家，將能賺取價差。

而我國則將這部分交給自由公會管理，並收取稅金。

今後冒險者會陸續失業吧。這樣也能讓他們找到新僱主。該計畫將創造多贏局面。

優樹究竟會做何反應？

「利姆路先生也有幫忙出主意吧？你是摩邁爾先生吧，我願意考慮你的提案。我們應該會受理，今後將在這座城鎮建立新分會，可以麻煩你們提供建築物嗎？」

「當然好。等人員配置定案，我們再來慢慢商量吧。」

「真是服了你，利姆路先生……」

優樹說完露出一抹苦笑。

就這樣，我跟摩邁爾的提議被採用了。

＊

接著我朝維爾德拉開口：

「聽到了吧，這項提案被人採納了，今後應該會出現更多冒險者。」

「嗯嗯嗯。」

「一年或一年多有難度，但經過兩到三年，我想實力了得的人會變多。」

「哦？有什麼依據嗎？」

「這個嘛，道理很簡單。迷宮內的死亡風險很低，可以磨練自身技量。沒變強才奇怪。」

「原來是這麼一回事。不愧是利姆路，那不就令人期待了！」

對於長生的維爾德拉來說，兩三年轉眼間就過去了吧。所以他一臉開心，笑著說他很期待。

很好很好，這下總算說服他，真是太好了。

我在心裡暗自竊笑，這時日向舉手表示她有話要說。

「可以打個岔嗎？」

「什麼事？」

雖然我覺得事到如今她不至於持反對意見，但神經還是有點緊繃。看來一朝被蛇咬，十年怕草繩。

「我有個請求，該說是提案才對。」

她的說話方式讓人有不祥預感。

看看摩邁爾，他不僅冒冷汗還將目光別開。

「……小的在聽？」

「多謝。那就得罪了──」

日向提及的內容，就是「冒險者在迷宮外活動會降低危機意識」。

他們已經習慣在迷宮裡不會死掉，去外面可能會大意疏忽，日向怕的是這個。這點我也擔心，但還是覺得冒險者要自行負責。

聽日向指出這點，我有點辭窮。

「唔──我想也只能提醒他們多加注意吧……」

「這是攸關生死的問題，別想輕易蒙混過去。」

「哎呀，話不能這麼說嘛。」

「不准。」

「別這樣嘛，日向小姐？」

我趕緊哀求日向，她卻適時做出提議。

「──不過，若你願意接受我的提案，要我認可你的方針也行。」

「是什麼樣的提案，小的願聞其詳？」

在這惹日向不快會死得很難看。

所以我才放低姿態對應。

但那好像是我在杞人憂天。

「呵呵呵，你真的是──沒什麼。用不著那麼緊張，這項提案對雙方都有好處。」

「咦？」

「挑戰迷宮很不錯。不僅能鍛鍊實力，還能編出有效對抗魔物的打法。不過，我也擔心大家對死亡會降低危機意識，所以想從西方聖教會派遣神靈術師（Priest）。」

「神靈術師！不會吧，聖騎士團長日向大人您是認真的嗎？」

大叫的人並不是我，而是在一旁聆聽的費茲。

許多人都為此感到震驚，所以我向他們詢問理由。後來得知神靈術師是信仰類回復魔法的能手。

這麼說來，以前好像聽過類似的事。

聽說有一群人位階在神父之上，學會西方聖教會祕藏的「神聖魔法」。而主教及更上位者甚至能行使「神的奇蹟」，足以治癒缺損部位。

「對，我是認真的。這的確是祕藏的技術，但這樣下去他們不會有所成長。即使有著天才一般的才華，還是沒什麼人會用神的奇蹟『亡者復活』。這樣會埋沒從古至今傳承下來的知識。戰亂之世另當別論，來到和平時代，技術很難傳承下去。」

總歸一句話，沒人可復活害他們荒廢技術是吧？

雖然覺得有點不對勁，但我明白日向的意思了。她想利用我們的地下迷宮，藉此鍛鍊他們的「神聖魔法」。

可是這在我們看來也很樂見其成。

雖不至於能用神的奇蹟「亡者復活」，但役使回復魔法的能手增加，在迷宮外作戰也能提昇安全率。此外，為了讓我徹底掌握魯米納斯教的「信仰與恩寵的奧祕」，去解析實際行使的資訊將能加快學習腳步。

本人沒道理反對。

「彼此彼此，我才要麻煩你們呢。」

「呵呵，我就知道你會這麼說。」

不去管那些驚訝的群眾，我跟日向同意彼此的提案。這下派遣神靈術師進迷宮的事也敲定了。

原以為到這就沒了，沒想到日向還有另一個提議。

「再來是另一件事，我想讓聖騎士們攻略迷宮，當作是修行的一環。」

「啊？」

「那邊那位維爾德拉先生——咦，你之前不是擺攤在賣章魚燒嗎？」

「那、那件事跟現在的議題無關吧？我們快點進入正題吧！」

「就、就是說啊。我絕對沒有以『假名』為名擺攤賣章魚燒！」

「……哦，虧我還一直說服自己說那是眼花看錯……果然是本尊。算了，其實也無妨。」

日向疲憊地喃喃自語。

要騙過日向是不可能的事。是說只要遇上聽說過維爾德拉大名的人，想騙也騙不了吧。

因為維爾德拉吵著說他一定要開鐵板燒店，我才去拜託摩邁爾，連店員都幫他準備了。後來似乎想到什麼點子，維爾德拉便要忙碌的黑兵衛替他準備特製鐵板。

那是在日本大阪常見的章魚燒專用鐵板。

開店條件是維爾德拉不能暴露身分。話雖如此，原先就住在本鎮的居民早就知道他是誰了。所以我要他至少對店員隱瞞真實身分，並使用假名……結果維爾德拉還真的用「假名」這個名字。

聽說「假名章魚燒」這個攤子的生意莫名興盛。

但那跟現在的議題一點關係都沒有。

「請妳先把這件事忘了，關於聖騎士要來修行的事，我想詳細了解一下。」

我硬是把日向提出的話題拉回正軌。日向對此似乎也沒異議，我們若無其事地繼續談下去。

「依我看，剛當上聖騎士的人贏不了那個哥杰爾。所以我想讓他們組成五到六人的小隊來攻略迷宮。一方面可以做實戰訓練，同時還能培訓剛才提到的神靈術師。我想厲害的人很快就能突破五十樓。」

「哦？我沒意見。該說正合我意啊！」

維爾德拉意願很高。

的確，聖騎士成員都在A級以上。照他們的實力看來，幾個人一起上有機會打贏哥杰爾。

「此外，我還想讓幾名隊長參加。」

日向這番話足以令在場眾人為之震驚。

「您可是認真的？日向大人！」

「我們也要參加迷宮攻略嗎？」

率先在我國滯留的阿爾諾跟巴卡斯搶先朝日向追問。然而日向不為所動，答得理所當然。

「這是當然的吧？那可是最理想的修練場所，沒有死亡疑慮。既然中段第五十層都有那種強者把守了，這表示再往下走將出現更強的守護者。或許連你們都贏不了呢？」

只見維爾德拉連續「嗯嗯嗯」幾聲，滿意地聽著。

反之阿爾諾等人出聲反駁，樣子看起來不滿到了極點。

「不不不，沒那回事，日向大人。我們可是最強的聖騎士團——還是跟『魔王』對立的『聖人』喔。」

「沒錯。魔王底下的幹部另當別論，但區區迷宮魔物——」

「既然這樣，你們就用實力證明給我看。」

阿爾諾跟巴卡斯的意見被日向那番正當言論粉碎殆盡。

的確，若他們能突破地下一百層完封這座迷宮，將能證明自己是對的。

這是簡單明瞭的真理，不容反駁。

然而可悲的是——

「咦，請等一等？守護這個地下一百層的該不會是……」

「咯咯咯，嘎——哈哈哈！其實這是祕密，但還是偷偷告訴你們吧。沒錯，守護者就是我，『暴風龍』維爾德拉！」

維爾德拉大哥看起來好像很爽。

相對的，阿爾諾跟巴卡斯則絕望到面色鐵青。

就在這瞬間，光與暗形成強烈對比。

如此這般，我答應日向的提議。

＊

看樣子到這邊，大家該說的事都說得差不多了。

所以我打算利用這個機會確認一件事。

不如說那也是我將關係人全聚到這裡的原因。

「有件事想跟各位詢問一下——」

拿這話起頭，我問的事跟東方商人有關。

我猜這幫人在背後動了不少手腳，會提這個話題一方面也是想給個忠告。

「我國德瓦崗願意接納所有人，隨大家自由來去。所以東方商人八成也在這進出。不過——」

「回您的話，蓋札王。於本國出入之人全都受我等監控。」

在武裝大國德瓦崗境內，隨時都受密探首長安莉耶達監視。在這暗中搞鬼等同自殺行為，東方商人也會比較安分吧。

「只可惜我國以貿易對象來說太過弱小。這就算了，優秀的又只有諜報部門。雖然有相關商品流入，但不常看到東方商人。可能他們覺得無利可圖吧？」

「喂喂喂，國王陛下也在這裡，怎麼能說那種話……」

看來也有去布爾蒙王國，但人數不多。該國能充分監視這幫人，這部分應該也用不著擔心了。

「我國可以放心吧？」

「當然。外來品都由中央管理，並未給十三王家相關權限。」

基本上魔導王朝薩里昂接近鎖國狀態。跟其他國家幾乎沒有交集，東方商人無法趁虛而入。不過呢，能騙過艾爾梅西亞法眼的人大概也沒幾個，我想這邊也沒問題。

令人擔心的只有一個，就是交給尤姆管理的新興國法爾梅納斯吧。

「對了，迪亞布羅先生下令要拉贊大叔調查帳本喔。」

「真是的，說得這麼難聽。不好意思。其實迪亞布羅先生要他過濾所有資料，看東方商人的影響遍及何處，再將那些根斷個乾淨。」

用不著我操心，迪亞布羅已經處理好了。

他太能幹了，好可怕。原本想誇一下，但當著賓客的面還是算了。

「自由公會這邊，只能交給各分會判斷。」

說得也是。

並非所有的東方商人都是奸細，也有做一般買賣的人吧。無法由公會本部下令，要大家暫停正在跟這些人做的一切交易，公會成員眼下也有生計要顧。

關於這點，優樹答應會派自由公會本部的人暗中指導。就交給他吧。

「西方聖教會這邊——不，神聖法皇國魯貝利歐斯將全面停止跟東方商人貿易。」

「咦？」

日向說出讓人意想不到的話。

問了理由後得知是因為日向差點遭人利用。

「那個商人名叫達姆拉德，是個大人物。所以我才相信他的話……沒想到他竟然騙我。」

「騙妳？」

「對。那晚——魔王盛宴之夜，有人入侵魯貝利歐斯。剛好在那兒的我將他趕回去，但事實上，他好像要跟達姆拉德碰面。」

「嗯。他們肯定有關係吧。」

聽完日向的說明，蓋札也覺得達姆拉德跟入侵者是一夥的。

我也這麼想。

日向提到身分成謎的敵手。這些人跟東方商人掛勾是嗎？

話說那天就是魔王羅伊被殺的日子吧。也就是說，是那個入侵者殺了羅伊？

「好吧，總而言之，這樣大家就心裡有譜了吧。」

我做出結論，大夥兒跟著點點頭。

這樣就好了。

我們要針對東方商人架起警戒網，努力掌握他們今後的動向。

確認在場眾人的意願後，會議就此散會。

*

——之後，會議室裡只剩我的夥伴。

「那麼，利姆路大人。有結論了嗎？」

「嗯，肯定沒錯。克雷曼口中的『那位大人』就是神樂坂優樹吧。」

「咯呵呵呵呵，我也這麼想。沒證據是一大阻礙，但肯定是他。」

我針對紅丸的問題做答。迪亞布羅也表示贊同，已經沒什麼好懷疑的了。

是說聽完魯米納斯的忠告，我就十拿九穩了。另一人暫時先保留，但優樹肯定是幕後黑手沒錯。

畢竟知道我跟靜小姐是何關係的人不多。原本在納悶是誰放情報給日向的，結果日向本人親口說出是東方商人。

除此之外，在我四處打聽的過程中，獲得一項有趣的情報。

「繆蘭說她從來沒聽說過中庸小丑幫。」

「克雷曼是心機深沉的魔王。可見他連自己的部下都不信，一直隱瞞那些小丑的存在。」

我的話讓蓋德點點頭。

正是如此，克雷曼誰都不信。所以才不讓大家知道背後還有一個中庸小丑幫在搞鬼。

「不過東方商人這邊，跟朱菜的調查結果如出一轍，克雷曼似乎有跟他們公開接觸。聽說繆蘭也看過他們好幾次，還當商人的諮詢對象。」

「哦。這麼說來——」

「那些小丑扮成商人，一直在跟克雷曼接觸是嗎？」

蓋德和戈畢爾似乎也聽出玄機，除了應聲還點點頭。

「關於這點，阿德曼也有提出證言。中庸小丑幫好像會當著他的面現身。」

他們並沒有在阿德曼眼前變裝成商人，無意隱瞞他們的蹤跡。

可以確定中庸小丑幫出現在克雷曼的大本營一帶，城裡沒人看過他們。如此一來，我的推測很可能是對的。

「中庸小丑幫跟東方商人有掛勾，這樣想應該沒錯吧。」

迪亞布羅臉上的笑意隨之加深，並開口說道。

「也就是說，殺了魔王羅伊的人就是拉普拉斯，那個在大戰時不見蹤影的傢伙。」

紅丸也露出倨傲的笑容，說出他的推論。

我們知道的小丑共三名，其中福特曼跟蒂亞在大戰背後暗中蠢動。似乎負責料理可能會背叛克雷曼的魔人。

在這種情況下，另一人又在做什麼……

正如紅丸所說，可以假設他入侵魯貝利歐斯是為了找某樣東西。

這時我點點頭，繼續接話：

「知道我跟靜小姐是何關係的人，他們全都出席剛才的會議了。所以我才拿剛才問的最後一個問題來問他們。」

卡巴爾、愛蓮、基多這三人除外。

蓋札跟艾爾梅西亞也從嫌疑人名單剔除。

至於費茲、貝葉特跟布爾蒙王夫婦，說他們洗清嫌疑也不為過。因為他們跟東方商人的關聯性不高，又沒有明確的動機。

還有日向，從她差點被人利用的點來看，也不是幕後黑手。

最後只剩優樹。

「他承認自己跟東方商人有交集對吧。」

「我看他不認也不行。像是高品質的紙啦，看起來就像從東方帝國進口的。優樹可以準備一大堆，跟東方商人的關係很難撇清吧。」

「咯呵呵呵呵。若他真的要撇清，到時就可以抓他語病了，真可惜。」

確實可惜，但用不著那麼悲觀。

我跟靜小姐的關係很特殊，沒人會把這種事輕易說出去，告訴不熟的局外人。如果有人把這種資訊散播出去，對方顯然是我們的敵人。

最重要的是，要說誰有把握靠這個情報煽動日向——在我看來非優樹莫屬。

其實我也曾經懷疑過，認為卡巴爾他們很可疑。可是，多虧愛蓮的建言，我才決定當魔王。而且她背後有艾爾梅西亞皇帝在，把我的相關情報放給東方帝國一點意義也沒有。

將這麼重要的祕密放出去只是一種利敵行為。

布爾蒙這邊的人也是同理。假如他們想跟我敵對，幹嘛簽訂條約。他們應該要從一開始就等著坐收漁翁之利，摸索不會跟我們過於深交的交流方式。

「我想東方商人的目的恐怕是在西方諸國擴大勢力版圖。所以才嫌教會礙事吧？」

「我也這麼認為。之所以讓那個日向跟利姆路大人對戰，很可能是想讓他們殺個兩敗俱傷。」

「不管誰贏都無所謂，他們的意圖很明顯。」

紅丸跟迪亞布羅也認同我的看法，所以我繼續說下去。

「西方諸國這邊有評議會跟聖教會兩大勢力。我想東方商人已滲透這兩大勢力，然後慢慢增加他們的影響力吧。提供協助的就是——」

「是自由公會對吧？」

聽完迪亞布羅所說，我大力頷首。

論動機，這是最符合、最有可能的一條路線。

雖然沒有物證，但我已能百分之百確定。

「那麼，該怎麼辦？」

我現在馬上去把他宰掉吧——迪亞布羅聽起來就像在暗示這個，拜託你別這樣。

「先看對方如何出招。雖然他大方答應提供援助，害我懷疑自己是不是搞錯了。但今後要小心行事，想辦法抓住對方的尾巴。」

「遵命。那我便將興建於本鎮的分會列為觀察對象。」

「拜託你了，蒼影。還有各位，你們絕對不能擅自偷跑！」

「「「是！」」」

這樣就行了。

說真的，我很想現在就跟優樹問個明白。

可是我們沒物證，要是讓他耍嘴皮逃掉就完了。優樹是自由公會的總帥，沒證據不能動他。

重點是也有可能是我誤會他了。

《答。推測該可能性極小。》

推測是吧。

就算是智慧之王拉斐爾大師也一樣，沒有確切證據就無法論定。

「總之在我上輩子待的國家裡，有個無罪推定原則，意思大概是『還未確定有罪前都是無辜的』。

話雖如此，大家還是不能大意喔！」

聽我這麼說，幹部們都堅定地點點頭。

優樹究竟在想什麼，我也不曉得。

我、日向還有克雷曼。

甚至是東方商人和自由公會，或許連評議會本身都算在內。

也許大家都在優樹的掌心起舞。

目前我們還無法證實這點，但之後就不同了。

如今已鎖定該警戒的對象，我們只要靜靜地準備，等待決戰時刻到來——

莫查公爵蹣跚地走著。

他感到恐懼。

嘗到絕望的滋味。

魔王利姆路，這個對手莫查奈何不了。

對他巧妙施恩，讓他隨自己的意思起舞——莫查原本這麼計畫，如今回想起來只覺得自己太不自量力。

莫查甚至覺得自己很可笑。

還以為對方在自己的手掌心上被整得東倒西歪，結果東倒西歪的反而是他。

這讓他有想笑的衝動，但他早就沒那個力氣了。

（仔細想想，那些傢伙比我還慘呢……）

想起被自己找來的那群商人，莫查在心裡暗想。

有個美男子自魔王利姆路的影子現身，將那些人來自哪個國家、叫什麼名字、賣了哪些商品又須支付多少錢一一唸出。

那聲音宛如咒縛，將莫查的心揪住。

（那些傢伙究竟查得多透澈……）

不能在魔王腳下做生意，那些商人只能回母國混。但這點也不出魔王所料吧。

他們說出商人的母國是在威脅對方，表示他們會施壓。

可以想見今後魔王領土會有所發展。加上跟他們聯手的國家。
這將構成一個龐大的經濟圈，至於被該經濟圈排除的國家，表示他們與其他國家競爭將落於人後。
一個國家怎麼可能選擇保護該國商人，而忽視新興經濟圈。
關於這點，已見識此番開國祭榮景的莫查自然會那麼想。
他們有美妙的音樂、創新的技術。
在西方諸國難得一見的美食也令莫查感到驚奇。
魔物王國、偏鄉城鎮，諸如此類……還沒造訪這塊土地前，莫查都不把它們當一回事，事到如今才知道難堪的是自己。
感受到前所未見的文化氣息，他還記得當時心跳得有多快。
跟這樣的魔王斷交可是重大事件，無論如何都不該讓它發生才對。然而莫查卻對自己的計策太有自信，用錯誤的方式與魔王應對。
（那些商人想必已無處可去了，但我何嘗不是如此……）
莫查如此悲嘆。
他的榮升之路斷了。
五大老可沒那麼好講話，願意原諒失敗者。
什麼家財都將離他遠去，搞不好還會遭人肅清。
然而即使如此，莫查還是只有如實稟報的份。在這個遼闊的世界裡，不管身在何處都無法從羅素一族的眼皮子底下逃脫……

「果然失敗了，爺爺。」

「是啊。瑪莉安貝爾，早知道就交給妳了。都怪我聽完彙報覺得將那個國家滅掉太可惜……」

「這也是沒辦法的事。我也看到了、聽到了，還有所體會。體會到令人懷念的文化氣息。可是正因為這樣，我們要在它為世人所知前將它毀個乾淨。」

瑪莉安貝爾在暗示格蘭貝爾下的指令過於溫吞。

他對此有自覺，所以身為五大老頭首、統領羅素一族的格蘭貝爾．羅素才會一臉不甘地贊同。

開國祭廣邀各國王公貴族共襄盛舉。

不聽瑪莉安貝爾的勸，斷定該去見識一番的人正是格蘭貝爾。

只要對魔王利姆路施恩，他們就能用有利於己的條件邀對方加入評議會，他如此判斷。

可以動用的棋子大幅減少，格蘭貝爾元氣大傷。所以他才不讓瑪莉安貝爾出動，先派手下去探探對方的動向。

結果就是莫查公爵慘遭滑鐵盧。

只要有瑪莉安貝爾在，羅素一族就天下無敵。格蘭貝爾如此深信，導致他不禁躊躇，不敢放手讓外表是稚齡少女的瑪莉安貝爾去做。

「爺爺，還是由我去吧。」

「——只能這樣了嗎？」

「你別擔心嘛。我是瑪莉安貝爾。我即『貪欲』。渴望一切，要將所有東西納入我手。這個世界是屬於我們羅素一族的！」

「說得對，就是那樣。那就交給妳全權處理。」

語畢，格蘭貝爾輕柔地撫著瑪莉安貝爾的頭。

——於是，「貪婪」的瑪莉安貝爾展開行動。

魔國聯邦收到來自西方諸國評議會的信函，已是在那之後一個月的事了。

○○咖啡廳

畫：川上泰樹

這是拜託摩邁爾負責的企畫之一，「女僕咖啡廳」。
真是華麗又美好啊。
對吧？女僕裝這樣東西可是一種浪漫呢。
尤其是那女孩…應對進退都像老練的女僕。
對、對啊。
沒想到魯米納斯願意過來幫忙…
對了，少爺你也扮成女僕吧？肯定會有很棒的宣傳效果。
不不不，
不行，不行。
驚
如果是執事咖啡廳倒能考慮考慮。
跟利姆路大人一對……？
某種新的浪漫情懷

後記

好久不見，為各位帶來第九集。
這次截稿期較早，勉強趕上讓我鬆了一口氣。

那麼，關於第九集，將延續上一集的內容成為「魔都開國篇」下集。
哎呀，其實呢。
雖然我寫完才萌生這個想法，但要把第八集跟第九集寫成一本，根本是不可能的任務。
上一集減少些許頁數讓它回歸正軌，但這次又故態復萌。
對，故態復萌。
就好比費盡千辛萬苦減肥成功，一鬆懈又馬上恢復原樣。
我的體重也不遑多讓，可能是執筆期間沒空運動的關係，我復胖了七公斤左右。
下次別再重蹈覆轍，執筆時別那麼匆忙。
首先最重要的就是擬大綱。
講大綱太籠統，我就說得更具體吧。
要先把會登場的角色跟事件寫下來！

我起碼會先做這些。

姑且不論先後順序，該如何交錯編排，我深深覺得這件事非常重要。

至於我為什麼會說這個，那是因為寫完才想到「啊，忘記把那個事件放進去！」，不然就是「啊，那個角色也沒登場……」，諸如此類，出現不少重大失誤。

不過說真的，這集的登場人物太多了。

我會稍微反省一下，但還是要說——

這又不能怪我。

因為這集在寫慶典，要減少登場角色並不容易。

說到這邊，我突然想起初期——差不多是寫第二集的時候吧？——當時曾跟編輯I氏有過一段對談。

「在每集開頭登場的人物最好不要放太多。」

「咦，這樣啊？」

「是的。若是讀者記不住角色，他們會分不清誰是誰。那樣就不能專心看故事了。」

「原來如此……」

「其實除了這個之外還有很多原因，像是角色設定起來會很吃力。」

「還是要刪掉一些人？黑兵衛沒什麼出場機會，就讓白老身兼刀匠如何？」

「不，維持原樣就可以了。『轉生史萊姆』的角色魅力很重要，我想亂刪會引發問題！」

大概是這樣。
我的記憶力大不如前，細部可能有腦補過，但對話內容差不多是這樣。
當時有種恍然大悟的感覺，覺得還好不用刪。
今天黑兵衛還留著，全因編輯I氏負責此書。
我拿這當免死金牌，對新登場的角色愈來愈不設限。
然後，當我寫到第七集時——

「那個，想跟你商量一下……」
「是，什麼事？」
「日向的部下人數變多了，沒關係嗎？」
「……大概會變成幾個人呢？」
「不算多，預計放六名隊長，另外再加三人左右。」
「好像有點多——」
「不不不，請等一下。因為日向統領兩個組織啊。不覺得要多放一些叫得出名字的角色嗎？」
「聽你這麼一說……」
「還有啊，為了強化魯米納斯的勢力，我想在這邊增加主要角色！」
「原來如此！我明白了。既然這樣，就拜託你朝那個方向寫吧！」
如此這般，我已經看出I氏特別喜歡魯米納斯，經我遊說後，阿爾諾等人跟「三武仙」確定登場。

之後歷經第八集再來到第九集，這些追加角色搭上新角色，便形成登場人數眾多的局面。這下會很混亂吧。

若是一開始就確實將名字寫出，哪會出現這種失誤。

我就這樣一步一腳印學習，今後打算善用那些知識。

總之，我做最終確認時想到了這件事，改稿也順利結束，不過——

咦，剛才提到的「三武仙」這次沒登場？

這麼說來，古蓮妲小姐背叛自家人跟羅素聯手，那薩雷跟格萊哥利又在幹些什麼？

在第九集正式出場的機會——掛零。

哎、哎呀。難免會發生這種事嘛。

「連作者都遺忘的角色」——關於這次沒登場的那些人，請大家期待他們今後的活躍表現！

＊

接下來，我們換個話題。

這裡有個重大謬誤要跟各位告知。

關於魯米納斯的語氣，她一直自稱妾身，在我的印象中那是高高在上的女性用語。

可是實際上，這好像是矮化自我的謙讓語。

坦白說是我搞錯了。

其實魯米納斯在書籍版登場時，我已經知道正確的意思，但如今才改變語氣很奇怪。基於這層考量，我便直接沿用。

在網路上連載時就因「實力不足」引發的誤用大受批判，但說真的，我還是想直接沿用。

就算是誤用，只要跟大家講清楚就沒事了吧。

不過，在問市書籍上大方沿用錯誤會導致詞語正確的意思無法流傳於後世。

作家的表現手法不該受限——這是我的想法，但正確使用語句也是很重要的一件事情。

助長誤用會引發問題，至少我是這麼想的。

所以我特意在此言明，語氣方面並未列入校正範疇。

魯米納斯並沒有對他人卑躬屈膝的意思！

我重視氛圍，才讓魯米納斯用桀敖不馴的態度自稱「妾身」。

就是這麼一回事，還請大家多多包涵。

＊

如此這般，後記篇幅也差不多要進入尾聲。

這次I氏也用輕鬆的語氣對我提出「麻煩寫六頁後記！」的要求……

初稿完成時文量很多，改稿時受人指正，便對角色描寫多加著墨，再加上後記。

I氏對書變厚的抗拒反應似乎也愈來愈淡。

總比要我刪文好，所以本人沒意見——這麼說是騙人的，但下一集不曉得會怎樣，有點不安。畢竟故事預計要進入重點橋段……

我準備了很多事件，今後要怎麼編寫故事，連我都很期待。

首先要寫這次沒能寫完的地下迷宮——帶著這個念頭，我打算來專心擬大綱。

那我們下集再見！

國家圖書館出版品預行編目(CIP)資料

關於我轉生變成史萊姆這檔事 / 伏瀨作；楊惠琪譯
. -- 初版. -- 臺北市：臺灣角川, 2018.04-
　冊；　公分
譯自：転生したらスライムだった件
ISBN 978-957-564-138-2(第9冊：平裝)

861.57　　107002534

Kadokawa
Fantastic
Novels

關於我轉生變成史萊姆這檔事 9

（原著名：転生したらスライムだった件 9）

2018年4月11日　初版第1刷發行
2024年7月29日　初版第11刷發行

作　　者：伏瀨
插　　畫：みっつばー
譯　　者：楊惠琪

發 行 人：台灣角川股份有限公司
總　　監：呂慧君
總 編 輯：蔡佩芬
主　　編：林秀儒
文字編輯：黃怡珮
設計指導：陳晞叡
美術設計：宋芳茹
印　　務：李明修（主任）、張加恩（主任）、張凱棋、潘尚琪

發 行 所：台灣角川股份有限公司
地　　址：104台北市中山區松江路223號3樓
電　　話：（02）2515-3000
傳　　真：（02）2515-0033
網　　址：www.kadokawa.com.tw
劃撥帳戶：台灣角川股份有限公司
劃撥帳號：19487412
法律顧問：有澤法律事務所
製　　版：尚騰印刷事業有限公司
ＩＳＢＮ：978-957-564-138-2